北京市高等教育精品教材立项项目
全国高等职业教育规划教材

数字电子技术基础及应用

主　编　毛瑞丽
副主编　熊伟林
参　编　张建新　张智慧　林海峰

机械工业出版社

本书从实用数字电子技术的基础理论知识出发，介绍了数字电子技术的基本概念、各种常用集成电路芯片的特性及其应用电路，同时给出了典型实验和项目设计。全书主要包括数字逻辑基础、逻辑电路基本单元、组合逻辑电路、时序逻辑电路、脉冲信号的产生与整形、模/数和数/模转换电路、CPLD/FPGA 系统设计初步、项目设计等内容，并配有较多的例题和习题。本书保持了电子技术专业知识的系统性和实用性，内容精练、重点突出。

本书适合作为高等职业院校中计算机、电子、通信、机电等工科专业的教材，也可作为大中专院校师生的专业参考书。

本书配套授课电子课件，需要的教师可登录 www.cmpedu.com 免费注册，审核通过后下载，或联系编辑索取（QQ：81922385，电话：010-88379739）。

图书在版编目（CIP）数据

数字电子技术基础及应用/毛瑞丽主编. —北京：机械工业出版社，2010.7

北京市高等教育精品教材立项项目. 全国高等职业教育规划教材
ISBN 978-7-111-30902-4

Ⅰ.①数…　Ⅱ.①毛…　Ⅲ.①数字电路－电子技术－高等学校：技术学校－教材　Ⅳ.①TN79

中国版本图书馆 CIP 数据核字（2010）第 103369 号

机械工业出版社（北京市百万庄大街 22 号　邮政编码 100037）
责任编辑：王　颖　版式设计：张世琴　责任校对：张晓蓉
责任印制：乔　宇
三河市宏达印刷有限公司印刷
2010 年 9 月第 1 版第 1 次印刷
184mm×260mm・13 印张・320 千字
0001－3000 册
标准书号：ISBN 978-7-111-30902-4
定价：22.00 元

出 版 说 明

根据《教育部关于以就业为导向深化高等职业教育改革的若干意见》中提出的高等职业院校必须把培养学生动手能力、实践能力和可持续发展能力放在突出的地位，促进学生技能的培养，以及教材内容要紧密结合生产实际，并注意及时跟踪先进技术的发展等指导精神，机械工业出版社组织全国近60所高等职业院校的骨干教师对在2001年出版的"面向21世纪高职高专系列教材"进行了全面的修订和增补，并更名为"全国高等职业教育规划教材"。

本系列教材是由高职高专计算机专业、电子技术专业和机电专业教材编委会分别会同各高职高专院校的一线骨干教师，针对相关专业的课程设置，融合教学中的实践经验，同时吸收高等职业教育改革的成果而编写完成的，具有"定位准确、注重能力、内容创新、结构合理和叙述通俗"的编写特色。在几年的教学实践中，本系列教材获得了较高的评价，并有多个品种被评为普通高等教育"十一五"国家级规划教材。在修订和增补过程中，除了保持原有特色外，针对课程的不同性质采取了不同的优化措施。其中，核心基础课的教材在保持扎实的理论基础的同时，增加实训和习题；实践性较强的课程强调理论与实训紧密结合；涉及实用技术的课程则在教材中引入了最新的知识、技术、工艺和方法。同时，根据实际教学的需要对部分课程进行了整合。

归纳起来，本系列教材具有以下特点：

1）围绕培养学生的职业技能这条主线来设计教材的结构、内容和形式。

2）合理安排基础知识和实践知识的比例。基础知识以"必需、够用"为度，强调专业技术应用能力的训练，适当增加实训环节。

3）符合高职学生的学习特点和认知规律。对基本理论和方法的论述容易理解、清晰简洁，多用图表来表达信息；增加相关技术在生产中的应用实例，引导学生主动学习。

4）教材内容紧随技术和经济的发展而更新，及时将新知识、新技术、新工艺和新案例等引入教材。同时注重吸收最新的教学理念，并积极支持新专业的教材建设。

5）注重立体化教材建设。通过主教材、电子教案、配套素材光盘、实训指导和习题及解答等教学资源的有机结合，提高教学服务水平，为高素质技能型人才的培养创造良好的条件。

由于我国高等职业教育改革和发展的速度很快，加之我们的水平和经验有限，因此在教材的编写和出版过程中难免出现问题和错误。我们恳请使用这套教材的师生及时向我们反馈质量信息，以利于我们今后不断提高教材的出版质量，为广大师生提供更多、更适用的教材。

机械工业出版社

前　言

随着电子技术的飞速发展，近年来出现了许多新的数字器件，尤其是大中规模集成电路的发展更为迅速，已在各个领域得到广泛的应用。电子技术的发展，不仅要求学生要切实掌握实际电路的分析和设计方法，还要掌握大规模逻辑器件（如可编程逻辑器件等）的应用，这就给数字电子技术课程的教学提出了更高的要求，需要有新的教学内容、教学方法和教学手段与之相适应。鉴于此，本书在保证基本理论、基本概念和基本方法完整的前提下，注意内容的新颖和实用，使之能满足培养创新型、实用型人才的需求，为提高学生的专业知识水平、职业技能和全面素质，也为增强适应职业变化的能力和继续深入学习其他专业课程的能力，打下一定的基础。本书在编写时，力求深入浅出，突出重点，便于教和学。在内容安排上，既注重讲述数字逻辑电路的分析方法和设计方法，又注重介绍逻辑器件及其应用，同时还注重电子技术基础实验，特别是结合教学改革的实际需要，采用电子技术的应用实例作为项目设计内容，给出了具体任务和技术指导，便于采用"项目教学法"，适合在数字电子技术课程建设与改革实践中使用，采用"教学做一体化"的教学模式。

本书从实用数字电子技术的基础理论知识出发，介绍了数字电子技术的基本概念、各种常用集成电路芯片的特性及其应用电路，同时给出了典型实验和项目设计。全书共分8章，主要包括数字逻辑基础、逻辑电路基本单元、组合逻辑电路、时序逻辑电路、脉冲信号的产生与整形、模/数和数/模转换电路、CPLD/FPGA系统设计初步、项目设计等内容。

本书适合作为高职院校电子、通信、计算机、机电等各类工科专业的"数字电子技术"课程的教学使用，另外书中配有较多的例题和习题，便于读者自学，也可作为大中专院校师生的参考书。

本书建议教学时数为90学时，也可根据教学需要选择教学内容。其中第8章共有4个项目设计，可根据具体的教学情况选择，本章实际操作部分可利用课外时间完成。

本书由北京信息职业技术学院副教授毛瑞丽任主编，副教授熊伟林任副主编，讲师张建新、张智慧、林海峰参编。其中第1章、第3章由毛瑞丽编写，第2章、第4章由张建新编写，第5章、第7章由张智慧编写，第6章由林海峰编写，第8章由毛瑞丽、林海峰、张智慧、熊伟林共同编写，全书由毛瑞丽和熊伟林统稿。

由于编者水平有限，书中错漏和不妥之处难免，欢迎广大读者批评指正。

编　者

目　　录

出版说明

前言

第1章　数字逻辑基础 …………………… 1

1.1　数字电路概述 …………………… 1

1.1.1　数字信号与数字电路 ………… 1

1.1.2　数字电路的特点与分类 ……… 1

1.1.3　脉冲波形的主要参数 ………… 2

1.2　数制与编码 …………………… 2

1.2.1　数制 …………………………… 2

1.2.2　数制转换 ……………………… 4

1.2.3　编码 …………………………… 6

1.3　逻辑代数基础 ………………… 7

1.3.1　三种基本逻辑关系及运算 …… 7

1.3.2　几种常见的复合逻辑关系 …… 9

1.3.3　逻辑函数及其表示法 ………… 10

1.3.4　逻辑代数的基本定律和规则 … 12

1.3.5　逻辑函数的公式化简法 ……… 14

1.3.6　逻辑函数的卡诺图化简法 …… 15

1.4　习题 …………………………… 20

第2章　逻辑电路基本单元 ………… 23

2.1　门电路的功能及应用 ………… 23

2.1.1　半导体器件的开关特性 ……… 23

2.1.2　分立元件门电路 ……………… 25

2.1.3　TTL 集成门电路 ……………… 27

2.1.4　CMOS 集成门电路 …………… 32

2.2　实验一　门电路的认识与
测试 ……………………………… 33

2.3　触发器功能及应用 …………… 34

2.3.1　基本 RS 触发器 ……………… 35

2.3.2　同步触发器 …………………… 36

2.3.3　边沿触发器 …………………… 38

2.3.4　触发器的转换 ………………… 39

2.4　实验二　触发器功能测试 …… 40

2.5　习题 …………………………… 42

第3章　组合逻辑电路 ……………… 46

3.1　组合逻辑电路的分析方法和
设计方法 ………………………… 46

3.1.1　组合逻辑电路的分析方法 …… 46

3.1.2　组合逻辑电路的设计方法 …… 47

3.1.3　组合逻辑电路的竞争与冒险 … 49

3.2　加法器的功能及应用 ………… 51

3.2.1　半加器和全加器 ……………… 51

3.2.2　加法器 ………………………… 53

3.2.3　加法器的应用 ………………… 54

3.3　实验三　加法器功能测试和
级联 ……………………………… 56

3.4　数值比较器的功能及应用 …… 57

3.4.1　一位数值比较器 ……………… 57

3.4.2　四位数值比较器 ……………… 57

3.4.3　数值比较器的扩展 …………… 58

3.5　编码器功能及应用 …………… 58

3.5.1　二进制编码器 ………………… 59

3.5.2　二-十进制编码器 …………… 60

3.5.3　优先编码器 …………………… 60

3.6　译码器功能及应用 …………… 62

3.6.1　二进制译码器 ………………… 62

3.6.2　二-十进制译码器 …………… 64

3.6.3　显示译码器 …………………… 65

3.6.4　用译码器实现组合逻辑函数 … 67

3.7　实验四　编码、译码及显示
电路的构成 ……………………… 68

3.8　数据选择器和数据分配器的
功能及应用 ……………………… 70

3.8.1　数据选择器 …………………… 71

3.8.2　数据分配器 …………………… 73

3.8.3　数据选择器的应用 …………… 74

3.9 只读存储器 ······· 75
3.9.1 ROM 的结构及工作原理 ······· 75
3.9.2 ROM 的应用 ······· 77
3.10 可编程逻辑器件 ······· 79
3.10.1 PLD 的基本结构 ······· 80
3.10.2 PLD 的分类 ······· 81
3.10.3 PLD 器件应用 ······· 82
3.11 习题 ······· 83

第 4 章 时序逻辑电路 ······· 85
4.1 时序逻辑电路的分析和设计方法 ······· 85
4.1.1 时序逻辑电路概述 ······· 85
4.1.2 同步时序逻辑电路分析方法 ······· 85
4.1.3 异步时序逻辑电路分析方法 ······· 88
4.1.4 同步时序逻辑电路设计方法 ······· 89
4.2 计数器的功能及应用 ······· 92
4.2.1 二进制计数器 ······· 92
4.2.2 十进制计数器 ······· 95
4.2.3 N 进制计数器 ······· 97
4.3 实验五 计数、显示电路的构成 ······· 99
4.4 寄存器的功能及应用 ······· 100
4.4.1 基本寄存器 ······· 100
4.4.2 移位寄存器 ······· 100
4.4.3 寄存器的应用 ······· 102
4.5 实验六 寄存器构成彩灯控制器 ······· 103
4.6 随机存取存储器 ······· 104
4.6.1 RAM 的结构 ······· 104
4.6.2 RAM 的扩展 ······· 106
4.7 习题 ······· 107

第 5 章 脉冲信号的产生与整形 ······· 110
5.1 概述 ······· 110
5.2 多谐振荡器 ······· 110
5.2.1 由门电路构成的多谐振荡器 ······· 110
5.2.2 555 定时器的结构和工作原理 ······· 112

5.2.3 由 555 定时器构成的多谐振荡器 ······· 114
5.2.4 多谐振荡器的应用 ······· 116
5.3 实验七 用 555 定时器构成多谐振荡器 ······· 117
5.4 单稳态触发器 ······· 118
5.4.1 由门电路构成的单稳态触发器 ······· 118
5.4.2 由 555 定时器构成的单稳态触发器 ······· 120
5.4.3 单稳态触发器的应用 ······· 121
5.5 施密特触发器 ······· 122
5.5.1 由门电路构成的施密特触发器 ······· 122
5.5.2 由 555 定时器构成的施密特触发器 ······· 124
5.5.3 施密特触发器的应用 ······· 125
5.6 习题 ······· 125

第 6 章 模/数和数/模转换电路 ······· 128
6.1 概述 ······· 128
6.2 模/数转换器 ······· 128
6.2.1 A/D 转换器的基本原理 ······· 128
6.2.2 常用 A/D 转换电路 ······· 131
6.2.3 A/D 转换器的主要参数 ······· 134
6.2.4 集成 A/D 转换器及应用 ······· 134
6.3 数/模转换器 ······· 135
6.3.1 D/A 转换器的基本原理 ······· 135
6.3.2 常用 D/A 转换器 ······· 136
6.3.3 D/A 转换器的主要参数 ······· 139
6.3.4 集成 D/A 转换器及应用 ······· 139
6.4 实验八 A/D-D/A 转换实验 ······· 142
6.5 习题 ······· 143

第 7 章 CPLD/FPGA 系统设计初步 ······· 145
7.1 CPLD/FPGA 系统设计概述 ······· 145
7.1.1 CPLD/FPGA 的基本结构和

特点 ·················· 145

7.1.2 CPLD/FPGA 的设计方法 ········ 148

7.1.3 CPLD/FPGA 的编程语言和
开发工具 ·········· 148

7.2 Quartus Ⅱ 软件平台简介 ········ 149

7.2.1 Quartus Ⅱ 软件简介 ············· 149

7.2.2 Quartus Ⅱ 软件设计流程 ········ 150

7.3 VHDL 语言编程基础 ········ 151

7.3.1 VHDL 程序设计基本结构 ········ 151

7.3.2 VHDL 语言要素 ············· 156

7.3.3 VHDL 基本描述语句 ········ 162

7.4 基本逻辑电路的 VHDL
设计 ················ 172

7.4.1 组合逻辑电路设计举例 ········ 172

7.4.2 时序逻辑电路设计举例 ········ 174

7.5 实验九 基本逻辑电路的
VHDL 设计 ········ 177

7.6 习题 ················· 178

第 8 章 项目设计 ················· 180

8.1 数字电子钟的设计与制作 ······ 180

8.1.1 项目任务书 ················ 180

8.1.2 项目指导书 ················ 181

8.2 智力竞赛抢答器的设计与
制作 ················ 185

8.2.1 项目任务书 ················ 185

8.2.2 项目指导书 ················ 186

8.3 数字温度计的设计与制作 ······ 190

8.3.1 项目任务书 ················ 190

8.3.2 项目指导书 ················ 191

8.4 基于 FPGA 的简易信号发生器
的设计与实现 ········ 193

8.4.1 项目任务书 ················ 193

8.4.2 项目指导书 ················ 195

参考文献 ················· 199

第1章　数字逻辑基础

1.1　数字电路概述

1.1.1　数字信号与数字电路

电子电路中的信号可分为两类。一类是在时间上、数值上均连续的信号，如温度、速度、压力、磁场、电场等物理量通过传感器变成的电信号，以及广播电视中传送的各种语言信号和图像信号等，称为模拟信号，用于传递、处理模拟信号的电子线路称为模拟电路。另一类是在时间上和数值上均离散的信号，称为数字信号，对数字信号进行传递、处理的电子线路称为数字电路。图1-1是模拟信号和数字信号的波形图。

数字电路被广泛应用于数字电子计算机、数字通信系统、数字式仪表、数字控制装置及工业逻辑系统等领域，能够实现对数字信号的传输、逻辑运算、控制、计数、寄存、显示及脉冲信号的产生和转换等功能。

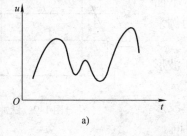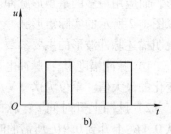

图1-1　模拟信号和数字信号
a）模拟信号　b）数字信号

与模拟电路相比，数字电路具有以下显著优点：

1）便于集成化、系列化生产，通用性强，使用方便，成本低廉。

2）工作可靠性高，抗干扰能力强。

3）数字信号更易于存储、加密、压缩、传输和再现。

1.1.2　数字电路的特点与分类

根据电路结构不同，数字电路可分为分立元件电路和集成电路两大类。分立元件电路是由二极管、晶体管、电阻、电容等元件组成的电路；集成电路是将上述元件通过半导体制造工艺做在一块芯片上而成为一个不可分割的整体电路。

根据集成度不同，数字集成电路的分类如表1-1所示。

表1-1　数字集成电路分类

集成电路分类	集 成 度	电路规模与范围
小规模集成电路 SSI	1～10 门/片，或 10～100 个元件/片	逻辑单元电路 包括：逻辑门电路、集成触发器

集成电路分类	集 成 度	电路规模与范围
中规模集成电路 MSI	10～100 门/片，或 100～1000 个元件/片	逻辑部件 包括：计数器、译码器、编码器、数据选择器、寄存器、算术运算器、比较器、转换电路等
大规模集成电路 LSI	100～1000 门/片，或 1000～10000 个元件/片	数字逻辑系统 包括：中央控制器、存储器、各种接口电路等
超大规模集成电路 CLSI	大于1000 门/片 大于100000 个元件/门	高集成度的数字逻辑系统 如：各种类型的单片机等

根据所用器件制作工艺不同，数字电路可分为双极型（TTL 型）和单极型（MOS 型）两类。

根据电路的结构和工作原理不同，数字电路可分为组合逻辑电路和时序逻辑电路两类。

1.1.3 脉冲波形的主要参数

在数字电路中，处理的是脉冲波形，而应用最多的是矩形脉冲。下面以图 1-2 所示的实际矩形脉冲为例来说明描述脉冲波形的主要参数。

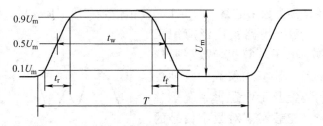

图 1-2 脉冲波形的主要参数

1）脉冲幅度 U_m：脉冲电压波形变化的最大值。单位为伏（V）。

2）脉冲上升时间 t_r：脉冲波形从 $0.1U_m$ 上升到 $0.9U_m$ 所需的时间。

3）脉冲下降时间 t_f：脉冲波形从 $0.9U_m$ 下降到 $0.1U_m$ 所需的时间。

脉冲上升时间 t_r 和脉冲下降时间 t_f 越短，越接近于理想的矩形脉冲。单位为秒（s）、毫秒（ms）、微秒（μs）、纳秒（ns）。

4）脉冲宽度 t_w：脉冲上升沿 $0.5U_m$ 到下降沿 $0.5U_m$ 所需时间。单位与 t_r、t_f 相同。

5）脉冲周期 T：在周期性脉冲中，相邻两个脉冲波形重复出现所需的时间。单位与 t_r、t_f 相同。

6）脉冲频率 f：单位时间内脉冲出现的次数。单位为赫［兹］（Hz）、千赫［兹］(kHz)、兆赫［兹］(MHz)，$f=1/T$。

7）占空比 q：脉冲宽度 t_w 与脉冲重复周期 T 的比值，$q=t_w/T$。它是描述脉冲波形疏密程度的参数。

占空比 $q=50\%\left(即脉宽 t_w=\dfrac{T}{2}\right)$ 的矩形波叫做方波。

1.2 数制与编码

1.2.1 数制

数制是指记数的方法，即记数进位的规则。日常生活中采用的是十进制记数方法，用

0、1、2、3、4、5、6、7、8、9 共十个字符表示十进制数，其记数规则是"逢十进一、借一当十"。数学上把一种数制中所允许的记数字符个数叫做基数，也简称为基。十进制的基数为十——$(10)_{10}$，下角标数字表示进制。任意一个十进制数可以写为按位权（10^n）展开的形式，例如

$$(2863.25)_{10} = 2 \times 10^3 + 8 \times 10^2 + 6 \times 10^1 + 3 \times 10^0 + 2 \times 10^{-1} + 5 \times 10^{-2}$$

其中 10^3、10^2、10^1、10^0、10^{-1}、10^{-2} 分别叫做十进制数的千位、百位、十位、个位、十分位、百分位的位权。

数字电路中经常采用二进制、八进制和十六进制等数制，表 1-2 列出了十进制、二进制、八进制、十六进制的对照关系。

1. 二进制

只用 0 和 1 两个字符表示数，基数为二。其计数规则是"逢二进一、借一当二"。常用的二进制基本运算式有：

加法：$0+0=0$，$1+0=1$，$0+1=1$，$1+1=10$；

减法：$0-0=0$，$1-0=1$，$1-1=0$，$10-1=1$；

乘法：$0 \times 0=0$，$0 \times 1=0$，$1 \times 0=0$，$1 \times 1=1$。

把二进制数转换成十进制数时，只需要将其按位权（2^n）展开即可求得相应的十进制数。例如

$$(1011.101)_2 = 1 \times 2^3 + 0 \times 2^2 + 1 \times 2^1 + 1 \times 2^0 + 1 \times 2^{-1} + 0 \times 2^{-2} + 1 \times 2^{-3} = 8 + 0 + 2 + 1 +$$
$$\frac{1}{2} + 0 + \frac{1}{8} = (11.625)_{10}。$$

2. 八进制

用 0、1、2、3、4、5、6、7 共八个字符表示数，基数为八。计数规则是"逢八进一、借一当八"。

把八进制数转换成十进制数时，只需要将其按位权（8^n）展开即可求得相应的十进制数。例如

$$(172.01)_8 = 1 \times 8^2 + 7 \times 8^1 + 2 \times 8^0 + 0 \times 8^{-1} + 1 \times 8^{-2} = 64 + 56 + 2 + 0.015625 = (122.015625)_{10}$$

表 1-2 十进制、二进制、八进制、十六进制对照表

十　进　制	二　进　制	八　进　制	十六进制
0	0	0	0
1	1	1	1
2	10	2	2
3	11	3	3
4	100	4	4
5	101	5	5
6	110	6	6
7	111	7	7

十　进　制	二　进　制	八　进　制	十　六　进　制
8	1000	10	8
9	1001	11	9
10	1010	12	A
11	1011	13	B
12	1100	14	C
13	1101	15	D
14	1110	16	E
15	1111	17	F
16	10000	20	10

3. 十六进制

用 0、1、2、3、4、5、6、7、8、9、A、B、C、D、E、F 共 16 个字符表示数，基数为 16，记数规则是"逢十六进一、借一当十六"。

把十六进制数转换成十进制数时，只需要将其按位权（16^n）展开即可求得相应的十进制数。例如

$$(4C2)_{16} = 4 \times 16^2 + 12 \times 16^1 + 2 \times 16^0 = 1024 + 192 + 2 = (1218)_{10}$$

1.2.2　数制转换

1. 十进制转换二进制

把十进制数转换为二进制数时，应采用"整数除 2 取余、小数乘 2 取整"法。例如，把十进制数 $(234.6875)_{10}$ 转换为二进制数的过程如下：

1）首先把整数部分用"除 2 取余法"转换成二进制整数：

此即 $(234)_{10} = (11101010)_2$。

2）其次把小数部分用"乘 2 取整法"转换成二进制整数：

$0.6875 \times 2 = 1.3750$　　　整数 1　｜　高位（MSB）

$0.3750 \times 2 = 0.7500$　　　整数 0

$0.7500 \times 2 = 1.5000$　　　整数 1

$0.5000 \times 2 = 1.0000$　　　整数 1　↓　低位（LSB）

此即 $(0.6875)_{10} = (0.1011)_2$。

3）最后将整数部分与小数部分结合起来，得到结果 $(234.6875)_{10} = (11101010.1011)_2$。

2. 二进制与八进制之间的转换

由于八进制的基数 $8 = 2^3$，所以每位八进制数由三位二进制数构成。把二进制数转换成八进制时，将整数部分从低位到高位方向每三位二进制数为一组，最后不足三位的，可在高位加 0 补足三位；把小数部分从高位到低位方向每三位二进制数为一组，最后不足三位的，可在低位加 0 补足三位；然后把每组三位二进制数用相应的八进制数替代即可。三位二进制数的位权从高位到低位依次是 2^2、2^1、2^0（即 4、2、1）。例如，把二进制数 $(1110011.1011)_2$ 转换成八进制数的方法如下：

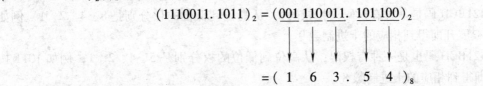

$$(1110011.1011)_2 = (\underline{001}\ \underline{110}\ \underline{011}.\ \underline{101}\ \underline{100})_2$$

$$= (\ 1\ \quad 6\ \quad 3\ .\ 5\ \quad 4\ )_8$$

反之，把八进制数转换成二进制数时，可将每位八进制数用相应的三位二进制数替代即可。例如，把八进制数 $(735.26)_8$ 转换成二进制数的方法如下：

$$(735.26)_8 = (\ 7\ \quad 3\ \quad 5\ .\ 2\ \quad 6\ )_8$$

$$= (\underline{111}\ \underline{011}\ \underline{101}\ .\ \underline{010}\ \underline{110})_2$$

即 $(735.26)_8 = (111\ 011\ 101.010\ 11)_2$。

3. 二进制与十六进制之间的转换

由于十六进制的基数 $16 = 2^4$，所以每位十六进制数由四位二进制数构成。把二进制数转换成十六进制时，将整数部分从低位到高位方向每四位二进制数为一组，最后不足四位的，可在高位加 0 补足四位；把小数部分从高位到低位方向每四位二进制数为一组，最后不足四位的，可在低位加 0 补足四位；然后把每组四位二进制数用相应的十六进制数替代即可。四位二进制数的位权从高位到低位依次是 2^3、2^2、2^1、2^0（即 8、4、2、1）。例如，把二进制数 $(1101110011.101101)_2$ 转换成十六进制数的方法如下：

$$(1101110011.101101)_2 = (\underline{0011}\ \underline{0111}\ \underline{0011}.\ \underline{1011}\ \underline{0100})_2$$

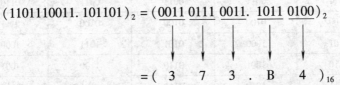

$$= (\ 3\ \quad 7\ \quad 3\ .\ B\ \quad 4\ )_{16}$$

反之，把十六进制数转换成二进制数时，可将每位十六进制数用相应的四位二进制数替代即可。例如，把十六进制数 $(3E5.97)_{16}$ 转换成二进制数的方法如下：

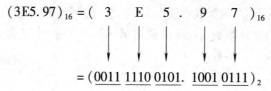

$$(3E5.97)_{16} = (\ 3\quad E\quad 5\ .\ 9\quad 7\ )_{16}$$

$$= (\underline{0011}\ \underline{1110}\ \underline{0101}.\ \underline{1001}\ \underline{0111})_2$$

即 $(3E5.97)_{16} = (11\ 1110\ 0101.\ 1001\ 0111)_2$

　　如果要把十进制转换成八进制或十六进制，可以先把十进制转换成二进制，然后再把二进制转换成八进制或十六进制。

1.2.3　编码

　　码制是指编码的规则。在数字电路中，二进制数码不仅可以用来表示数值，而且还常用来表示特定的信息，如文字、数字、符号等。例如可以将十进制的 0～9 十个数字用二进制数代码表示，称之为二-十进制码（BCD 码）。由于十进制数有十个不同的数码，所以需要 4 位二进制数来表示。而 4 位二进制代码可以有 $2^4 = 16$ 种不同的组合，从中取出 10 种组合可有许多方案。表 1-3 列出了几种常用代码。

　　1）8421BCD 码是一种有权码（恒权码），从高位到低位的权分别是 8、4、2、1，例如 1001 按位权展开即得到相应的十进制数 9。

　　2）5421BCD 码也是一种有权码，从高位到低位的权分别是 5、4、2、1，例如 1011 按位权展开即得到相应的十进制数 8。

　　3）2421BCD 码也是一种有权码，从高位到低位的权分别是 2、4、2、1，例如 2421A 码中的 1110 按位权展开即得到相应的十进制数 8。2421B 码中的 1101 按位权展开即得到相应的十进制数 7。2421A 码与 2421B 码的区别是后者具有互补性，即 2421B 码中的 0000（0）与 1111（9）、0001（1）与 1110（8）、0010（2）与 1101（7）、0011（3）与 1100（6）、0100（4）与 1011（5）互为反码，例如 $1011 = \overline{0100}$。

　　4）余 3 码是一种无权码，其特点是比 8421 码多余 3（即二进制数 0011）。

　　5）格雷码也是一种无权码，其特点是任意两个相邻码之间只有一位不同。

表 1-3　几种常用代码

十进制	有 权 码				无 权 码	
	8421 码	5421 码	2421A 码	2421B 码	余 3 码	格雷码
0	0000	0000	0000	0000	0011	0000
1	0001	0001	0001	0001	0100	0001
2	0010	0010	0010	0010	0101	0011
3	0011	0011	0011	0011	0110	0010
4	0100	0100	0100	0100	0111	0110
5	0101	1000	0101	1011	1000	0111
6	0110	1001	0110	1100	1001	0101
7	0111	1010	0111	1101	1010	0100
8	1000	1011	1110	1110	1011	1100
9	1001	1100	1111	1111	1100	1101

值得注意的是，码制与数制为两个不同的概念，例如十进制数 25 转换成二进制数时为 $(11001)_2$，而用 8421BCD 码表示时，则为 $(0010\ 0101)_{8421BCD}$。

除了上面介绍的几种编码外，还有许多种编码，如 5211 码、4211 码、奇偶校验码等。

1.3 逻辑代数基础

逻辑代数也叫布尔代数，是分析和研究数字逻辑电路的基本工具。逻辑代数中的变量和普通代数中的变量一样，也用字母表示。与普通代数不同的是，逻辑代数的变量只有 0 和 1 两个取值，而且这里的 0 和 1 不表示数值的大小，只表示两种相互对立的逻辑状态。如开关的断开与闭合，灯的亮与灭，电平的高与低，晶体管的饱和导通与截止等。这种两值变量称为逻辑变量。

本节主要介绍逻辑代数的基本运算和基本定律，并在此基础上学习逻辑函数的表示法及化简法。

1.3.1 三种基本逻辑关系及运算

基本逻辑关系有与逻辑、或逻辑、非逻辑三种。

1. 与逻辑

如图 1-3 所示的电路，开关 A、B 的状态（闭合或断开）与灯 Y 的状态（亮或灭）之间存在着确定的因果关系，这种因果关系称为逻辑关系。由电路可知，只有当开关 A、B 都闭合时，灯 Y 才亮，只要开关 A、B 有一个断开，灯 Y 就不亮。

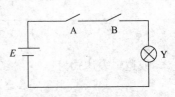

图 1-3　串联开关电路

如果把开关闭合作为条件，灯亮作为结果，则上述电路表示了这样一种因果关系：只有当决定一件事情的所有条件都具备（如 A、B 都闭合）时，这件事情（如灯亮）才能发生。这种因果关系称为与逻辑。

在数字逻辑电路中，研究的主要对象是输入变量与输出变量之间的逻辑关系，把输入变量可能的取值组合状态及其对应的输出状态列成表格，经逻辑赋值称为真值表，用它可直观地表示出电路的输出状态与输入状态之间的逻辑关系。若用逻辑 1 表示开关闭合、灯亮，用逻辑 0 表示开关断开、灯灭，则与逻辑的真值表如表 1-4 所示。

表 1-4　与逻辑真值表

A	B	Y
0	0	0
0	1	0
1	0	0
1	1	1

由真值表可知，与逻辑可表述为：有 0 出 0，全 1 出 1。

为便于分析和运算，也可用代数式表示逻辑关系，称为逻辑表达式。

与逻辑表达式为：

$$Y = A \cdot B \quad 或 \quad Y = AB$$

与逻辑又称逻辑乘，式中"·"读"与"，由真值表可知：

$$0 \cdot 0 = 0 \qquad 0 \cdot 1 = 0 \qquad 1 \cdot 0 = 0 \qquad 1 \cdot 1 = 1$$

与逻辑的逻辑符号如图 1-4 所示。实现与逻辑运算的电路称为
与门。

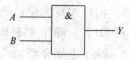

图1-4　与逻辑符号

2. 或逻辑

在图 1-5 所示的电路中，开关 A、B 只要有一个闭合或都闭合，
灯就会亮。它表示了这样一种因果关系：当决定一件事情（灯亮）
的所有条件中有一个或一个以上具备（开关 A、B 有一个闭合或 A、B 都闭合）时，这件事情（灯亮）就会发生。这种因果关系称为或逻辑关系。

或逻辑的真值表如表 1-5 所示；其逻辑符号如图 1-6 所示。

表 1-5　或逻辑真值表

A	B	Y
0	0	0
0	1	1
1	0	1
1	1	1

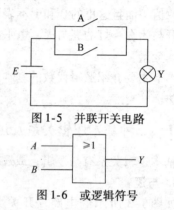

图1-5　并联开关电路

图1-6　或逻辑符号

或逻辑表达式为：

$$Y = A + B$$

或逻辑又称逻辑加，式中"＋"读"或"，由真值表可知：

$$0+0=0 \qquad 0+1=1 \qquad 1+0=1 \qquad 1+1=1$$

或逻辑可表述为：全 0 出 0，有 1 出 1。实现或逻辑运算的电路称为或门。

3. 非逻辑

如图 1-7 所示电路中，开关 A 闭合时，灯 Y 不亮，而当开关 A 断开时，灯 Y 才亮。若仍把开关闭合作为条件，灯亮作为结果，则上述电路表示了这样一种因果关系：当决定一件事情（灯亮）的条件具备（开关闭合）时，事情不发生（灯不亮）；而当条件不具备时（开关断开），事情（灯亮）反而发生了。这种因果关系称为非逻辑关系。

非逻辑的表达式为：

$$Y = \bar{A}$$

式中"$\bar{A}$"读作"A 非"或"A 反"。非逻辑的真值表如表 1-6 所示，由真值表可知：

$$\bar{0} = 1 \qquad \bar{1} = 0$$

非逻辑表述为：有 0 出 1，有 1 出 0。其逻辑符号如图 1-8 所示，图中的"。"表示"非"

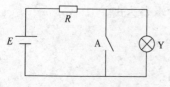

图1-7　开关与灯并联电路

表 1-6　非逻辑真值表

A	Y
0	1
1	0

或"反"的意思。实现非逻辑运算的电路称为非门。

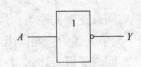

图1-8 非逻辑符号

1.3.2 几种常见的复合逻辑关系

复合逻辑由上述三种基本逻辑组合而成。常见的复合逻辑有：与非逻辑、或非逻辑、与或非逻辑、异或逻辑、同或逻辑等。

1. 与非逻辑、或非逻辑、与或非逻辑

"与非"逻辑运算是先进行"与"运算，再进行"非"运算；"或非"逻辑运算是先进行"或"运算，再进行"非"运算；"与或非"逻辑运算是先进行"与"运算后进行"或"运算，再进行"非"运算。若输入逻辑变量为 A、B、C、D，输出逻辑函数为 Y，则相应的逻辑表达式为：

$$与非逻辑：Y = \overline{A \cdot B}$$

$$或非逻辑：Y = \overline{A + B}$$

$$与或非逻辑：Y = \overline{AB + CD}$$

实现这些逻辑运算的电路分别称为与非门、或非门和与或非门。它们的逻辑符号如图1-9所示。其真值表读者可根据其运算规则自行填写。

与、或、与非、或非、与或非逻辑可以是多输入变量逻辑运算。

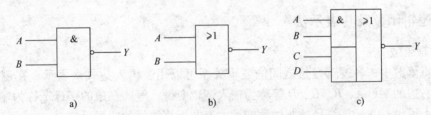

a)   b)   c)

图1-9　与非、或非、与或非逻辑符号

a) 与非逻辑符号　b) 或非逻辑符号　c) 与或非逻辑符号

2. 异或逻辑和同或逻辑

异或逻辑和同或逻辑都是两变量的逻辑运算。

异或逻辑关系为：当两个输入变量 A、B 不同时，输出 Y 为1；输入 A、B 相同时，输出 Y 为0。简单表述为：相同出0，相反出1。

异或逻辑表达式为：

$$Y = A \oplus B \quad 或 \quad Y = \overline{A}B + A\overline{B}$$

式中"⊕"号表示异或运算。表1-7和图1-10分别为异或逻辑的真值表和逻辑符号。

表 1-7　异或逻辑真值表

A	B	Y
0	0	0
0	1	1
1	0	1
1	1	0

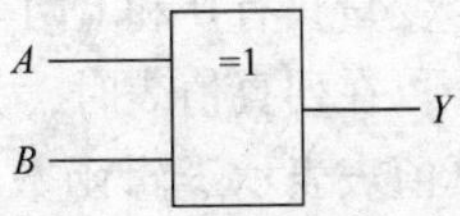

图1-10　异或逻辑符号

9

同或逻辑关系为：当输入变量 A、B 相同时，输出 Y 为1，输入 A、B 不同时，输出 Y 为 0。简单表述为：相同出1，相反出0。

同或逻辑表达式为：

$$Y = A \odot B \quad \text{或} \quad Y = \overline{A}\,\overline{B} + AB$$

式中"$\odot$"号表示同或运算。表1-8 和图 1-11 分别为同或逻辑的真值表和逻辑符号。

比较异或逻辑和同或逻辑的真值表可知，同或函数与异或函数在逻辑上互为反函数。即：

$$A \oplus B = \overline{A \odot B}$$
$$A \odot B = \overline{A \oplus B}$$

表1-8　同或逻辑真值表

A	B	Y
0	0	1
0	1	0
1	0	0
1	1	1

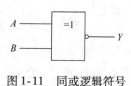

图 1-11　同或逻辑符号

1.3.3　逻辑函数及其表示法

1. 逻辑函数

在逻辑函数中，各逻辑变量之间的逻辑关系可以用逻辑表达式来表示。在逻辑表达式中，等式右边的字母 A、B、C、D 等称为输入逻辑变量，等式左边的字母 Y 称为输出逻辑变量。字母上面没有非运算符号的叫做原变量，有非运算符号的叫做反变量。

如逻辑表达式 $Y = \overline{A}B + A\overline{B}$，由式可知，当 A、B 取值确定后，Y 就有一个唯一确定的值与之对应，故称 Y 是 A、B 的函数。

一般地，在逻辑电路中，若输入变量 A、B、C…的取值确定后，输出逻辑变量 Y 的值也唯一确定，则称 Y 是 A、B、C…的逻辑函数。记作：

$$Y = F(A、B、C\cdots)$$

式中各变量的取值只能是0或1，表示两种不同的状态，没有数量的含义。

逻辑函数常用的表示方法有真值表、逻辑函数表达式、逻辑图、卡诺图和波形图等。

2. 逻辑函数表示法

（1）真值表

用来表示输入的变量取值组合与逻辑函数值之间关系的表格，叫真值表。实际问题中，在列真值表之前，首先要对变量进行逻辑赋值，即确定各变量何时为1，何时为0。由于每个变量只有0和1两个取值，因此，当逻辑函数有 n 个变量时，共有 2^n 个不同的变量取值组合。在列真值表时，为避免遗漏，变量取值的组合一般按 n 为二进制数递增的方式列出。用真值表表示逻辑函数的优点是直观明了，可直接看出逻辑函数值和变量取值之间的逻辑关系。

（2）逻辑表达式

逻辑表达式是用与、或、非等基本逻辑运算来表示逻辑函数中各变量之间关系的代数式。例如 $Y = \overline{A}B + A\overline{B}$。逻辑表达式一般可由真值表和逻辑图写出。

（3）逻辑图

逻辑图就是用若干个逻辑符号连接的图形，一般可根据逻辑函数式画出。在根据逻辑函数式画逻辑图时，只需将式中各逻辑运算用相应的逻辑符号代替即可。

（4）卡诺图

卡诺图即最小项方格图，亦即用 2^n 个小方格来表示 2^n 个最小项（最小项概念将在后面给出）并按一定顺序排列而成的图形。

（5）波形图

波形图也叫时序图，即已知输入函数的波形，根据逻辑关系，可画出输出函数的波形。

逻辑函数的几种不同的表示方式之间可以互相转换。

【例 1-1】 列出 $Y = AB + \overline{A}C$ 的真值表，并画出逻辑图。

解 1）由逻辑表达式列出真值表。

由式可知，输入变量为 A、B、C，共有 $2^3 = 8$ 种可能取值组合，将这八种组合一一代入逻辑表达式进行计算，求得对应的函数值，填于表 1-9 中。

2）由逻辑表达式画出逻辑图。

例 1-1 逻辑图如图 1-12 所示。

表 1-9　例 1-1 真值表

A	B	C	Y
0	0	0	0
0	0	1	1
0	1	0	0
0	1	1	1
1	0	0	0
1	0	1	0
1	1	0	1
1	1	1	1

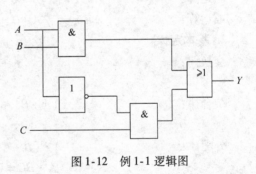

图 1-12　例 1-1 逻辑图

【例 1-2】 写出表 1-10 所示真值表的逻辑表达式。

解 根据真值表，将函数值为 1 的变量组合写成一个与项（最小项），其中变量值为 1 的写成原变量，变量值为 0 的写成反变量，然后将函数值为 1 所对应的最小项相加，就得到了相应的逻辑表达式，称为标准"与或"式或最小项表达式。

由表 1-10 可知，对应于函数值为 1 的与项有四个：

$\overline{A}\,\overline{B}\,\overline{C}$、$\overline{A}\,B\overline{C}$、$AB\,\overline{C}$、$ABC$，这四个与项之间为或逻辑关系，因为这四个与项中任意一个为 1 时，函数值就为 1。所以该真值表的逻辑表达式为：

$$Y = \overline{A}\,\overline{B}\,\overline{C} + \overline{A}\,B\overline{C} + AB\,\overline{C} + ABC$$

【例 1-3】 已知逻辑函数的表达式为 $Y = \overline{A}B + A\overline{B}$，其中输入 A、B 的波形如图 1-13 所示，画出输出 Y 的波形。

解 根据逻辑函数的表达式，可计算出 A、B 在不同取值时 Y 的值，从而画出 Y 的波形，如图 1-11 所示。

表 1-10 例 1-2 真值表

A	B	C	Y
0	0	0	1
0	0	1	1
0	1	0	0
0	1	1	1
1	0	0	0
1	0	1	0
1	1	0	1
1	1	1	1

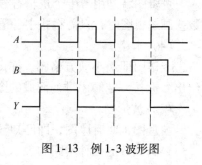

图 1-13 例 1-3 波形图

实际上，上述表达式表示了逻辑变量之间的异或关系，根据"相同出 0，相反出 1"的原则，可很容易地画出 Y 的波形。

1.3.4 逻辑代数的基本定律和规则

根据逻辑变量的取值（0 或 1）及逻辑变量的运算法则，可推导出逻辑函数的基本公式和定律，利用这些公式和定律可化简逻辑函数。

1. 基本公式

与运算：
$$A \cdot 1 = A \quad A \cdot 0 = 0 \quad A \cdot A = A \quad A \cdot \overline{A} = 0 \tag{1-1}$$

或运算：
$$A + 1 = 1 \quad A + 0 = A \quad A + A = A \quad A + \overline{A} = 1 \tag{1-2}$$

2. 基本定律

交换律：
$$A + B = B + A \tag{1-3}$$
$$A \cdot B = B \cdot A \tag{1-4}$$

结合律：
$$(A + B) + C = A + (B + C) \tag{1-5}$$
$$(A \cdot B) \cdot C = A \cdot (B \cdot C) \tag{1-6}$$

分配律：
$$A \cdot (B + C) = A \cdot B + A \cdot C \tag{1-7}$$
$$A + BC = (A + B)(A + C) \tag{1-8}$$

反演律（狄·摩根定律）：
$$\overline{A + B} = \overline{A} \cdot \overline{B} \tag{1-9}$$
$$\overline{A \cdot B} = \overline{A} + \overline{B} \tag{1-10}$$

以上公式的正确性，可用真值表证明，当公式两边真值表相等时，则证明等式成立。

例如，用真值表证明反演律 $\overline{A + B} = \overline{A} \cdot \overline{B}$，如表 1-11 所示。

表 1-11 $\overline{A + B} = \overline{A} \cdot \overline{B}$ 的证明

A	B	$\overline{A + B}$	$\overline{A} \cdot \overline{B}$
0	0	1	1
0	1	0	0
1	0	0	0
1	1	0	0

摩根定律可推广到多个变量：

$$\begin{cases} \overline{A+B+C+\cdots} = \overline{A} \cdot \overline{B} \cdot \overline{C}\cdots \\ \overline{A \cdot B \cdot C \cdots} = \overline{A} + \overline{B} + \overline{C} + \cdots \end{cases} \qquad (1\text{-}11)$$

3. 常用公式

(1) $AB + A\overline{B} = A$ (1-12)

证明：$AB + A\overline{B} = A\ (B + \overline{B}) = A$

(2) $A + AB = A$ (1-13)

证明：$A + AB = A\ (1 + B) = A$

(3) $A + \overline{A}B = A + B$ (1-14)

证明：$A + \overline{A}B = (A + \overline{A})(A + B) = A + B$

(4) $AB + \overline{A}C + BC = AB + \overline{A}C$ (1-15)

证明：
$$\begin{aligned} 左式 &= AB + \overline{A}C + BC\ (A + \overline{A}) \\ &= AB + \overline{A}C + ABC + \overline{A}BC \\ &= AB\ (1 + C) + \overline{A}C\ (1 + B) \\ &= AB + \overline{A}C \end{aligned}$$

可推广为

$$AB + \overline{A}C + BCD = AB + \overline{A}C \qquad (1\text{-}16)$$

4. 逻辑代数的三个重要规则

(1) 代入规则

在任何一个逻辑等式中，若将等式两边的某一变量都用同一个逻辑函数式来代替，则等式仍成立，这个规则称为代入规则。引入代入规则，可扩大基本公式、基本定律的应用范围。

【例1-4】 已知$\overline{A + B} = \overline{A} \cdot \overline{B}$，证明用$B + C$代替$B$后，等式仍成立。

证明   左式 $= \overline{A + (B + C)} = \overline{A} \cdot \overline{(B + C)} = \overline{A} \cdot \overline{B} \cdot \overline{C}$

右式 $= \overline{A} \cdot \overline{(B + C)} = \overline{A} \cdot \overline{B} \cdot \overline{C}$

(2) 反演规则

对于任意一个逻辑函数表达式Y，若要求其反函数时，只需将Y中所有的"·"换成"+"，"+"换成"·"，"0"换成"1"，"1"换成"0"，原变量换成反变量，反变量换成原变量，便可求出函数Y的反函数$\overline{Y}$。

【例1-5】 求逻辑函数$Y = \overline{A}B + A\overline{B}$的反函数。

解 $\overline{Y} = (A + \overline{B}) \cdot (\overline{A} + B) = \overline{A}\,\overline{B} + AB$

应用反演规则时应注意：

1) 变换后的运算顺序要保持变换前的运算优先顺序不变。

2) 规则中反变量换成原变量只对单个变量有效，若反号下面包含两个或两个以上变量时，反号应保留不变。

(3) 对偶规则

对于任何一个逻辑函数表达式Y，若将Y中的"·"换成"+"，"+"换成"·"，"0"换成"1"，"1"换成"0"，就可得到一个新的表达式，称为Y的对偶式。记为Y'，这就是对偶规则。

【例1-6】 求逻辑函数 $Y = (A + \overline{B})(A + C)$ 的对偶式。

解 $Y' = A\overline{B} + AC$

1.3.5 逻辑函数的公式化简法

在进行逻辑设计时，由实际问题得出的逻辑函数式往往不是最简形式，对逻辑函数进行化简和变换，可得到所需的最简逻辑函数式，设计出最简的逻辑电路，这对于节省元件、降低成本，提高系统的可靠性，提高产品的市场竞争力是十分重要的。

不同的逻辑函数有不同的最简形式，这里只介绍最简与-或式的化简方法和化简标准。最简与-或式的标准是：

1）逻辑函数式中乘积项（与项）的个数最少；

2）每个乘积项中的变量数最少。

运用逻辑代数的基本公式和基本定律对逻辑函数进行化简的方法称为代数化简法或公式化简法。基本的化简方法有以下几种。

1. 并项法

利用公式 $AB + A\overline{B} = A$，将两项合并为一项，消去一个变量。

【例1-7】 化简逻辑式 $Y = \overline{A}BC + \overline{A}B\overline{C}$

解 $Y = \overline{A}BC + \overline{A}B\overline{C} = \overline{A}B\ (C + \overline{C}) = \overline{A}B$

【例1-8】 化简逻辑式 $Y = A\ (\overline{B}C + B\overline{C}) + A(BC + \overline{B}\overline{C})$

解 $Y = A\ (\overline{B}C + B\overline{C}) + A(BC + \overline{B}\overline{C})$

$= A\ \overline{(\overline{BC + B\overline{C}})} + A(BC + \overline{B}\overline{C}) = A$

2. 吸收法

利用公式 $A + AB = A$ 和 $AB + \overline{A}C + BC = AB + \overline{A}C$ 消去多余乘积项。

【例1-9】 化简逻辑式 $Y = A\overline{B} + A\overline{B}CD\ (E + F)$

解 $Y = A\overline{B} + A\overline{B}CD\ (E + F) = A\overline{B}$

【例1-10】 化简逻辑式 $Y = A\overline{B} + AC + ADE + \overline{C}D$

解 $Y = A\overline{B} + AC + ADE + \overline{C}D = A\overline{B} + AC + \overline{C}D$

3. 消去法

利用公式 $A + \overline{A}B = A + B$ 消去多余因子。

【例1-11】 化简逻辑式 $Y = AB + \overline{A}C + \overline{B}C$

解 $Y = AB + \overline{A}C + \overline{B}C = AB + (\overline{A} + \overline{B})C = AB + \overline{AB}C = AB + C$

【例1-12】 化简逻辑式 $Y = A\overline{B} + \overline{A}B + ABCD + \overline{A}\,\overline{B}CD$

解 $Y = A\overline{B} + \overline{A}B + ABCD + \overline{A}\,\overline{B}CD$

$= A\overline{B} + \overline{A}B + (AB + \overline{A}\,\overline{B})\ CD$

$= A\overline{B} + \overline{A}B + \overline{A\,\overline{B} + \overline{A}B}CD$

$= A\overline{B} + \overline{A}B + CD$

4. 利用摩根定律

【例1-13】 化简逻辑式 $Y = A + B + \overline{C} \cdot \overline{(A + \overline{B} + C)(A + B + C)}$，并写成与非-与非式。

解 运用摩根定律，得：

$$Y = A + \overline{\overline{B} + \overline{\overline{C}} \cdot \overline{AB\,\overline{C}} \cdot \overline{A\,\overline{B}\,\overline{C}}}$$

$$= A + \overline{B} + \overline{\overline{C}} + \overline{AB\,\overline{C}} + \overline{A\,\overline{B}\,\overline{C}}$$

运用吸收法将 $\overline{AB\,\overline{C}}$、$\overline{A\,\overline{B}\,\overline{C}}$ 吸收，并运用摩根定律得到最简与-或式；

$$Y = A + \overline{B} + \overline{\overline{C}} = A + \overline{B}C$$

再次运用摩根定律可得与非-与非式。

$$Y = \overline{\overline{A} \cdot \overline{\overline{B}C}}$$

逻辑函数代数化简法的优点是简便、对变量个数没有要求，适用于变量较多、较复杂的逻辑函数的化简。其缺点是需要熟练掌握并灵活运用逻辑代数的基本公式和基本定律，需要有一定的技巧，不易判断化简结果是否达到最简。

1.3.6 逻辑函数的卡诺图化简法

卡诺图化简法是逻辑函数的图解化简法。它有确定的化简步骤，可以确定最终的化简结果，能比较方便地得到逻辑函数的最简与-或式。

1. 逻辑函数的卡诺图表示法

（1）逻辑函数的最小项表达式

对于有 n 个变量的逻辑函数，可组成 2^n 个乘积项，且满足：

1）每个乘积项中包含了全部变量；

2）每个变量在每个乘积项中都以原变量或反变量的形式只出现一次。

这样的乘积项称为逻辑函数的最小项。

由定义可知，对有 n 个变量的逻辑函数，全部最小项共有 2^n 个。例如，三变量的全体最小项如表 1-12 所示。把原变量取 1，反变量取 0，可找出各最小项所对应的变量取值。

表 1-12 三变量最小项表

最小项	$\overline{A}\,\overline{B}\,\overline{C}$	$\overline{A}\,\overline{B}C$	$\overline{A}B\overline{C}$	$\overline{A}BC$	$A\overline{B}\,\overline{C}$	$A\overline{B}C$	$AB\overline{C}$	ABC
对应变量取值	000	001	010	011	100	101	110	111
编号	m_0	m_1	m_2	m_3	m_4	m_5	m_6	m_7

为表达方便，将最小项编号，用 m 表示最小项，其下标为最小项的编号。编号方式为：把最小项对应的变量取值看作二进制数，其所对应的十进制数就是该最小项的编号。

若干个最小项之"和"组成的逻辑函数表达式称为最小项表达式，也叫做标准与-或式。

任何一个逻辑函数都可写成最小项表达式。

需要注意的是，提到最小项的概念，必须指出变量的个数，如 $A\,\overline{B}\,\overline{C}$ 对于三变量逻辑函数来说，是最小项，而对四变量逻辑函数来说则不是。

【例 1-14】 将函数式 $Y = A\overline{B} + A + \overline{C}$ 写成最小项表达式。

解

$$Y = A\overline{B} + A + \overline{C}$$

$$= A\overline{B} + \overline{A}C$$

$$= A\overline{B}\,(C + \overline{C}) + \overline{A}(B + \overline{B})\,C$$

$$= A\overline{B}C + A\overline{B}\,\overline{C} + \overline{A}BC + \overline{A}\,\overline{B}C$$
$$= m_5 + m_4 + m_3 + m_1$$
$$= \sum_m(1,\ 3,\ 4,\ 5)$$

（2）卡诺图

卡诺图是用 2^n 个方格来表示 n 个变量的 2^n 个最小项，并使在逻辑上相邻的最小项在位置上也相邻。它既可以表示逻辑函数，也可直接化简逻辑函数。

所谓逻辑上相邻，是指两个最小项中只有一个变量为互反变量，其余变量均相同，简称相邻项。如三变量最小项 $\overline{A}\,\overline{B}\,\overline{C}$ 和 $A\,\overline{B}\,\overline{C}$，$A$、$\overline{A}$ 互反，$\overline{B}\,\overline{C}$ 相同，为相邻项。将它们相加：$\overline{A}\,\overline{B}\,\overline{C}+A\overline{B}\,\overline{C}=(\overline{A}+A)\,\overline{B}\,\overline{C}=\overline{B}\,\overline{C}$，两项合并为一项，并消去相反变量，合并结果为相同变量，这就是用卡诺图法化简逻辑函数的原理。卡诺图的作用就是让所有逻辑相邻的最小项在位置上也相邻，以便于进行化简。

在卡诺图中，将 n 个变量分为两组，即行变量和列变量，行、列变量的取值顺序必须按格雷码排列，以保证相邻位置上的最小项的逻辑相邻性。

1）两变量的卡诺图。

两个变量 A、B 的最小项共有 $2^n=4$ 个，即 $\overline{A}\,\overline{B}$、$\overline{A}B$、$A\,\overline{B}$ 和 AB，因此两变量的卡诺图应有 4 个方格，每个方格表示一个最小项，如图 1-14 所示。图中 00、01、10、11 分别对应四个最小项的取值，m_0、m_1、m_2、m_3 分别表示四个最小项的编号。

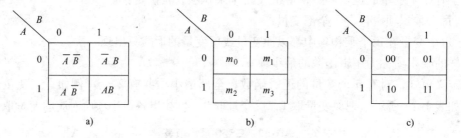

图 1-14　两变量的卡诺图

2）三变量的卡诺图。

三变量 A、B、C 的卡诺图共有 $2^3=8$ 个方格，其左侧（列变量）为 A 的取值，顶部（行变量）为 B、C 的取值，B、C 的四种可能取值按 00、01、11、10 即格雷码的排列顺序排列，如图 1-15 所示。

由图可知，任意两个位置上相邻的最小项在逻辑上也是相邻的，同一行两端方格里的最小项也是相邻的，它表明了卡诺图的循环相邻性。

3）四变量卡诺图。

四变量 A、B、C、D 的卡诺图共有 $2^4=16$ 个方格，它的列变量 A、B 和行变量 C、D 的取值也是按 00、01、11、10 的顺序排列的，如图 1-16 所示。

由图可看出，任意位置上相邻的最小项在逻辑上也相邻，同一行或同一列首尾方格里的最小项在逻辑上也是相邻的。

卡诺图的优点是使所有逻辑上相邻的最小项在图中的位置上也相邻，便于逻辑函数的化简。其主要缺点是随着变量数目的增多，图形迅速复杂化，因此逻辑变量在五个以上时，很少使用卡诺图。

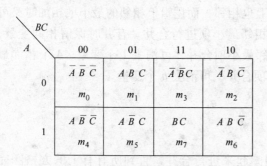

图 1-15　三变量的卡诺图

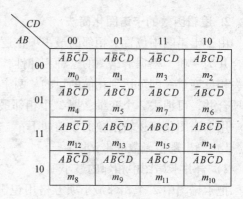

图 1-16　四变量的卡诺图

（3）逻辑函数的卡诺图表示法

由于任何一个逻辑函数都能写成若干个最小项之和的形式（最小项表达式），而每一个最小项在卡诺图中都有相应的位置，因此，可以用卡诺图来表示逻辑函数。具体做法是：先把逻辑函数化成最小项表达式，然后在卡诺图上把式中各最小项所对应的方格内填入 1，其余方格内填入 0（也可不填），就得到了该逻辑函数的卡诺图。

【例 1-15】　画出逻辑函数 $Y = \overline{A}\,\overline{B}\,\overline{C} + \overline{A}\,BC + AB\,\overline{C} + ABC$ 的卡诺图。

解　该逻辑函数为最小项表达式，

$$Y = \overline{A}\,\overline{B}\,\overline{C} + \overline{A}\,BC + AB\,\overline{C} + ABC$$

$$= m_0 + m_1 + m_6 + m_7$$

式中共有 3 个变量，包含 4 个最小项，分别为 $\overline{A}\,\overline{B}\,\overline{C}$、$\overline{A}\,BC$、$AB\,\overline{C}$、$ABC$，对应的变量取值分别为 000、001、110、111。其卡诺图应有 8 个格，在上述 4 个最小项所对应的方格中填 1，其余方格填 0 或不填。该逻辑函数的卡诺图如图 1-17 所示。

【例 1-16】　画出表 1-13 所示逻辑函数的卡诺图。

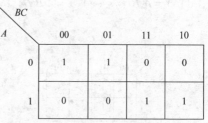

图 1-17　例 1-15 卡诺图

解　在卡诺图中，将真值表中函数值为 1 的变量组合所对应的最小项的方格填入 1，其他方格填入 0 或不填，即得出该函数的卡诺图（如图 1-18 所示）。

表 1-13　例 1-16 函数真值表

A	B	C	Y
0	0	0	1
0	0	1	0
0	1	0	0
0	1	1	1
1	0	0	0
1	0	1	1
1	1	0	1
1	1	1	1

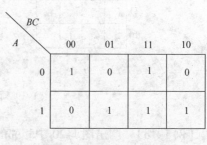

图 1-18　例 1-16 卡诺图

17

2. 逻辑函数的卡诺图化简法

由于卡诺图中位置上相邻的最小项在逻辑上也相邻，而逻辑上相邻的最小项相加时又可以合并为一项，根据卡诺图的这种相邻性，对相邻最小项进行合并。合并时保留相同变量，消去相反变量，即可达到化简的目的。两个相邻最小项合并，可消去 1 个变量，4 个相邻最小项合并，可消去 2 个变量，把 2^n 个相邻最小项合并，可消去 n 个变量。

用卡诺图化简逻辑函数的步骤如下：

1）画出逻辑函数的卡诺图；

2）合并卡诺图中相邻的最小项。

把卡诺图中 2^n 个相邻最小项方格用包围圈圈起来进行合并，直到所有有 1 的方格圈完为止。画包围圈的规则是：

① 圈要尽量大，这样消去的变量就多，但每个圈中所包含的方格数只能是 2^n 个，且只有相邻的 1 才能被圈在一起；

② 圈要尽量少，这样逻辑函数的与项就少，但所有填 1 的方格必须被圈，不能遗漏；

③ 每个为 1 的方格可被圈多次，但每个圈中至少有一个 1 只被圈过一次；

④ 同一行或同一列的首尾方格属于相邻。

3）将合并化简后的各与项进行逻辑加，即为所求逻辑函数的最简与-或式。

【例1-17】 圈出图 1-19 中相邻的最小项，并写出最简与-或式。

解 包围圈的画法如图 1-19 所示。两个相邻项合并可消去一个相反变量。

a）$Y = \overline{B}C$ b）$Y = A\,\overline{C}$ c）$Y = BCD$

d）$Y = A\,\overline{B}D$ e）$Y = \overline{A}\,\overline{B}\,\overline{D}$ f）$Y = \overline{B}CD$

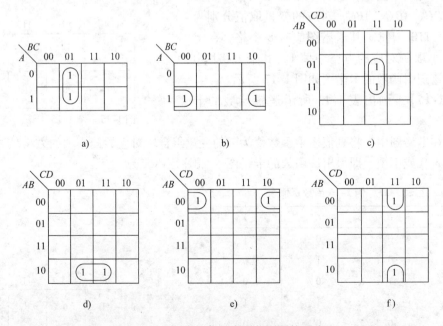

图 1-19 两个相邻最小项包围圈的画法

【例1-18】 圈出图 1-20 中相邻的最小项，并写出最简与-或式。

解 包围圈的画法如图 1-20 所示。四个相邻项合并可消去两个相反变量。

a) $Y = C$ b) $Y = \overline{A}$ c) $Y = \overline{C}$

d) $Y = \overline{C}D$ e) $Y = \overline{A}C$ f) $Y = \overline{B}D$

g) $Y = \overline{B}\,\overline{D}$

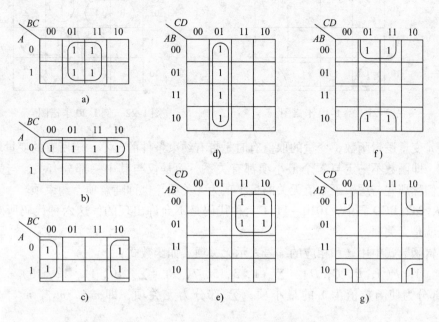

图 1-20   四个相邻最小项包围圈的画法

【例 1-19】   用卡诺图化简逻辑函数 $Y = \overline{A}\,\overline{B}C\,\overline{D} + \overline{B}\,\overline{C}\,\overline{D} + A\,\overline{B}D + A\,\overline{B}C$

解   1）画卡诺图。首先写出最小项表达式：

$$Y = \overline{A}\,\overline{B}C\,\overline{D} + \overline{B}\,\overline{C}\,\overline{D} + A\,\overline{B}D + A\,\overline{B}C$$
$$= \overline{A}\,\overline{B}C\,\overline{D} + \overline{A}\,\overline{B}\,\overline{C}\,\overline{D} + A\,\overline{B}\,\overline{C}\,\overline{D} + A\,\overline{B}CD + A\,\overline{B}\,\overline{C}D + A\,\overline{B}C\,\overline{D}$$
$$= m_2 + m_8 + m_0 + m_{11} + m_9 + m_{10}$$
$$= \sum_m(0,\ 2,\ 8,\ 9,\ 10,\ 11)$$

该逻辑函数的卡诺图如图 1-21 所示。

2）合并最小项。

在图 1-21 中，可画两个包围圈。注意卡诺图中四个角的四个 1 相邻，应圈在一起。

3）写出最简与-或式。

$$Y = A\,\overline{B} + \overline{B}\,\overline{D}$$

【例 1-20】   用卡诺图化简逻辑函数 $Y = F(A, B, C, D) = \sum_m(3, 4, 5, 7, 9, 13, 14, 15)$。

解   1）画卡诺图，将各最小项在卡诺图相应的方格内填 1，如图 1-22 所示。

2）合并相邻最小项。注意每个圈中至少有一个 1 只被圈过一次。

3）写出逻辑函数的最简与-或式。

$$Y = \overline{A}B\,\overline{C} + \overline{A}CD + A\,\overline{C}D + ABC$$

3. 具有无关项的逻辑函数的化简

（1）逻辑函数中的无关项

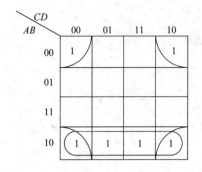

图 1-21 例 1-19 卡诺图

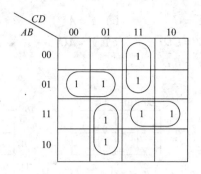

图 1-22 例 1-20 卡诺图

有些 n 变量逻辑函数，变量的取值有时是带有约束条件的，不一定所有的变量取值组合都会出现，即函数不一定与 2^n 个最小项都有关系，而是仅与其中一部分有关，与另一部分无关。我们称那些与逻辑函数值无关的最小项为无关项，也称随意项、约束项。

例如，8421BCD 码中，1010 ~ 1111 六种代码是不允许出现的，这六种代码所对应的六个最小项就是无关项。

在逻辑函数式中用 d 和相应的编号表示无关项。如函数式：

$$Y = F(A, B, C, D) = \sum_m (1, 3, 5, 7, 9) + \sum_d (10, 11, 12, 13)$$

中，$\sum_m$ 部分为使函数值为 1 的最小项，$\sum_d$ 部分为无关项，即 m_{10}，m_{11}，m_{12}，m_{13} 为无关项。

（2）利用无关项化简逻辑函数

在卡诺图中，无关项所对应的方格常用 "×" 或 "Φ" 来表示。因为无关项是不会出现或对函数值没有影响的项，因此，在用卡诺图化简时，根据需要，可以看做 1 或 0。

【例 1-21】 用卡诺图化简具有无关项的逻辑函数。

$Y = F(A, B, C, D) = \sum_m (1, 3, 5, 7, 8, 9) + \sum_d (11, 12, 13, 14, 15)$。

解 1）画卡诺图，如图 1-23 所示，在最小项方格内填 1，在无关项方格内填 ×。

2）合并相邻最小项，与 1 方格相邻并圈在一起的被当做 1 方格，没有被圈的无关项是丢弃不用的。1 方格不能遗漏，× 方格可以不用。

3）写出逻辑函数的最简与-或式。

$$Y = D + A\overline{C}$$

本例中若不利用无关项，便得不到如此简化的与-或式。

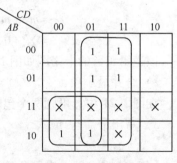

图 1-23 例 1-21 卡诺图

1.4 习题

1. 将下列十进制数转换成二进制数。
   （1）$(26)_{10}$　　　　（2）$(30.5)_{10}$　　　　（3）$(0.25)_{10}$　　　　（4）$(37.48)_{10}$
2. 将下列二进制数转换为十进制数。
   （1）$(110011001)_2$　　　（2）$(1011.01)_2$　　　（3）$(1010.101)_2$　　　（4）$(0.00101)_2$

3. 将下列二进制数转换为八进制和十六进制数。

(1) $(1100101101)_2$

(2) $(1001101.010)_2$

(3) $(101.01101)_2$

(4) $(100001.1101)_2$

4. 将下列十六进制数转换为二进制和十进制数。

(1) $(32B)_{16}$

(2) $(4DE.A8)_{16}$

(3) $(E9.6)_{16}$

(4) $(5CE.2BA)_{16}$

5. 将下列十进制数转换为8421BCD码。

(1) $(48)_{10}$

(2) $(34.15)_{10}$

(3) $(125.08)_{10}$

(4) $(296.31)_{10}$

6. 将下列8421BCD码转换为十进制数。

(1) $(01110100)_{8421BCD}$

(2) $(100101100011)_{8421BCD}$

(3) $(001010001001)_{8421BCD}$

7. 用真值表证明下列恒等式。

(1) $(A \oplus B) \oplus C = A \oplus (B \oplus C)$

(2) $A + \overline{A}B = A + B$

(3) $AB + \overline{A}C + BC = AB + \overline{A}C$

8. 画出下列逻辑函数的逻辑图。

(1) $Y = A(B + C) + BC$

(2) $Y = A\overline{B} + A\overline{C} + \overline{A}BC$

(3) $Y = \overline{A\overline{B} + \overline{C}}$

(4) $Y = \overline{AB} + (C \oplus D)$

9. 写出图 1-24 所示逻辑图的逻辑表达式。

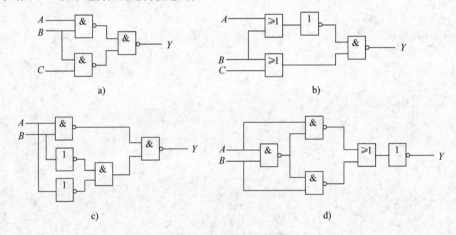

a)   b)

c)   d)

图 1-24　习题 9 逻辑图

10. 将如图 1-25 所示时序图所表示的逻辑函数表示成最小项表达式。

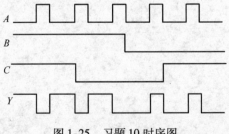

图 1-25　习题 10 时序图

11. 用与非门实现下列逻辑函数。

(1) $Y = AB + BC + AC$

(2) $Y = (\overline{A} + B)(A + \overline{B})(C + \overline{BC})$

12. 用代数法化简下列逻辑函数。

（1） $Y = A + ABC + A\overline{BC} + BC + \overline{B}C$

（2） $Y = A\overline{B} + BD + DCE + \overline{A}D$

（3） $Y = (A + B + C)(\overline{A} + \overline{B} + \overline{C})$

（4） $Y = A + A\overline{B}\,\overline{C} + \overline{A}CD + (\overline{C} + \overline{D})\ E$

（5） $Y = \overline{A}\,\overline{B}\,\overline{C} + A + B + C$

（6） $Y = \overline{D} \cdot \overline{A\,\overline{B}\,D} + \overline{AB\,\overline{D}}$

13. 用卡诺图法将下列各式化简为最简与-或式。

（1） $Y = A\,\overline{C} + \overline{A}C + B\,\overline{C} + \overline{B}C$

（2） $Y = \overline{A}\,\overline{B}\,\overline{C} + \overline{A}B\,\overline{C} + A\,\overline{B}C + ABC$

（3） $Y = AC\,\overline{D} + \overline{A}B\,\overline{D} + BC + \overline{A}CD + ABCD$

（4） $Y = A\,\overline{B}\,\overline{C} + AC + \overline{A}BC + \overline{B}C\,\overline{D}$

（5） $Y = F(A,\ B,\ C,\ D) = \sum_m(2,\ 3,\ 5,\ 6,\ 7,\ 9,\ 12,\ 13,\ 15)$

（6） $Y = F(A,\ B,\ C,\ D) = \sum_m(0,\ 2,\ 5,\ 7,\ 8,\ 10,\ 13,\ 15)$

（7） $Y = F(A,\ B,\ C,\ D) = \sum_m(3,\ 6,\ 8,\ 9,\ 11,\ 12) + \sum_d(0,\ 1,\ 2,\ 13,\ 14,\ 15)$

（8） $Y = F(A,\ B,\ C,\ D) = \sum_m(2,\ 4,\ 6,\ 7,\ 12,\ 15) + \sum_d(0,\ 1,\ 3,\ 8,\ 9,\ 11)$

第 2 章　逻辑电路基本单元

2.1　门电路的功能及应用

用以实现基本逻辑运算和复合逻辑运算的单元电路统称为门电路。门电路的输入和输出之间存在一定的逻辑关系，所以门电路又称为逻辑门电路。门电路是构成数字电路的基本单元，在数字电路中，信号的传输和变换都是由门电路来完成的。

门电路的工作基础是利用半导体器件的开关特性。

门电路按构成方式不同，可分为分立元件门电路和集成门电路两类。分立元件门电路具有电路结构直观、体积大、可靠性差的特点，而集成门电路具有体积小、重量轻、功耗小、价格低、可靠性高等特点。随着电路集成技术的不断发展，集成门电路日臻完善，在应用领域占据主导地位，其中 TTL 门电路和 CMOS 门电路得到较为广泛的应用。

2.1.1　半导体器件的开关特性

在数字电路中，二极管和晶体管经常工作在开关状态。它们在脉冲信号的作用下，时而导通，时而截止，相当于开关的"闭合"和"断开"。研究它们的开关特性，就是具体分析导通和截止之间的转换问题。

1. 二极管开关特性

二极管的开关特性表现在正向导通和反向截止两种状态的转换过程。

二极管具有单向导电性。当二极管加正向电压时，其正向电阻很小，呈导通状态，相当于开关闭合；当二极管加反向电压时，其反向电阻很大，呈截止状态，相当于开关断开。所以在数字电路中二极管通常作为开关使用。

一个理想开关应具备的开关特性是：开关闭合时，其电阻为零，开关两端电压也为零；开关断开时，其电阻无穷大，通过开关的电流为零；开关闭合与断开的转换瞬间完成。

二极管的实际开关特性与理想开关特性是有差异的，现以硅管为例说明。

1）静态开关特性。二极管的伏安特性曲线如图 2-1 所示，从图中我们可以看出，当二极管外加正向电压 u_D 大于 0.5V 时，二极管导通，以后电流 i_D 随电压 u_D 的增加按指数规律很快地增加。当 $u_D = 0.7V$ 时，特性曲线已经很陡，即 i_D 在一定范围内变化时，u_D 基本上保持不变。因此，在数字电路分析计算中，常把 $u_D \geqslant 0.7V$ 作为二极管导通条件，而二极管一旦导通，就近似认为 u_D 保持在 0.7V 不变，此时，二极管相当于一个具有 0.7V 压降的闭合开关。

当 $u_D \leqslant 0.5V$ 时，i_D 很小，二极管处于截止状态，因此，常把 $u_D \leqslant 0.5V$ 作为二极管截止的条件，且二

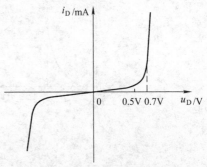

图 2-1　二极管伏安特性曲线

极管一旦截止,就近似认为 $i_D \approx 0$,相当于开关断开。二极管等效电路如图 2-2 所示。

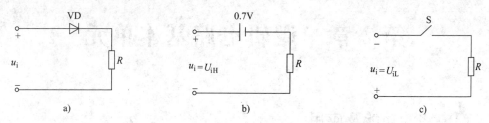

图 2-2 二极管开关电路及其等效电路

a) 二极管电路 b) 导通等效 c) 截止等效

2) 动态开关特性。二极管的动态开关特性是指二极管由正向导通到反向截止,或由反向截止到正向导通的瞬时特性。由于电荷存储效应的存在,二极管从导通到截止的转换需要一个过程,即存在着一定的时间延迟。二极管由正向导通转换为反向截止的过程称为反向恢复过程,所用的时间称为反向恢复时间 (t_{re});二极管由反向截止转换为正向导通所需要的时间称为开通时间。开通时间与反向恢复时间相比要小得多,故可忽略不计。由于反向恢复时间的存在,使二极管的开关速度受到影响。

近似的电路分析中,二极管可当做一个理想开关,但在严格的电路分析或高速开关电路中,则不能把二极管当做理想开关。

2. 晶体管开关特性

晶体管的开关作用对应于有触点开关的"断开"与"闭合"。

晶体管有放大、饱和、截止三种工作状态,在数字电路中,晶体管是作为一个开关来使用的,因此,只能工作在饱和状态和截止状态,对应于开关的闭合和断开。以 NPN 型硅管为例,说明晶体管的开关特性。

1) 晶体管的特性曲线。以基极 B 和发射极 E 之间的发射结作为输入回路,测出表示输入电压 u_{BE} 和输入电流 i_B 之间关系的特性曲线,如图 2-3a 所示,这个曲线称为输入特性曲线。图中的 U_{ON} 称为开启电压,硅晶体管的电压为 0.5 ~ 0.7V。

以集电极 C 和发射极 E 之间的回路作为输出回路,可测出在不同的 i_B 值下表示集电

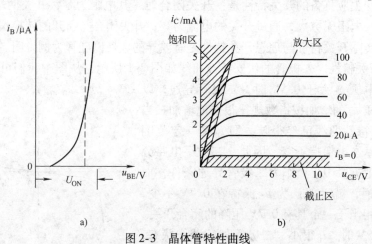

图 2-3 晶体管特性曲线

a) 输入特性 b) 输出特性

极电流 i_C 和集电极电压 u_{CE} 之间关系的特性曲线，如图 2-3b 所示，这一簇曲线称为输出特性曲线。

输出特性曲线分为三个区域，放大区、饱和区和截止区。放大区的特点是 i_C 与 i_B 之间成正比例变化（β 倍），且几乎不受 u_{CE} 变化的影响。饱和区的特点是 i_C 不再随 i_B 以 β 倍的比例增加而趋向饱和，且 u_{CE} 值约为 $0.6 \sim 0.7V$，进入深度饱和状态后，集电极和发射极之间的饱和压降 $U_{CE(sat)}$ 在 $0.3V$ 以下。截止区的特点是 i_C 几乎等于零。

2）晶体管的开关特性。晶体管开关电路如图 2-4a 所示。当 $u_i < U_{ON}$ 时，$u_{BE} < U_{ON}$，由输入特性曲线可知，此时 $i_B \approx 0$，晶体管处于截止状态。由输出特性曲线可知，$i_B = 0$ 时 $i_C \approx 0$，此时电阻 R_C 上没有压降，因此晶体管开关电路的输出为高电平，$u_o = U_{oH} \approx U_{CC}$。

当 $u_i > U_{ON}$ 以后，有 i_B 产生，同时有相应的集电极电流 i_C 流过 R_C 及晶体管的输出回路，晶体管开始进入放大区。u_i 继续升高，R_C 上的压降继续增大。当 R_C 上的压降接近电源电压 U_{CC} 时，晶体管上的压降近似为零，晶体管进入深度饱和状态，开关电路处于导通状态，输出为低电平，$u_o = U_{oL} \approx 0$。

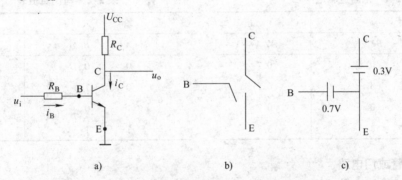

图 2-4　晶体管开关电路及其等效电路
a）晶体管电路　b）截止等效　c）饱和等效

综上所述，晶体管开关电路在输入电压为低电平时，晶体管工作在截止状态，相当于开关断开，在开关电路的输出端输出高电平；当输入电压为高电平时，晶体管工作在深度饱和状态，相当于开关闭合，在开关电路的输出端输出低电平。晶体管开关等效电路如图 2-4b、图 2-4c 所示。

3）晶体管的动态开关特性。当晶体管在截止与饱和导通两种状态间迅速转换时，晶体管内部电荷的建立和消散都需要一定的时间，因而集电极电流 i_C 的变化必然滞后于输入电压 u_i 的变化，从而导致开关电路的输出电压 u_o 的变化滞后于输入电压 u_i 的变化。

2.1.2　分立元件门电路

1. 二极管与门电路

由二极管和电阻可以组成最简单的与门电路。图 2-5a 是有两个输入端的与门电路，其中 A、B 为两个输入变量，Y 为输出变量。

设 $U_{CC} = 5V$，A、B 输入端的高、低电平分别为 $U_{iH} = 3V$，$U_{iL} = 0V$，二极管的正向导通压降 $U_D = 0.7V$。

当输入 $A = B = 0V$ 时，VD_1、VD_2 均导通，输出 $Y = 0.7V$；

当输入 $A = 0V$，$B = 3V$ 时，VD_1 优先导通，输出 Y 受 VD_1 钳位等于 0.7V，即 $Y = 0.7V$，此时 VD_2 截止；同理，当 $A = 3V$，$B = 0V$ 时，VD_2 优先导通，VD_1 截止，$Y = 0.7V$；

当 $A = B = 3V$ 时，VD_1、VD_2 均导通，输出 $Y = 3.7V$。输入输出电平的关系如表 2-1 所示。

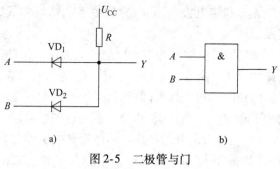

图 2-5　二极管与门
a) 电路　b) 逻辑符号

如果规定 3V 以上为高电平，用逻辑 1 表示；0.7V 以下为低电平，用逻辑 0 表示，则可将表 2-1 改写成表 2-2。由该表可知，只要 A、B 中有低电平，输出 Y 即为低电平，只有当 A、B 都为高电平时，输出 Y 才为高电平，符合"与"逻辑关系，其逻辑表达式为：$Y = A \cdot B$。图 2-5b 为与门逻辑符号。

表 2-1　电路逻辑电平

输	入	输 出
A/V	B/V	Y/V
0	0	0.7
0	3	0.7
3	0	0.7
3	3	3.7

表 2-2　与门真值表

输	入	输 出
A	B	Y
0	0	0
0	1	0
1	0	0
1	1	1

2. 二极管或门电路

最简单的或门电路也是由二极管和电阻组成的，如图 2-6a 所示。图中 A、B 为两个输入变量，Y 为输出变量。

设 A、B 输入端的高、低电平分别为 $U_{iH} = 3V$，$U_{iL} = 0V$，二极管的正向导通压降 $U_D = 0.7V$，则只要 A、B 中有一个是高电平，输出就是 2.3V，只有当 A、B 同时为低电平时，输出才是 0V，因此可以得到表 2-3 所示的逻辑电平关系。

如果规定 2.3V 以上为高电平，用逻辑 1 表示；0V 以下为低电平，用逻辑 0 表示，则可将表 2-3 改写成表 2-4 所示的真值表。其逻辑表达式为：$Y = A + B$。图 2-6b 为或门逻辑符号。

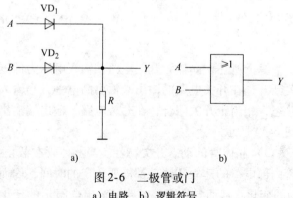

图 2-6　二极管或门
a) 电路　b) 逻辑符号

3. 晶体管非门电路

晶体管非门电路如图 2-7a 所示，其中 A 为输入变量，Y 为输出变量。通过前面介绍的晶体管开关特性可知，当输入为低电平时，晶体管截止，输出为高电平；当输入为高电平时，晶体管饱和导通，输出为低电平。因此，输出与输入之间是反相关系，该电路实际上就是一个非门，其逻辑符号如图 2-7b 所示。

表 2-3　电路逻辑电平

输	入	输 出
A/ V	B/ V	Y/ V
0	0	0
0	3	2.3
3	0	2.3
3	3	2.3

表 2-4　或门真值表

输	入	输 出
A	B	Y
0	0	0
0	1	1
1	0	1
1	1	1

电路中接入了负电源 U_{BB} 和电阻 R_2，即使输入的低电平信号稍大于零，也能使晶体管的基极为负电位，从而保证晶体管可靠地截止，输出为高电平。当输入信号为高电平时，应保证晶体管工作在深度饱和状态，以使输出电平近似为零。

分立元件门电路由于电路导通压降的影响，输出的高、低电平与输入的高、低电平数值并不相等，存在一定的输出电平偏移问题。其次，电路的输出电阻比较大，带负

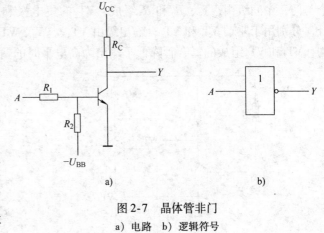

图 2-7　晶体管非门
a）电路　b）逻辑符号

载能力差，开关性能并不理想。因此，这种门电路仅用作集成电路内部的逻辑单元，而不用它直接去驱动负载电路。

2.1.3　TTL 集成门电路

TTL 集成门电路是晶体管—晶体管逻辑门电路（Transistor-Transistor Logic）的简称，它主要由双极型晶体管组成。TTL 集成电路生产工艺成熟，产品参数稳定、工作可靠、开关速度高，因此获得了广泛的应用。TTL 系列分为 54 和 74 两大系列，而每个系列又分为以下子系列（以 74 系列为例）：

　　74××　　　标准系列；

　　74L××　　　低功耗系列；

　　74H××　　　高速系列；

　　74S××　　　肖特基系列；

　　74LS××　　　低功耗肖特基系列；

　　74AS××　　　先进的肖特基系列；

　　74ALS××　　　先进的低功耗肖特基系列。

其中，"××"为器件的功能编号，编号相同的各子系列器件的功能完全相同，差别主要在于功耗、抗干扰容限和传输延迟等。功能编号相同的 54 系列与 74 系列的功能完全相同。

我国 TTL 系列产品型号较多，如：T4000、T3000、T2000 等。

国外 TTL 集成电路只要型号一致，其功能、性能、引脚排列和封装形式就一致。主要有美国 Texas（德克萨斯）公司 SN74/54 系列、美国 MOTOROLA（摩托罗拉）公司 MC74/54 系列、日本 HITACHI（日立）公司 HD74 系列产品。

1. TTL 门电路组成及其工作原理

下面以二输入 TTL 与非门为例讲述门电路的组成及其工作原理。

（1）电路组成

图 2-8a 为 TTL 与非门组成电路，该电路可分为输入级、中间级和输出级三部分。输入级由多发射极晶体管 VT_1 和电阻 R_1 组成，VT_1 的等效电路如图 2-8b 所示，功能上相当于一个与门；中间级由 VT_2、R_2 和 R_3 组成，VT_2 的集电极和发射极提供两个逻辑电平相反的信号，分别用于驱动 VT_3 和 VT_5；输出级由 VT_3、VT_4、VT_5、R_4 和 R_5 组成，它们采用达林顿结构，VT_3 和 VT_4 组成的复合管降低了输出为高电平时的输出电阻，提高了电路的带载能力。

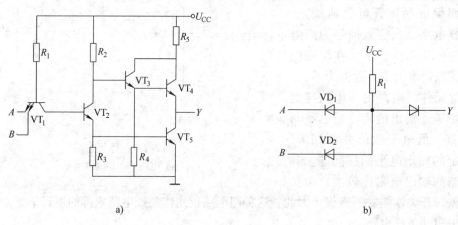

图 2-8 TTL 与非门电路

a）电路结构 b）VT_1 等效电路

（2）工作原理

设 $U_{CC} = 5V$，A、B 输入端的高、低电平分别为 $U_{iH} = 3.6V$，$U_{iL} = 0.3V$。

当输入信号不全为高电平时，如 $A = U_{iL}$，$B = U_{iH}$，则 $u_{B1} = u_{BE1} + U_{iL} = (0.7 + 0.3)V = 1V$，此时 VT_2、VT_5 截止，VT_3、VT_4 导通，输出为高电平 U_{oH}

$$Y = U_{oH} = U_{CC} - i_{B3}R_2 - u_{BE3} - u_{BE4} \approx U_{CC} - u_{BE3} - u_{BE4} = (5 - 0.7 - 0.7)V = 3.6V$$

当输入信号全为高电平时，如 $A = U_{iH}$，$B = U_{iH}$，则电源 U_{CC} 通过 R_1 和 VT_1 的集电结向 VT_2 提供较大的基极电流，使 VT_2、VT_5 饱和导通，输出为低电平 U_{oL}，即

$$Y = U_{oL} \approx 0.3V$$

综上所述，该电路满足逻辑关系式 $Y = \overline{A \cdot B}$

由于不同的门电路实现的功能不同，其电路组成也有所差异，但基本元器件都是晶体管和电阻。各种门电路工作原理可以参照与非门电路工作原理进行分析，这里不再一一讲述。

2. TTL 集成门电路的技术参数

只有了解了门电路的技术参数，才能更好地选择和应用门电路。下面以 TTL 与非门为例进行介绍。

图 2-9 是 TTL 与非门电路的电压传输特性曲线，它描述的是门电路的输出电压 u_o 与输

入电压 u_i 之间的关系。当输入为低电平时，输出为高电平，如图中 AB 段；当输入为高电平时，输出为低电平，如图中 CD 段；当输入电平由低电平向高电平过渡时，输出也从高电平向低电平转化，如图中 BC 段。

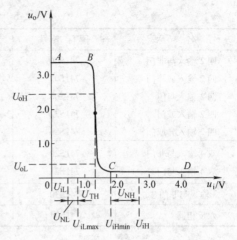

图 2-9　TTL 与非门电压传输特性曲线

1）输出高电平 U_{oH} 指 TTL 与非门的一个或几个输入为低电平时的输出电平。产品规定值 $U_{oH} \geqslant 2.4V$。

2）输出低电平 U_{oL} 指 TTL 与非门的输入全为高电平时的输出电平。产品规定值 $U_{oL} \leqslant 0.4V$。

3）开门电平 U_{iHmin} 指输入电压由高电平向低电平变化，输出端仍维持低电平时的最小输入高电平数值。一般 $U_{iHmin} \leqslant 1.8V$。

4）关门电平 U_{iLmax} 指输入电压由低电平向高电平变化，输出端仍维持高电平时的最大输入低电平数值。一般 $U_{iLmax} \geqslant 0.8V$。

5）阈值电压 U_{TH} 指输出电平由高到低或由低到高变化时所对应的输入电压，也称门槛电压。一般 $U_{TH} \approx 1.4V$。

6）低电平噪声容限 U_{NL} 指保证输出为高电平 U_{oH} 时，输入低电平的允许上限值 U_{iLmax} 与输入低电平 U_{iL} 之差，即 $U_{NL} = U_{iLmax} - U_{iL}$。一般在 $0.3V$ 左右。

7）高电平噪声容限 U_{NH} 指保证输出为低电平 U_{oL} 时，输入高电平的允许下限值 U_{iHmin} 与输入高电平 U_{iH} 之差，即 $U_{NH} = U_{iHmin} - U_{iH}$。一般在 $-0.9V$ 左右。

8）平均延迟时间 t_{pd} 指由于半导体器件的开关特性及输出端电容负载的影响，输出波形将比输入波形滞后，并产生一定的失真，如图 2-10 所示，平均延迟时间为 $t_{pd} = \dfrac{1}{2}(t_{PHL} + t_{PLH})$。一般约为 10ns。因平均延迟时间的存在，限制了输入端脉冲信号的最高工作频率，它决定了门电路的开关速度。

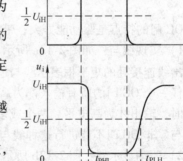

图 2-10　传输延迟时间

9）扇入系数 N_I 指 TTL 与非门输入端的个数。N_I 越大使用越灵活。

10）扇出系数 N_O 指 TTL 与非门能带同类门的个数，它反映了与非门带负载的能力。一般 N_O 为 $8 \sim 10$。

3. 常用 TTL 集成门电路

常用 TTL 集成门电路见表 2-5，在实际应用中可根据具体需要进行选择。

4. 其他类型 TTL 集成门电路

（1）OC 门

OC 门是集电极开路与非门的简称，电路如图 2-11a 所示，图 2-11b 是其逻辑符号。OC 门是为解决一般 TTL 与非门不能线与而设计的，工作时需要在输出端 Y 和电源 U_{CC} 之间外接一个上拉负载电阻 R_L。当输入 A、B 均为高电平时，VT_2、VT_3 饱和导通，输出低电平；当输入 A、B 中有低电平时，VT_2、VT_3 截止，输出高电平。

表 2-5　常用 TTL 集成门电路

名　　称	国际型号	国内型号	说　　明
四 2 输入与非门	74LS00	T1000	
四 2 输入或非门	74LS02	T186	每个组件内有四个门，每个门有 2 个输入端
四 2 输入与门	74LS08	T1008	
四 2 输入或门	74LS32		
四 2 输入异或门	74LS86	T1086	
双 4 输入与非门	74LS20		每个组件内有两个门，每个门有 4 个输入端
双 4 输入与门	74LS21	T1021	
8 输入与非门	74LS30	T1002	每个组件内只有一个门，8 个输入端
六反相器	74LS04		每个组件内有六个反相器（非门）

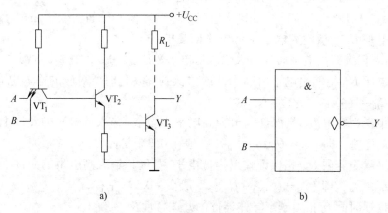

图 2-11　集电极开路与非门电路及其符号
a）电路结构　b）逻辑符号

OC 门的特点是驱动能力大，带负载能力强，主要应用有：

1）实现线与：如图 2-12a 所示由两个 OC 门输出端并联后经电阻 R_L 接 U_{CC} 的电路。图中输出线连接处的矩形框表示线与逻辑功能的图形符号。其逻辑表达式为 $Y = \overline{AB} \cdot \overline{CD}$。

任一个 OC 门的所有输入都为高电平时，输出为低电平；只有每个 OC 门的输入中有低电平时，输出才为高电平。两个或多个 OC 门的输出信号在输出端直接相与的逻辑功能，称为线与。非 OC 门不能进行这种线与，否则可能使门电路损坏。

2）驱动显示器：图 2-12b 所示为用 OC 门驱动发光二极管的显示电路。该电路只有在输入都为高电平时，输出才为低电平，发光二极管导通发光，否则，输出高电平，发光二极管熄灭。OC 门还常用来驱动继电器电路。

3）实现电平转换：图 2-12c 所示由 OC 门组成的电平转换电路，输入 A、B 的信号来自 TTL 与非门的输出电平。它输出的高电平可以适应下一级电路对高电平的要求。输出的低电平仍为 0.3V。

（2）TSL 门

TSL 门即三态门，电路的输出有高电平、低电平和高阻态三种状态，它是在普通 TTL 门电路的基础上增加一个使能端 EN 或 $\overline{EN}$ 而得到的。图 2-13 为三态与非门的逻辑符号。

图 2-13a 中，当 $\overline{EN} = 0$ 时，三态与非门处于工作状态，此时其逻辑功能与普通与非门功

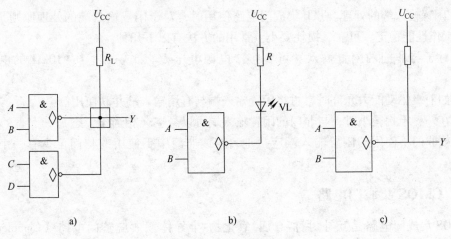

图 2-12　OC 门的应用

a）线与　b）驱动显示电路　c）电平转换

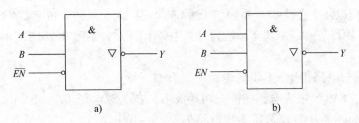

图 2-13　三态输出与非门

a）低电平有效　b）高电平有效

能相同；当 $\overline{EN}=1$ 时，输出呈现高阻状态，即悬浮状态，称 $\overline{EN}$ 低电平有效。

图 2-13b 中，当 $EN=1$ 时，三态与非门处于工作状态，$EN=0$ 时，输出呈现高阻状态，称 EN 高电平有效。

三态门的有效负载能力强，平均传输时间短，它由高阻状态到工作状态的延迟时间比由工作状态到高阻状态的延迟时间长，即门接通困难，断开容易，当多个三态门输出并在一起时，容易做到"先断后通"。

三态门主要用于构成计算机接口电路，它可以用一根导线轮流传送几组不同的数字信号。例如用三态输出门构成单向总线或双向总线。

5. TTL 集成门电路使用注意事项

1）电源电压及电源干扰的消除。电源电压的变化对 54 系列应满足（5±10%）V、对 74 系列应满足（5±5%）V 的要求，电源的正极和地线不可接错。为了防止外来干扰通过电源串入电路，需要对电源进行滤波，通常在印制电路板的电源输入端接入 10~100μF 的电容进行滤波，在印制电路板上，每隔 6~8 个门加接一个 0.01~0.1μF 的电容对高频进行滤波。

2）输出端的连接。普通 TTL 门电路的输出端不允许直接并联使用。输出端不允许直接接电源 U_{CC} 或直接接地。使用时，输出电流应小于产品手册上规定的最大值。三态输出门的输出端可并联使用，但在同一时刻只能有一个门工作，其他门输出处于高阻状态。集电极开路门输出端可并联使用，但公共输出端和电源 U_{CC} 之间应接负载电阻 R_L。

3）闲置输入端的处理。TTL 集成门电路使用时，对于闲置输入端的处理原则是：保证门电路工作性能稳定、可靠、损耗要小。常用的方法有以下几种：

① 对于与非门的闲置输入端可直接接电源电压 U_{CC}，或通过 $1 \sim 10k\Omega$ 的电阻接电源 U_{CC}。

② 如前级驱动能力允许时，可将闲置输入端与有用输入端并联使用。

③ 在外界干扰很小时，与非门的闲置输入端可以悬空（相当于 1 态）。

④ 或非门不使用的闲置输入端应接地，与或非门中不使用的与门至少有一个输入端接地。

2.1.4　CMOS 集成门电路

CMOS 集成门电路是互补对称-金属-氧化物-半导体场效应管门电路（Complementary-Metal-Oxide-Semiconductor）的简称，它是由增强型 PMOS 管和增强型 NMOS 管组成的互补对称 MOS 门电路。

CMOS 集成门电路主要有 4000 系列、普通 CMOS 74C××系列、高速 CMOS 74HC/HCT××系列和先进的 CMOS 74AC/ACT××系列，其中 74HCT××系列和 74HCT××系列可直接与 TTL 系列兼容。

和 TTL 集成门电路相比，CMOS 电路主要有如下特点：

1）功耗低。CMOS 集成电路的静态功耗极小，在电源电压 $U_{DD}=5V$ 时，门电路的静态功耗小于 $2.5 \sim 5\mu W$；中规模数字集成电路小于 $25 \sim 100\mu W$。

2）工作电源电压范围宽。CMOS4000 系列的电源电压为 $3 \sim 15V$，HCMOS 电路为 $2 \sim 6V$，这给电路电源电压的选择带来了很大方便。

3）噪声容限大。CMOS 集成电路的噪声容限最大可达电源电压的 45%，最小不低于电源电压的 30%，而且随着电压的提高而增大。因此，它的噪声容限比 TTL 电路大得多。

4）逻辑摆幅大。CMOS 集成电路输出的高电平接近于电源电压 U_{DD}，而输出的低电平又接近为 0V。因此，输出逻辑电平幅度的变化接近电源电压 U_{DD}。电源的电压越高，逻辑摆幅越大。

5）输入阻抗高。在正常工作电源电压范围内，输入阻抗可达 $10^{10} \sim 10^{12}\Omega$。因此，其驱动功率极小，可忽略不计。

6）扇出系数大。CMOS4000 系列输出端可带 50 个以上的同类门电路，对于 HCMOS 电路可带 10 个 LS—TTL 负载门，如带同类门电路则还可多些。因此 CMOS 在中、大规模数字集成电路中有着广泛的应用。

CMOS 集成门电路也有与门、或门、非门、与非门、或非门、传输门、漏极开路的门电路（OD 门）、三态门、异或门等，其逻辑功能与 TTL 门电路相同，这里不再详细介绍。

CMOS 集成门电路使用注意事项：

（1）电源电压

1）CMOS 电路的电源电压极性不能接反，否则，可能会造成电路永久失效。

2）CC4000 系列的电源电压可在 $3 \sim 15V$ 的范围内选择，但最大不允许超过极限值 18V。电源电压选择得越高，抗干扰能力也越强。

3）高速 CMOS 电路，HC 系列的电源电压可在 $2 \sim 6V$ 范围内选择，HCT 系列的电源电压在 4.5~5.5V 的范围内选择。但最大不允许超过极限值 7V。

4）在进行 CMOS 电路实验，或对 CMOS 数字系统进行调试、测量时，应先接入直流电源，后接信号源；使用结束时，应先关信号源，后关直流电源。

（2）闲置输入端的处理

1）闲置输入端不允许悬空。

2）对于与门和与非门，闲置输入端应接正电源或高电平；对于或门和或非门，闲置输入端应接地或低电平。

3）闲置输入端不宜与使用输入端并联使用，因为这样会增大输入电容，从而使电路的工作速度下降。但在工作速度很低的情况下，允许输入端并联使用。

（3）输出端的连接

1）输出端不允许直接与电源 U_{DD} 或与地相连。

2）为提高电路的驱动能力，可将同一集成芯片上相同门电路的输入端、输出端并联使用。

3）当 CMOS 电路输出端接大容量的负载电容时，流过芯片的电流很大，有可能使芯片损坏。因此，需在输出端和电容之间串接一个限流电阻，以保证流过芯片的电流不超过允许值。

2.2 实验一 门电路的认识与测试

1. 实验目的

1）掌握门电路的识别方法。

2）掌握 TTL 和 CMOS 门电路逻辑功能的测试方法。

3）通过测试 TTL 与非门的电压传输特性，进一步理解门电路的主要参数及其意义。

2. 实验仪器

数字电路学习机，万用表，74LS00、CD4001 各一片。

3. 实验内容

1）门电路的识别：参照图 2-14，识别 74LS00 和 CD4001 的封装及引脚排列。

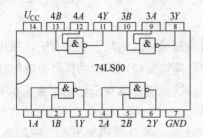 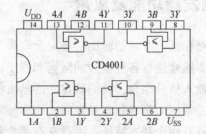

图 2-14 元件引脚排列图

2）门电路逻辑功能测试。

① 74LS00 逻辑功能测试。

在数字电路学习机的合适位置选 14P 插座，正确插入 74LS00 芯片，连接电源线 +5V 和地线，选择其中的一组与非门进行测试：门的两个输入端接逻辑开关 K_1、K_2，提供输入逻辑信号 0、1，门的输出端接由发光二极管组成的状态指示灯，亮为逻辑 1，不亮为逻辑 0。将测试结果填入表 2-6 中。

② CD4001 逻辑功能测试。

测试方法与 74LS00 测试方法相同，将测试结果填入表 2-7 中。

表 2-6　74LS00 真值表

输　　入		输　　出
A	B	Y
0	0	
0	1	
1	0	
1	1	

表 2-7　CD4001 真值表

输　　入		输　　出
A	B	Y
0	0	
0	1	
1	0	
1	1	

3）电压传输特性测试。

TTL 与非门电压传输特性测试电路如图 2-15 所示。采用逐点测试法，调节 R_2 逐点测量 U_i 和 U_o，将测量结果填入表 2-8 中，然后绘制 U_i、U_o 关系曲线。注意在特性曲线的转折处应适当增加测量点，以提高绘图的准确性。

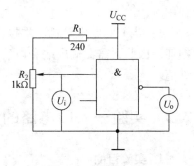

图 2-15　测试电路

4. 问题讨论

1）TTL 和 CMOS 门电路的输入端悬空对门电路输出的影响。

2）如何设计电路测试 CD4001 的电压传输特性？

表 2-8　电压传输特性测试

U_i									
U_o									

2.3　触发器功能及应用

门电路在某一时刻的输出信号完全取决于该时刻的输入信号，它没有记忆作用。在数字系统中，要连续进行各种复杂的运算和控制，就必须将曾经输入过的信号暂时保存起来，以便与新的输入信号综合，共同确定新的输出状态。这就需要具有记忆功能的基本单元，这种基本单元通常用的是双稳态触发器，简称触发器。

触发器有两个基本特征：一是它有两个稳定状态：可分别用来表示二进制数码 0 和 1；二是在输入信号作用下，触发器的两个稳定状态可互相转换，输入信号消失后，已转换的稳定状态可长期保持下来，这就使得触发器能够记忆二进制信息，常用作二进制存储单元。

触发器由门电路组成，它有一个或多个输入端，有两个互补输出端，分别用 Q 和 $\overline{Q}$ 表示。通常用 Q 端的输出状态来表示触发器的状态。当 $Q=1$、$\overline{Q}=0$ 时，称为触发器的 1 状态，记作 $Q=1$；当 $Q=0$、$\overline{Q}=1$ 时，称为触发器的 0 状态，记作 $Q=0$。这两个状态和二进制数码的 1 和 0 对应。

触发器的逻辑功能是指触发器的下一个输出状态（简称次态，用 Q^{n+1} 表示）和现在的输出状态（简称现态，用 Q^n 表示）以及输入信号之间的逻辑关系。描述触发器的逻辑功能，通常采用特性表、特性方程和波形图（又称时序图）等方法。

触发器种类很多，按逻辑功能来分，有 RS（复位置位）、D（数据）、JK（多功能）、T（可控）、T'（计数式）触发器等；按有无时钟信号控制来分，有基本触发器和时钟触发器；按空翻电路结构分，有主从触发器、维持阻塞触发器、边沿触发器等。

2.3.1 基本 RS 触发器

基本 RS 触发器电路结构简单，是构成各种集成触发器的基本单元。

1. 电路结构

由两个与非门交叉耦合构成的基本 RS 触发器如图 2-16a 所示。图 2-16b 是其逻辑符号，$\overline{R}_D$、$\overline{S}_D$ 端的小圆圈表示低电平有效。

触发器的状态由两个激励信号 $\overline{R}_D$、$\overline{S}_D$ 控制。在触发器处于稳定状态时，输出端 Q 和 $\overline{Q}$ 的状态相反。

2. 逻辑功能

触发器有两个输入变量，对应 4 种输入组合，在 4 种输入组合作用下，RS 触发器的逻辑功能如下：

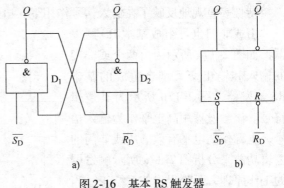

图 2-16 基本 RS 触发器
a) 逻辑图 b) 逻辑符号

1）当 $\overline{R}_D = 0$、$\overline{S}_D = 1$ 时，触发器置 0。因 $\overline{R}_D = 0$，与非门 D_2 输出 $\overline{Q} = 1$，这时与非门 D_1 输入都为高电平 1，输出 $Q = 0$，触发器被置 0。使触发器处于 0 状态的输入端 $\overline{R}_D$ 称为置 0 端，也称复位端，低电平有效。

2）当 $\overline{R}_D = 1$、$\overline{S}_D = 0$ 时，触发器置 1。因 $\overline{S}_D = 0$，与非门 D_1 输出 $Q = 1$，这时与非门 D_2 输入都为高电平 1，输出 $\overline{Q} = 0$，触发器被置 1。使触发器处于 1 状态的输入端 $\overline{S}_D$ 称为置 1 端，也称置位端，低电平有效。

3）当 $\overline{R}_D = 1$、$\overline{S}_D = 1$ 时，触发器保持原状态不变。如触发器处于 $Q = 0$、$\overline{Q} = 1$ 的状态时，则 $Q = 0$ 反馈到 D_2 的输入端，D_2 因输入有低电平，输出 $\overline{Q} = 1$；$\overline{Q} = 1$ 又反馈到 D_1 输入端，D_1 输入都为高电平 1，输出 $Q = 0$。电路保持 0 状态不变。

4）当 $\overline{R}_D = 0$、$\overline{S}_D = 0$ 时，触发器输出状态不定。因为在 $\overline{R}_D$ 和 $\overline{S}_D$ 端同时输入 0 时，触发器的互补输出端 Q 和 $\overline{Q}$ 都为 1，这就破坏了触发器的两个输出信号互补的规则。而且当随后 $\overline{R}_D$ 和 $\overline{S}_D$ 又同时为 1 时，由于 D_1 和 D_2 器件性能上的差异，其输出状态无法预知，可能是 0 状态，也可能是 1 状态，次态将出现不稳定的现象。所以在实际应用中，这种情况应当避免。

3. 特性表

触发器次态 Q^{n+1} 与输入信号和电路现态 Q^n 之间关系的真值表称作特性表。基本 RS 触发器的逻辑功能可用表 2-9 所示的特性表来表示。其中"×"表示不确定。

表 2-9　与非门组成的基本 RS 触发器特性表

$\overline{R_D}$	$\overline{S_D}$	Q^n	Q^{n+1}	说　明
0	0	0	×	不允许出现
0	0	1	×	（触发器状态不定）
0	1	0	0	
0	1	1	0	置0
1	0	0	1	
1	0	1	1	置1
1	1	0	0	保持
1	1	1	1	（原状态不变）

特性表直观地反映了在输入信号作用下，电路的现态和次态之间的转换关系。

由或非门也可组成基本 RS 触发器，如图 2-17a 所示为由两个或非门的输入和输出交叉耦合组成的基本 RS 触发器，图 2-17b 所示为其逻辑符号。该触发器用高电平作为输入信号，也称作高电平有效。用或非门的逻辑功能来分析图 2-17a 所示触发器的工作原理，不难得出如下结论：当 $R_D = 0$、$S_D = 1$ 时，触发器置 1；当 $R_D = 1$、$S_D = 0$ 时，触发器置 0；当 $R_D = S_D = 0$ 时，触发器保持原来状态不变；当 $R_D = S_D = 1$ 时，触发器输出状态不定。

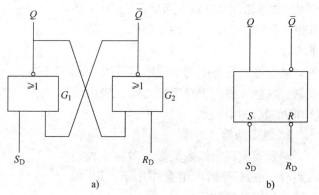

图 2-17　或非门组成的基本 RS 触发器
a）逻辑图　b）逻辑符号

基本 RS 触发器除了作为其他集成触发器中实现状态存储的基本单元外，还可用于实现集成触发器的直接置位（异步置位）和直接复位（异步复位）等功能。

2.3.2　同步触发器

基本 RS 触发器具有直接置位和复位功能，一旦满足触发条件，触发器的状态就立即发生相应变化。在数字系统中，为协调各部分的工作，通常要求某些触发器在同一时刻发生变化。为此需引入同步信号，使这些触发器只有在同步信号到达时才按输入信号改变状态。通常把这个同步信号叫做时钟脉冲（Clock Pulse）信号，或简称为时钟，用 CP 表示。这样，触发器状态的变化便由时钟脉冲和输入信号共同决定。其中，前者决定触发器状态转化的时刻（何时转换），后者决定触发器状态转换的方向（如何转换）。同步 RS 触发器就是符合这种要求的基本电路单元。

1. 电路结构

同步 RS 触发器是在基本 RS 触发器的基础上增加了两个由时钟脉冲 CP 控制的门 D_3、D_4 组成的，如图 2-18a 所示，图 2-18b 为其逻辑符号。图中 CP 为时钟脉冲输入端，简称钟

控端或 CP 端。

2. 逻辑功能

当 $CP=0$ 时，D_3、D_4 被封锁，都输出 1，这时，不管 R 端和 S 端的信号如何变化，触发器的状态保持不变，即 $Q^{n+1}=Q^n$。

当 $CP=1$ 时，D_3、D_4 解除封锁，R、S 端的输入信号才能通过这两个门使基本 RS 触发器的状态翻转。其输出状态仍由 R、S 端的输入信号和电路的原有状态 Q^n 决定。特性表如表 2-10 所示。

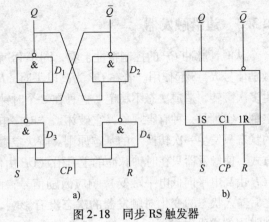

图 2-18 同步 RS 触发器
a）逻辑图 b）逻辑符号

表 2-10 同步 RS 触发器的特性表

R	S	Q^n	Q^{n+1}	说　明
0	0	0	0	保持
0	0	1	1	$Q^{n+1}=Q^n$
0	1	0	1	置1（状态和 S 相同）
0	1	1	1	$Q^{n+1}=1$
1	0	0	0	置0（状态和 S 相同）
1	0	1	0	$Q^{n+1}=0$
1	1	0	×	触发器状态不定
1	1	1	×	

由表 2-10 可以看出，在 $R=S=1$ 时，触发器的输出状态不定，为避免出现这种情况，应使 $R\cdot S=0$。

3. 特性方程

触发器的次态 Q^{n+1} 与 R、S 及现态 Q^n 之间关系的逻辑表达式称为触发器的特性方程。根据表 2-10 可得同步 RS 触发器特性方程为：

$$\begin{cases} Q^{n+1}=S+\overline{R}Q^n \\ RS=0 \text{（约束条件）} \end{cases} \tag{2-1}$$

4. 时序图

时序图是用波形图的方式来反映触发器次态与时钟脉冲、输入信号及现态之间的对应关系。

例如已知同步 RS 触发器的 CP、R、S 的波形如图 2-19 所示，假设触发器的初态为"1"。则根据同步 RS 触发器的逻辑功能，可以画出其输出 Q 和 $\overline{Q}$ 的工作波形。图中，第 4 个 CP 脉冲到来后，因为 $R=S=1$，使得 $Q=\overline{Q}=1$；当 CP 脉冲消失后，触发器处于不定态，故用虚线同时表示。

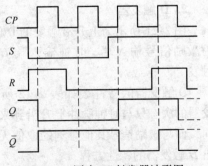

图 2-19 同步 RS 触发器波形图

2.3.3 边沿触发器

从时钟脉冲 CP 的控制特性上看，同步 RS 触发器属于电平触发型，即当 CP 为高电平时，激励信号 R、S 起作用。若在 CP 为高电平时，R、S 发生多次变化，则触发器的状态也可能发生多次翻转，造成次态不稳定。这种在一个时钟脉冲作用下，触发器发生多次翻转的现象叫做空翻。空翻是一种有害现象，它破坏了"时序电路按时钟节拍工作，每个时钟脉冲作用下电路的状态只发生一次转换"的基本原则。解决空翻问题的方法是：将电平触发方式改为边沿触发方式，使触发器只在时钟脉冲的上升沿（CP 由低电平向高电平的跳变）或时钟脉冲的下降沿（CP 由高电平向低电平跳变）响应激励信号，而在此之前和之后输入状态的变化对触发器的次态没有影响。下面介绍几种常用的边沿触发器。

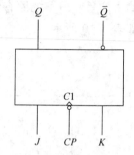

图 2-20　JK 触发器逻辑符号

1. JK 触发器

边沿 JK 触发器的逻辑符号如图 2-20 所示。J、K 为触发器的两个激励信号输入端，时钟输入端 CP 的小圆圈表示下降沿触发。

JK 触发器的特性表如表 2-11 所示。由表可见，该触发器的逻辑功能最为丰富，在激励信号控制下，可以实现置 1、置 0、保持和翻转功能。由特性表可以得出边沿 JK 触发器的特性方程：

$$Q^{n+1} = J\overline{Q^n} + \overline{K}Q^n \qquad (2\text{-}2)$$

表 2-11　边沿 JK 触发器的特性表

CP	J　K	Q^n	Q^{n+1}	说　明
×	×　×	×	Q^n	保持原状态不变
↓	0　0	0	0	保持原状态不变
↓	0　0	1	1	$Q^{n+1} = Q^n$
↓	0　1	0	0	置 0（状态和 J 相同）
↓	0　1	1	0	$Q^{n+1} = 0$
↓	1　0	0	1	置 1（状态和 J 相同）
↓	1　0	1	1	$Q^{n+1} = 1$
↓	1　1	0	1	翻转　$Q^{n+1} = \overline{Q^n}$
↓	1　1	1	0	

2. D 触发器

图 2-21 所示为上升沿触发的 D 触发器的逻辑符号。D 为激励信号输入端，时钟输入端 CP 的"∧"表示边沿触发。

D 触发器的特性表如表 2-12 所示。由表可见，该触发器的次态只与时钟脉冲上升沿到来时的激励信号取值相同，而与激励信号其他时刻的取值无关。由特性表可以得出 D 触发器的特性方程：

$$Q^{n+1} = D \qquad (2\text{-}3)$$

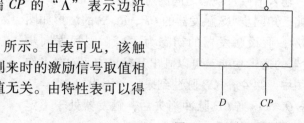

图 2-21　D 触发器逻辑符号

表 2-12　D 触发器的特性表

CP	D	Q^n	Q^{n+1}	说　明
×	×	×	Q^n	保持原状态不变
↑	0	0	0	
↑	0	1	0	状态与 D 相同
↑	1	0	1	$Q^{n+1} = D$
↑	1	1	1	

3. T 触发器及 T′触发器

1）T 触发器。具有状态保持和状态翻转两个功能的触发器叫做 T 触发器，其逻辑符号如图 2-22 所示。T 为激励信号输入端，时钟输入端 CP 的"Λ"表示边沿触发。

T 触发器的特性表如表 2-13 所示。由表可见，当 T = 0时，触发器的状态保持不变；当 T = 1 且在 CP 脉冲的上升沿到来时，触发器状态发生翻转。由特性表可以得出 T 触发器的特性方程：

$$Q^{n+1} = T\,\overline{Q^n} + \overline{T}Q^n \qquad (2\text{-}4)$$

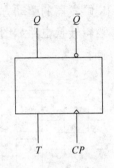

图 2-22　T 触发器逻辑符号

表 2-13　T 触发器的特性表

CP	T	Q^n	Q^{n+1}	说　明
×	×	×	Q^n	保持原状态不变
↑	0	0	0	保持原状态不变
↑	0	1	1	$Q^{n+1} = Q^n$
↑	1	0	1	翻转　$Q^{n+1} = \overline{Q^n}$
↑	1	1	0	

2）T′触发器。在时钟脉冲 CP 作用下，只具有翻转功能的触发器称作 T′触发器，它可看成是 T 触发器 T = 1 时的特例。由于每来一个时钟 CP，T′触发器的状态就改变一次，好像在对 CP 个数进行计数，故也称作计数触发器。

需要说明的是，各种边沿触发器的时钟脉冲 CP 有的是上升沿有效，也有的是下降沿有效，在逻辑符号上使用小圆圈加以区别。若 CP 端带有小圆圈，则表示是下降沿有效的触发器；若 CP 端不带有小圆圈，则表示是上升沿有效的触发器。

2.3.4　触发器的转换

前面介绍了 RS、JK、D、T 和 T′触发器。在实际应用中，往往要用到各种功能不同的触发器，有时会涉及各种触发器的相互转换。触发器的转换就是在已有触发器的基础上，增加转换逻辑电路，使之成为另一种逻辑功能的触发器。

具体转换方法：

1）根据已有触发器和待转换触发器的特性方程，求出已有触发器的驱动方程。

2）根据驱动方程画出已有触发器的输入转换逻辑电路。

【例 2-1】 将 D 触发器转换为 JK 触发器。

解 1）D 触发器的特性方程为：$Q^{n+1} = D$

JK 触发器的特性方程为：$Q^{n+1} = J\overline{Q^n} + \overline{K}Q^n$

则 D 触发器的驱动方程为：$Q^{n+1} = D = J\overline{Q^n} + \overline{K}Q^n$

2）画出逻辑转换电路，如图 2-23 所示。

【例 2-2】 将 JK 触发器转换为 T 触发器。

解 1）JK 触发器的特性方程为：$Q^{n+1} = J\overline{Q^n} + \overline{K}Q^n$

T 触发器的特性方程为：$Q^{n+1} = T\overline{Q^n} + \overline{T}Q^n$

则 JK 触发器的驱动方程为：$J = K = T$

2）逻辑转换电路如图 2-24 所示。

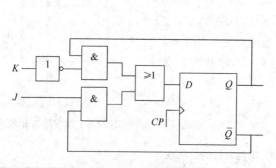

图 2-23 D-JK 逻辑转换电路

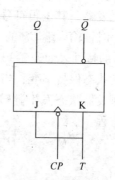

图 2-24 JK-T 逻辑转换电路

其他触发器之间的转换方法与前面介绍的类似，读者可自己完成。

2.4 实验二 触发器功能测试

1. 实验目的

1）掌握基本触发器和边沿触发器的逻辑功能测试方法和使用方法。

2）深刻理解各种触发器的触发方式及其对输出状态的影响。

3）进一步掌握触发器之间相互转换的方法。

2. 实验仪器

数字电路学习机，万用表，74LS00、74LS74、74LS112 各一片。

3. 实验内容

1）基本 RS 触发器逻辑功能测试：用四 2 输入与非门 74LS00 组成基本 RS 触发器，测试其逻辑功能。

① 将 74LS00 插入数字电路学习机，按图 2-16a 接线，其中 Q 和 $\overline{Q}$ 分别接两只发光二极管，$\overline{R_D}$、$\overline{S_D}$ 分别接逻辑开关 K$_1$ 和 K$_2$，别忘记接上电源线和地线。

② 拨动逻辑开关 K$_1$ 和 K$_2$，按表 2-9 设定输入信号 $\overline{R_D}$、$\overline{S_D}$ 的状态，观察输出 Q 和 $\overline{Q}$ 的状态，记录逻辑关系。

2）74LS74 逻辑功能测试：74LS74 内含两个相同的 D 触发器，上升沿触发，有预置端和清除端。其引脚排列如图 2-25 所示，图中 D 为控制信号端；CP 为时钟信号端，上升沿有效；$\overline{S}_D$是直接置位端、$\overline{R}_D$是直接复位端，都是低电平有效。

① 将74LS74 芯片插入数字电路学习机，按图2-26所示 D 触发器实验电路图接线，其中$1D$、$1\overline{S}_D$、$1\overline{R}_D$分别接逻辑开关 K$_1$、K$_2$和 K$_3$，$1CP$接单次脉冲信号。输出端$1Q$和$1\overline{Q}$分别接两只状态指示灯。注意U_{CC}连接 +5V，GND连接地线。

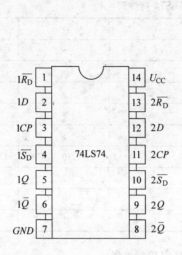 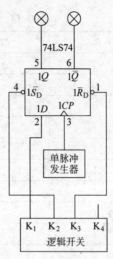

图 2-25　74LS74 引脚图　　　图 2-26　D 触发器实验线路图

② 接通电源，按表2-14完成 D 触发器的逻辑功能测试。

3）74LS112 逻辑功能测试：74LS112 内含两个相同的 JK 触发器，下降沿触发，有预置和清除端，引脚排列如图2-27所示。图中 J、K 为控制信号端；CP 为时钟信号端，下降沿有效；$\overline{S}_D$是直接置位端、$\overline{R}_D$是直接复位端，都是低电平有效。

① 将74LS112 芯片插入数字电路学习机，按图2-28所示 JK 触发器实验电路图接线，其中$1CP$接实验箱的单次脉冲信号，$1\overline{R}_D$、$1\overline{S}_D$、$1J$、$1K$分别接逻辑开关 K$_1$、K$_2$、K$_3$和K$_4$，U_{CC}接 +5V，GND接地。

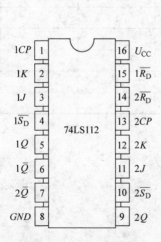 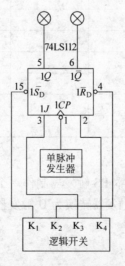

图 2-27　74LS112 引脚图　　　图 2-28　JK 触发器实验线路图

② 接通电源，按表 2-15 完成 JK 触发器的逻辑功能测试。

4）触发器的转换。

参考 2.3.4 节介绍的触发器转换电路，自己设计单脉冲、逻辑开关和状态灯的接入方式，连接电路，测试电路能否实现预定的逻辑功能。

表 2-14　D 触发器 74LS74 特性表

$\overline{S_D}$	$\overline{R_D}$	CP	D	Q^n	Q^{n+1}
0	1	×	×	×	
1	0	×	×	×	
0	0	×	×	×	
1	1	0	×	×	
1	1	1	×	×	
1	1	↑	0	0	
1	1	↑	0	1	
1	1	↑	1	0	
1	1	↑	1	1	

表 2-15　JK 触发器 74LS112 特性表

$\overline{S_D}$	$\overline{R_D}$	CP	J	K	Q^n	Q^{n+1}
0	1	×	×	×	×	
1	0	×	×	×	×	
0	0	×	×	×	×	
1	1	0	×	×	×	
1	1	1	×	×	×	
1	1	↓	0	0	0	
1	1	↓	0	0	1	
1	1	↓	0	1	0	
1	1	↓	0	1	1	
1	1	↓	1	0	0	
1	1	↓	1	0	1	
1	1	↓	1	1	0	
1	1	↓	1	1	1	

4. 问题讨论

1）如何应用基本 RS 触发器制作一个无抖动开关？

2）如何将 JK 触发器转换为 D 触发器？

2.5　习题

1. 简要说明二极管和晶体管的开关特性。

2. 写出图 2-29 所示电路中 Y_1 和 Y_2 的逻辑表达式。

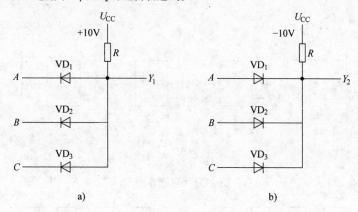

图 2-29 习题 2 图

3. 写出图 2-30 所示逻辑图的输出函数表达式，并列出它们的真值表。

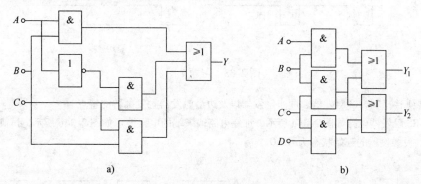

图 2-30 习题 3 图

4. 已知各种逻辑门的逻辑符号及其输入变量 A、B、C 的状态波形如图 2-31 所示，试画出他们的输出状态波形，并写出响应的逻辑表达式。

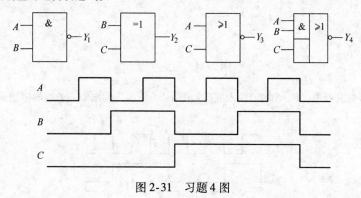

图 2-31 习题 4 图

5. 用 OC 门实现下面逻辑函数：

$$Y = AB + BC + \overline{AD}$$

6. 在图 2-32 所示 TTL 门电路中，要求实现规定的逻辑功能时，其连接有无错误？如有错误请改正。

7. 已知门电路输入 A、B 和输出 Y 的波形如图 2-33a 和 b 所示，试分别写出它们的真值表和输出逻辑表达式，并画出相应的逻辑电路。

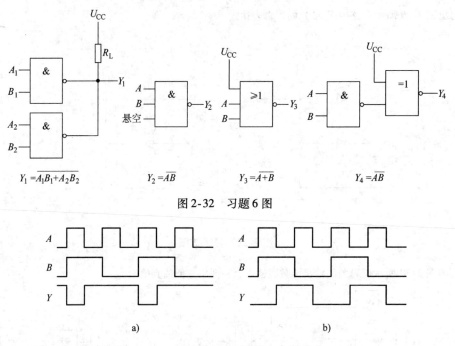

$$Y_1 = \overline{A_1B_1 + A_2B_2} \qquad Y_2 = \overline{AB} \qquad Y_3 = \overline{A+B} \qquad Y_4 = \overline{AB}$$

图 2-32　习题 6 图

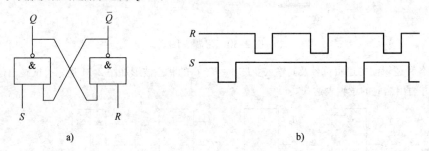

a)　　　　　　　　　　　　b)

图 2-33　习题 7 图

8. 请简要归纳基本 RS 触发器、同步触发器以及边沿触发器触发翻转的特点。

9. 基本 RS 触发器电路如图 2-34a 所示，加在电路输入端的电压波形如图 2-34b 所示，试画出 Q 与 $\overline{Q}$ 端的输出波形。设触发器的起始状态为 $Q = 0$。

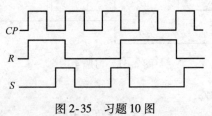

a)　　　　　　　　　　　　b)

图 2-34　习题 9 图

10. 在同步 RS 触发器中，R、S 端的输入波形如图 2-35 所示，画出 Q 与 $\overline{Q}$ 端的输出波形。设触发器的起始状态为 $Q = 0$。

图 2-35　习题 10 图

11. 已知时钟 CP 下降沿有效的 JK 触发器的各端输入波形如图 2-36 所示，画出 Q 与 $\overline{Q}$ 端的输出波形。设初始状态 $Q = 0$。

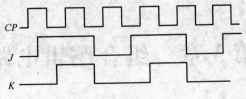

图 2-36　习题 11 图

12. 已知图 2-37 所示各触发器的初始状态均为 0，试画出在 CP 脉冲作用下 Q 端的波形。

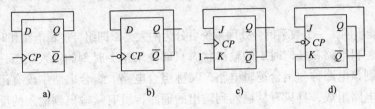

图 2-37　习题 12 图

13. 如图 2-38 所示 D 触发器和"与非门"构成的逻辑电路，已知触发脉冲 CP 和输入 A、B 的波形，试画出 D、Q 端的波形图，设初始状态 $Q=0$。

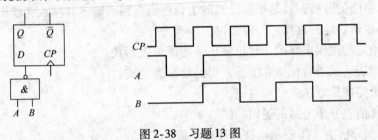

图 2-38　习题 13 图

14. 图 2-39 所示为 T 触发器和"与非门"构成的逻辑电路，试写出该电路的特征方程并说明其逻辑功能。

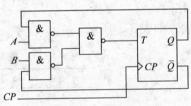

图 2-39　习题 14 图

15. 由 D 触发器和 JK 触发器构成的时序电路如图 2-40 所示，试根据输入波形画出 Q_1 和 Q_2 的波形。设电路的初始状态 $Q_1Q_2=00$。

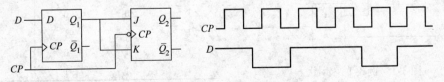

图 2-40　习题 15 图

第3章 组合逻辑电路

3.1 组合逻辑电路的分析方法和设计方法

根据其功能不同，一个数字信号处理系统可分为两大类，即组合逻辑电路和时序逻辑电路。

如果一个逻辑电路在任何时刻的输出状态只取决于这一时刻的输入状态，而与电路的原来状态无关，则该电路称为组合逻辑电路，又称组合电路。组合电路中没有记忆单元，在结构上只能由门电路组成，且只有从输入到输出的通路，没有从输出到输入的反馈回路。

描述组合逻辑电路功能的方法主要有逻辑表达式、真值表、卡诺图、逻辑图、波形图等。

3.1.1 组合逻辑电路的分析方法

组合逻辑电路的分析，就是根据已知的组合逻辑电路，确定其输入、输出之间的逻辑关系，说明电路逻辑功能的过程。一般按以下步骤进行：

1）根据给定的逻辑电路图，写出输出端的逻辑表达式。

2）对逻辑表达式进行化简和变换，得到最简表达式。

3）根据最简逻辑表达式列出真值表。

4）根据真值表分析电路的逻辑功能。

【例3-1】 分析图 3-1 所示电路的逻辑功能。

解 1）根据逻辑图写出输出函数的逻辑表达式为：

$$Y = A \oplus B \oplus C$$

上式为最简式，不需要再化简。

2）列出逻辑函数的真值表，如表 3-1 所示。

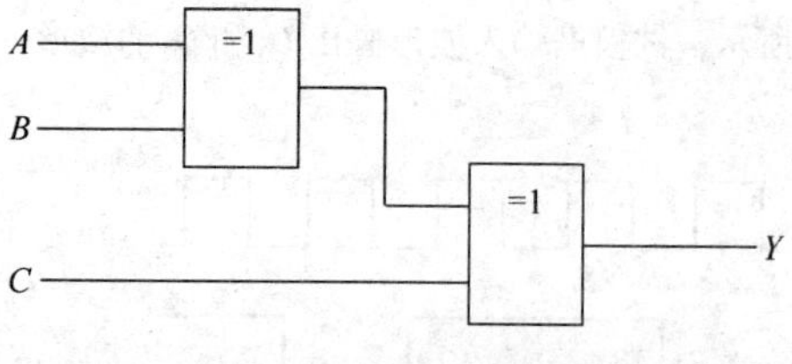

表 3-1 例 3-1 的真值表

输	入		输 出
A	B	C	Y
0	0	0	0
0	0	1	1
0	1	0	1
0	1	1	0
1	0	0	1
1	0	1	0
1	1	0	0
1	1	1	1

图 3-1 例 3-1 逻辑图

3）分析逻辑功能：由真值表可看出，在三个输入变量 A、B、C 中，其取值有奇数个 1 时，输出 Y 为 1，否则 Y 为 0。因此，图 3-1 所示电路为三位判奇电路，也称奇校验电路。

【例3-2】 分析图3-2所示电路的逻辑功能。

解 1）写出输出函数的逻辑表达式并化简。

$$Y = \overline{\overline{AC} + \overline{B\overline{C}} + \overline{A}\,\overline{B}}$$
$$= \overline{\overline{AC}} \cdot \overline{\overline{B\overline{C}}} \cdot \overline{\overline{A}\,\overline{B}}$$
$$= (A + \overline{C})(\overline{B} + C)(\overline{A} + B)$$
$$= \overline{A}\,\overline{B}\,\overline{C} + ABC$$

2）列真值表，如表3-2所示。

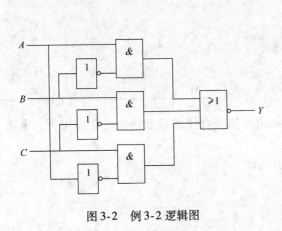

图 3-2　例 3-2 逻辑图

表 3-2　例 3-2 的真值表

输　入			输　出
A	B	C	Y
0	0	0	1
0	0	1	0
0	1	0	0
0	1	1	0
1	0	0	0
1	0	1	0
1	1	0	0
1	1	1	1

3）分析逻辑功能。由真值表可看出，当变量 A、B、C 取值为 000 和 111 时，输出 Y 为 1，其他均为 0。因此，它是一种能够判断输入信号是否一致的鉴别器。

3.1.2　组合逻辑电路的设计方法

组合逻辑电路的设计，就是根据给出的实际问题，求出能够实现这一逻辑要求的最简逻辑电路。它是组合电路分析的逆过程。设计步骤如下：

（1）分析设计要求

根据题意确定输入变量、输出变量及它们的相互关系，并对各变量进行逻辑赋值，即确定什么情况下取值为 1，什么情况下取值为 0，这一步是设计逻辑电路的关键。

（2）列真值表

根据输入输出的逻辑要求，列出真值表。需要指出的是，输入变量与输出变量的逻辑赋值不同，所得的真值表也不同。

（3）写出逻辑表达式并化简

根据真值表写出相应的逻辑表达式，用代数法或卡诺图法进行化简，并转换为命题所要求的逻辑表达式。

（4）画逻辑图

根据最简逻辑表达式，画出相应的逻辑图。

上述设计步骤，可用图3-3描述。

【例3-3】 设计一个 A、B、C 三人表决电路，当表决某一提案时，多数人同意提案通过，同时 A 具有否决权。

解 1）分析要求，并逻辑赋值。A、B、C 三人同意提案取 1，不同意取 0；提案通过取 1，未通过取 0。

2）列真值表。根据上述分析列真值表如表 3-3 所示。

表 3-3　例 3-3 的真值表

输　　入			输　　出
A	B	C	Y
0	0	0	0
0	0	1	0
0	1	0	0
0	1	1	0
1	0	0	0
1	0	1	1
1	1	0	1
1	1	1	1

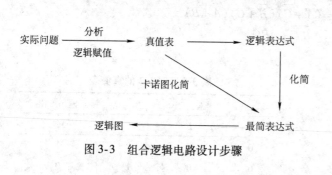

图 3-3　组合逻辑电路设计步骤

3）写出逻辑表达式并化简。最简表达式可由真值表直接填写卡诺图并化简得到。卡诺图如图 3-4 所示。

$$Y = AB + AC$$

4）根据上式画逻辑图，如图 3-5 所示。

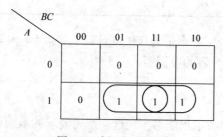

图 3-4　例 3-3 卡诺图

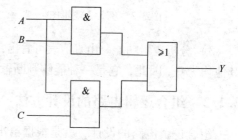

图 3-5　例 3-3 逻辑图

【例 3-4】 设计一个交通信号灯的检测报警电路。当信号灯正常工作时，红、黄、绿三个灯中只有一个灯亮，其余两灯灭，否则说明信号灯发生故障，此时应发出报警信号。用与非门实现。

解 1）分析要求，并逻辑赋值。输入变量为交通信号灯的三种颜色：红、黄、绿，分别用 A、B、C 表示，用 1 表示灯亮，0 表示灯灭。输出变量为信号灯是否工作正常，用 Y 表示，且 0 表示工作正常，1 表示工作不正常，应发出报警信号。

2）列真值表。根据上述分析可列出真值表，如表 3-4 所示。

3）写出逻辑表达式并化简。最简表达式可由真值表直接填写卡诺图并化简得到。卡诺图如图 3-6 所示。

表 3-4　例 3-4 的真值表

输　　入			输　　出
A	B	C	Y
0	0	0	1
0	0	1	0
0	1	0	0
0	1	1	1
1	0	0	0
1	0	1	1
1	1	0	1
1	1	1	1

$$Y = \overline{A}\,\overline{B}\,\overline{C} + AB + BC + AC$$
$$= \overline{\overline{A}\,\overline{B}\,\overline{C} \cdot \overline{AB} \cdot \overline{BC} \cdot \overline{AC}}$$

4）根据上式画逻辑图，如图3-7所示。

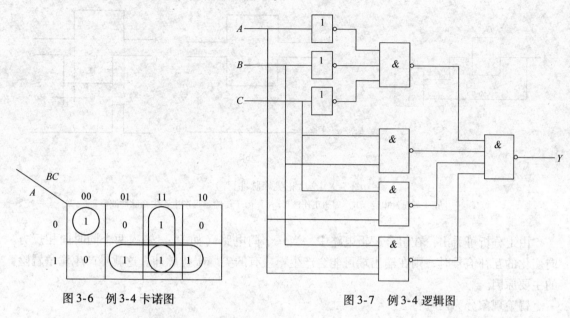

图3-6　例3-4卡诺图　　　　　　　　　　图3-7　例3-4逻辑图

3.1.3　组合逻辑电路的竞争与冒险

1. 竞争冒险现象及其产生的原因

前面讨论组合逻辑电路的分析与设计时，都是在输入与输出为稳定状态的情况下讨论的，没有考虑信号通过导线和逻辑门的传输延迟时间。而实际上，信号通过导线和门电路时，都存在时间延迟，信号发生变化时也有一定的上升时间或下降时间。因此，同一个门的一组输入信号，由于它们在此前通过不同数目的门，经过不同长度导线的传输，到达门输入端的时间会有先有后，这种现象称为竞争。逻辑门因输入端的竞争而导致输出产生不应有的尖峰干扰脉冲（又称过渡干扰脉冲）的现象，称为冒险。

如图3-8a所示电路，输出 $Y = A + \overline{A}$，理想情况下的工作波形如图3-8b所示；若考虑到 D_1 门的平均传输延迟时间，则工作波形如图3-8c所示。可见，D_2 门的两个输入信号 A、$\overline{A}$ 由于传输路径不同，到达 D_2 输入端时，$\overline{A}$ 信号比 A 延迟了 $1t_{pd}$。因此，使 D_2 输出端出现了很窄的负脉冲。

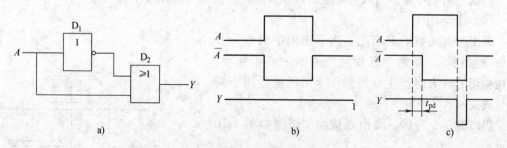

图3-8　产生负尖峰脉冲冒险

a）产生负尖峰脉冲电路　b）理想工作波形　c）由于传输延迟产生负尖峰脉冲波形

按照设计要求，这个负尖峰脉冲是不应出现的，它的出现可能会导致负载电路的错误动作。

在图3-9a所示电路中，输出 $Y = A \cdot \bar{A}$，理想情况下的工作波形如图3-9b所示；若考虑 D_1 门的平均传输延迟时间，则在 D_2 的输出端出现了不应有的很窄的正尖峰脉冲，如图3-9c所示。

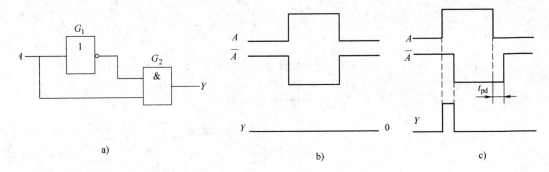

图3-9 产生正尖峰脉冲冒险

a）产生正尖峰脉冲电路 b）理想工作波形 c）由于传输延迟产生正尖峰脉冲波形

由上分析可看出：在组合逻辑电路中，当一个门电路（如 D_2）输入两个同时向相反方向变化的互补信号时，则在输出端可能会产生不应有的尖峰干扰脉冲。这就是产生竞争冒险的主要原因。

冒险现象分为两种：

1）0型冒险 $A + \bar{A}$ 在理想情况下输出为1，由于竞争产生负尖峰脉冲。

2）1型冒险 $A \cdot \bar{A}$ 在理想情况下输出为0，由于竞争产生正尖峰脉冲。

2. 冒险现象的判别

判断竞争冒险现象的方法很多，常用的方法有代数法和卡诺图法。

（1）代数法

首先观察在逻辑函数表达式中，是否存在某变量的原变量和反变量。若去掉其他变量得到 $Y = A + \bar{A}$，则电路有可能产生0型冒险；若得到 $Y = A \cdot \bar{A}$ 则有可能产生1型冒险。

【例3-5】 判断逻辑函数 $Y = AB + \bar{A}C$ 是否存在竞争冒险。

解 式中，变量 A 以 A 和 $\bar{A}$ 各出现一次，为考察 A 应消去变量 B、C。列真值表可知，当 $B = C = 1$ 时，$Y = A + \bar{A}$，因此，变量 A 存在0冒险。

【例3-6】 判断逻辑函数 $Y = (A + B)(\bar{A} + C)$ 是否存在竞争冒险。

解 考察 A 发现，当 $B = C = 0$ 时，$Y = A \cdot \bar{A}$，存在1冒险。

由以上例子可知，与或式可能出现0冒险，或与式可能出现1冒险。

（2）卡诺图法

画出逻辑函数的卡诺图。当卡诺图中两个合并最小项圈相切，即两个互相独立的圈中有相邻项，则在相切的地方将产生0冒险。卡诺图法适用于判断与或式。

仍以例3-5为例。画出函数的卡诺图如图3-10所示。

合并最小项圈（m_1、m_3）与合并最小项圈（m_6、

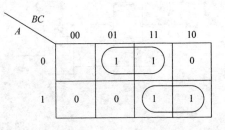

图3-10 例3-5卡诺图

m_7）相切（m_3 与 m_7 相邻），因此当 $B = C = 1$ 时，A 将产生 0 冒险。

3. 消除冒险现象的方法

1）加封锁脉冲。在输入信号产生竞争冒险的时间内，引入一个脉冲将可能产生尖峰干扰脉冲的门封锁住。封锁脉冲应在输入信号转换前到来，转换结束后消失。

2）加选通脉冲。对输出可能产生尖峰干扰脉冲的门电路增加一个接选通信号的输入端，只有在输入信号转换完成并稳定后，才引入选通脉冲将它打开，此时才允许有输出。在转换过程中，由于没有加选通脉冲，因此，输出不会出现尖峰干扰脉冲。

3）接入滤波电容。由于尖峰干扰脉冲的宽度一般都很窄，在可能产生尖峰干扰脉冲的门电路输出端与地之间接入一个容量为几十皮法的电容就可吸收掉尖峰干扰脉冲。

4）修改逻辑设计。

① 代数法。

● 进行逻辑变换，消去互补量。如例 3-6 中，对函数 Y 进行逻辑变换，得：

$$Y = (A + B)(\bar{A} + C)$$
$$= AC + \bar{A}B + BC$$

消去了互补量 $A \cdot \bar{A}$，从而不会产生冒险。

● 增加冗余项。如例 3-5 中，增加乘积项 BC，函数的逻辑关系不变，有：

$$Y = AB + \bar{A}C + BC$$

此时，当 $B = C = 1$ 时，$Y = 1$，消除了竞争冒险。

② 卡诺图法。

在卡诺图中，将相切的两个合并最小项圈用一个多余圈连接起来，使其覆盖相邻项，即可消除冒险现象。

3.2 加法器的功能及应用

数字计算机最基本的任务之一是进行算术运算，在机器中四则运算加、减、乘、除都是利用加法运算进行的，因此加法器便成了计算机中最基本的运算单元，其功能是实现两个二进制数的加法运算。而任何复杂的加法器，最基本的是半加器和全加器。

3.2.1 半加器和全加器

1. 半加器

只考虑本位两个一位二进制数 A_i 和 B_i 相加而不考虑相邻低位进位的加法运算电路，称为半加器。即：

$$A_i + B_i \rightarrow 半加和$$
$$0 + 0 = 0$$
$$0 + 1 = 1$$
$$1 + 0 = 1$$
$$1 + 1 = 1\ 0$$

由此可得半加器的真值表如表 3-5 所示。表中的 A_i 和 B_i 分别表示被加数和加数输入，S_i 为本位"和"输出，C_i 为向相邻高位的进位输出。由真值表可直接写出输出逻辑函数表达式：

$$\begin{cases} C_i = A_i B_i \\ S_i = \overline{A}_i B_i + A_i \overline{B}_i = A_i \oplus B_i \end{cases} \tag{3-1}$$

半加器的电路及逻辑符号如图 3-11 所示。图中"Σ"为加法器的定性符。

表 3-5 半加器真值表

A_i	B_i	C_i	S_i
0	0	0	0
0	1	0	1
1	0	0	1
1	1	1	0

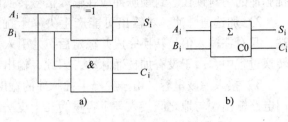

图 3-11 半加器电路与逻辑符号
a) 电路 b) 逻辑符号

2. 全加器

在多位数相加时,半加器可用于最低位的求和,并向第二位给出进位数。第二位相加除了被加数 A_i 和加数 B_i 外,还有一个来自前面低位的进位数 C_{i-1},这三个数相加,得到本位和 S_i 和进位数 C_{i-1}。除最低位外,其他各位都需要考虑低位送来的进位。这种对两个 1 位二进制数连同低位来的进位进行的加法运算电路称为全加器。全加器的真值表如表 3-6 所示,根据真值表可以写出 C_i 和 S_i 的输出逻辑函数表达式:

表 3-6 全加器真值表

A_i	B_i	C_{i-1}	C_i	S_i
0	0	0	0	0
0	0	1	0	1
0	1	0	0	1
0	1	1	1	0
1	0	0	0	1
1	0	1	1	0
1	1	0	1	0
1	1	1	1	1

$$\begin{cases} S_i = \overline{A}_i \overline{B}_i C_{i-1} + \overline{A}_i B_i \overline{C}_{i-1} + A_i \overline{B}_i \overline{C}_{i-1} + A_i B_i C_{i-1} \\ C_i = \overline{A}_i B_i C_{i-1} + A_i \overline{B}_i C_{i-1} + A_i B_i \overline{C}_{i-1} + A_i B_i C_{i-1} \end{cases} \tag{3-2}$$

经变换后得:

$$\begin{cases} S_i = A_i \oplus B_i \oplus C_{i-1} \\ C_i = (A_i \oplus B_i) C_{i-1} + A_i B_i \end{cases} \tag{3-3}$$

全加器的电路及逻辑符号如图 3-12 所示。

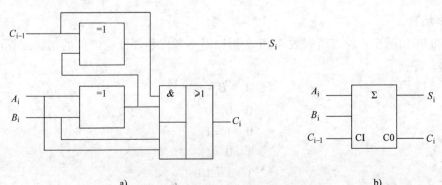

图 3-12 全加器电路及逻辑符号
a) 电路 b) 逻辑符号

74183 是内部含有两个独立全加器的集成电路，引脚图如图 3-13 所示，图中 A、B 表示两个 1 位二进制数，Σ 表示本位和，C_n 表示低位向本位的进位，C_{n+1} 表示本位向高位的进位。

3.2.2 加法器

1. 串行进位加法器

将多个 1 位二进制数全加器进行简单级联，可以得到多位串行进位加法器。四位二进制数串行进位加法器电路如图 3-14 所示，$A_3 A_2 A_1 A_0 + B_3 B_2 B_1 B_0 = C_4 S_3 S_2 S_1 S_0$。从图中可见，两个相加数的各位（$A_i$ 和 B_i）同时送到相应全加器的输入端，进位数串行传送。全加器的个数等于相加数的位数，当没有更低位的进位时，C_0 应固定接 0。

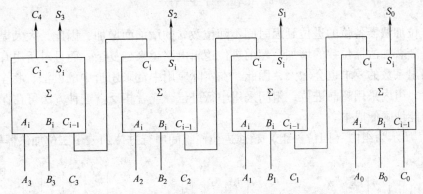

图 3-14　串行进位加法器

因为进位信号串行传递，所以这种串行进位加法器的工作速度比较慢，但是电路比较简单。适用于对运算速度要求不高的设备中。T692 型集成全加器就是这种四位串行加法器。图 3-15a 是其引脚图，图 3-15b 是其逻辑符号。

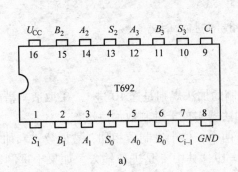

a)

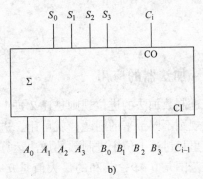

b)

图 3-15　全加器 T692
a) 引脚图　b) 逻辑符号

2. 超前进位加法器

所谓超前进位，是指加法运算过程中，各级进位信号同时送到各位全加器的进位输入端。这样可以去除由于进位信号逐级传送所花的时间，从而提高运算速度。现在的 MSI 加法器,大多为这种加法器。常用的 MSI 加法器典型模块 74283,就是超前进位的四位二进制数全加器。74283 的引脚图和逻辑符号如图 3-16 所示。

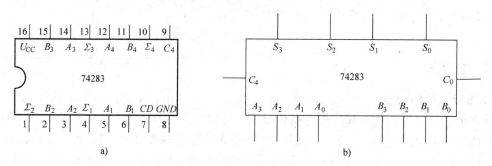

图 3-16 四位二进制数全加器 74283

a) 引脚图　b) 逻辑符号

超前进位加法器各位的进位延迟时间不随位数 n 的增加而增加,因此,大大提高了运算速度。但是随着加法器位数的增加,超前进位逻辑电路越来越复杂,而且对所用有关逻辑门的扇入、扇出系数的要求也会增大,因此,在实际应用中常采用折中的办法,将全部位数 n 分成若干组,组内采用超前进位,组间采用串行进位,或者相反。这种方法可在保证速度的前提下尽可能地降低成本。

图 3-17 所示为组内(四位一组)超前进位而组间串行进位的三十二位加法器框图。

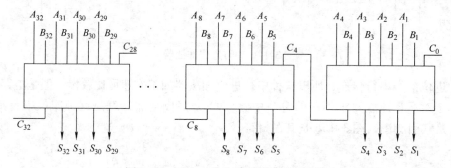

图 3-17 三十二位分组超前进位加法器

3.2.3 加法器的应用

二进制数加法的进位规则是逢 2 进 1,十进制的加法规则是逢 10 进 1。采取适当措施解决进位规则不同带来的问题,就可用二进制数加法器实现十进制数加法运算。

这里只讨论 1 位十进制数的加法运算问题。两个 1 位十进制数相加,被加数 A 和加数 B 的取值范围是 0 ~ 9,其和的最大值是 9 + 9 + 1 = 19,其中 1 是进位输入。如果十进制数用 8421BCD 码表示,则加法器有 9 个输入端(其中被加数和加数各 4 个,还有 1 个进位输入)和 5 个输出端(和数 4 个,进位输出 1 个)。

当用 4 位二进制加法器 74283 完成这个加法运算时,加法器输出的是 4 位二进制数表示的和,而不是 BCD 码。我们把 0 ~ 19 的十进制、二进制和 BCD 码表示的值列于表 3-7,寻找二进制码转换为 BCD 码的规律。经比较发现,当数 ≤1001 (9) 时,二进制码与 BCD 码相同;当数 >1001 时,只要在二进制码上加 0110 (6) 就可以把二进制码转换为 8421BCD 码,同

时产生进位输出 D_c。这一转换可以由一个校正电路来完成。分析表3-7得知：当 $C_4 = 1$ 时，或当 $S_3 = 1$ 且 S_2 和 S_1 中至少有一个 1 时，进位输出 D_c 为 1，所以 $D_c = C_4 + S_3(S_2 + S_1) = C_4 + S_3 S_2 + S_3 S_1$。当 $D_c = 1$ 时，把 0110 加到二进制加法器输出端即可。

表 3-7　十进制数 0~19 的不同代码表示

十进制数 N	二进制代码					8421BCD 码				
	C_4	S_3	S_2	S_1	S_0	D_c	D_8	D_4	D_2	D_1
0	0	0	0	0	0	0	0	0	0	0
1	0	0	0	0	1	0	0	0	0	1
2	0	0	0	1	0	0	0	0	1	0
3	0	0	0	1	1	0	0	0	1	1
4	0	0	1	0	0	0	0	1	0	0
5	0	0	1	0	1	0	0	1	0	1
6	0	0	1	1	0	0	0	1	1	0
7	0	0	1	1	1	0	0	1	1	1
8	0	1	0	0	0	0	1	0	0	0
9	0	1	0	0	1	0	1	0	0	1
10	0	1	0	1	0	1	0	0	0	0
11	0	1	0	1	1	1	0	0	0	1
12	0	1	1	0	0	1	0	0	1	0
13	0	1	1	0	1	1	0	0	1	1
14	0	1	1	1	0	1	0	1	0	0
15	0	1	1	1	1	1	0	1	0	1
16	1	0	0	0	0	1	0	1	1	0
17	1	0	0	0	1	1	0	1	1	1
18	1	0	0	1	0	1	1	0	0	0
19	1	0	0	1	1	1	1	0	0	1

　　根据上述讨论，1 位 BCD 码加法器可由 1 个 4 位二进制数加法器 74283 和 1 个由 4 位二进制数加法器 74283 及门电路构成的校正电路组成，如图 3-18 所示。

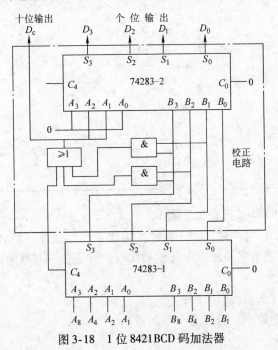

图 3-18　1 位 8421BCD 码加法器

当需要对多位十进制数进行加法运算时，可用多个这种 1 位 BCD 码加法器级联。

3.3 实验三 加法器功能测试和级联

1. 实验目的

1）掌握半加器和全加器的功能。

2）能够用一位全加器级联构成多位加法器。

2. 实验仪器

数字电路学习机、万用表、7400、7486、74183。

3. 实验内容

（1）用门电路构成半加器

式（3-1）可整理为：

$$\begin{cases} C_i = A_i B_i = \overline{\overline{A_i B_i}} \\ S_i = \overline{A_i} B_i + A_i \overline{B_i} = A_i \oplus B_i \end{cases} \tag{3-4}$$

1）画出电路图，并按照电路图连接电路。

2）将输入端接电平，输出端接电平显示。改变输入变量 A_i、B_i 的取值，观察输出情况，填入表 3-8 中。

（2）测试全加器 74183 的逻辑功能

双全加器 74183 引脚图如图 3-13 所示。将输入端接电平，输出端接电平显示，改变输入变量取值，观察输出情况，填入表 3-9 中。

表 3-8 半加器真值表

输 入		输 出	
A_i	B_i	C_i	S_i
0	0		
0	1		
1	0		
1	1		

表 3-9 双全加器 74183 真值表

输 入			输 出	
A_i	B_i	C_{i-1}	C_i	S_i
0	0	0		
0	0	1		
0	1	0		
0	1	1		
1	0	0		
1	0	1		
1	1	0		
1	1	1		

（3）用全加器 74183 构成四位加法器

电路如图 3-14 所示。将两片 74183 级联，构成 4 位加法器。将 $A_0 \sim A_3$、$B_0 \sim B_3$ 接电平（C_0 接地），C_4、$S_0 \sim S_3$ 接电平显示，取几组被加数和加数值，观察输出情况，填入表 3-10。

4. 问题讨论

1）半加器适用于什么情况？

2）计算 8 位二进制数相加需要几个全加器？

表 3-10   四位加法器计算表

输		入						输		出			十进制数
A_3	A_2	A_1	A_0	B_3	B_2	B_1	B_0	C_4	S_3	S_2	S_1	S_0	

3.4   数值比较器的功能及应用

3.4.1   一位数值比较器

数值比较器是对两个位数相同的二进制整数进行比较并判定其大小的算术运算电路。1 位数值比较器也叫半比较器，是指只能对两个 1 位二进制数 A 和 B 进行比较而不考虑低位比较结果的一类比较器。其真值表如表 3-11 所示。根据真值表可以写出各输出逻辑表达式 (3-5)，根据表达式可画出 1 位数值比较器逻辑图，如图 3-19 所示。

表 3-11   半比较器真值表

输	入	输		出
A	B	$Y_{A>B}$	$Y_{A<B}$	$Y_{A=B}$
0	0	0	0	1
0	1	0	1	0
1	0	1	0	0
1	1	0	0	1

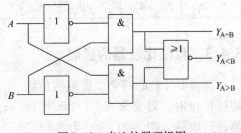

图 3-19   半比较器逻辑图

$$\begin{cases} Y_{A>B} = A\overline{B} \\ Y_{A<B} = \overline{A}B \\ Y_{A=B} = AB + \overline{A}\,\overline{B} = A \odot B = \overline{A \oplus B} \end{cases} \qquad (3-5)$$

3.4.2   四位数值比较器

不仅能对两个 1 位二进制数进行比较，而且考虑低位比较结果的一类比较器，称为全比较器。

常用的最为典型的比较器模块是 4 位二进制数全比较器 7485，其逻辑符号如图 3-20 所示，真值表如表 3-12 所示。其中 $a>b$、$a=b$、$a<b$ 为级联输入端，是为了实现四位以上数码比较时，输入低位芯片比较结果而设置的。$A>B$、$A=B$、$A<B$ 为三种不同比较结果输出端。

由真值表可知，只要两数最高位不等，就可以确定两数大小，以下各位（包括级联输入）可以为任意值；高位相

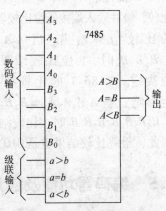

图 3-20   4 位二进制全比较器

等，需要比较次低位的情况；若 A、B 两数各位均相等，输出状态则取决于级联输入端的状态。因此，当没有更低位参与比较时，芯片的级联输入端 $(a>b)$、$(a=b)$、$(a<b)$ 应该接 0、1、0，以便在 A、B 两数相等时，产生 $A=B$ 的比较结果输出。这一点在使用时必须注意。

表3-12　4位二进制数全比较器7485真值表

数码输入				级联输入			输出		
A_3　B_3	A_2　B_2	A_1　B_1	A_0　B_0	$a>b$	$a=b$	$a<b$	$A>B$	$A=B$	$A<B$
$A_3>B_3$	Φ	Φ	Φ	Φ	Φ	Φ	1	0	0
$A_3<B_3$	Φ	Φ	Φ	Φ	Φ	Φ	0	0	1
$A_3=B_3$	$A_2>B_2$	Φ	Φ	Φ	Φ	Φ	1	0	0
$A_3=B_3$	$A_2<B_2$	Φ	Φ	Φ	Φ	Φ	0	0	1
$A_3=B_3$	$A_2=B_2$	$A_1>B_1$	Φ	Φ	Φ	Φ	1	0	0
$A_3=B_3$	$A_2=B_2$	$A_1<B_1$	Φ	Φ	Φ	Φ	0	0	1
$A_3=B_3$	$A_2=B_2$	$A_1=B_1$	$A_0>B_0$	Φ	Φ	Φ	1	0	0
$A_3=B_3$	$A_2=B_2$	$A_1=B_1$	$A_0<B_0$	Φ	Φ	Φ	0	0	1
$A_3=B_3$	$A_2=B_2$	$A_1=B_1$	$A_0=B_0$	1	0	0	1	0	0
$A_3=B_3$	$A_2=B_2$	$A_1=B_1$	$A_0=B_0$	0	1	0	0	1	0
$A_3=B_3$	$A_2=B_2$	$A_1=B_1$	$A_0=B_0$	0	0	1	0	0	1

3.4.3　数值比较器的扩展

当需要比较的两个二进制数位数超过 4 位时，需要许多片 7485 比较器进行级联。图 3-21 所示为 8 位二进制数比较器的连接电路。低位芯片 7485-1 对低 4 位进行比较，因没有更低位比较结果输入，其联级输入端接 "010"。高位芯片 7485-2 对高 4 位进行比较，级联输入端接低位比较器 7485-1 的比较结果输出。当 $A_7A_6A_5A_4 \neq B_7B_6B_5B_4$ 时，8 位比较结果由高 4 位决定，7485-1 的比较结果不产生影响；当 $A_7A_6A_5A_4 = B_7B_6B_5B_4$ 时，8 位比较结果由低 4 位决定；当 $A_7A_6A_5A_4A_3A_2A_1A_0 = B_7B_6B_5B_4B_3B_2B_1B_0$ 时，比较结果由低位芯片级联输入端决定。因为此时级联输入端接 010，因此，最终比较结果也是 010，即 $A=B$。

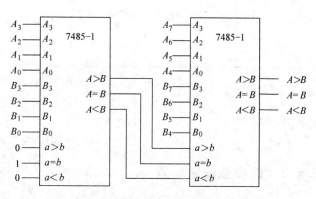

图 3-21　8 位二进制比较器

3.5　编码器功能及应用

通常需要处理的信息不仅仅是二进制数据，而是包括字母、数字或符号等。这就需要将其用二进制数来表示，以便于计算机等数字设备对其进行处理。将具有特定意义的信息编成相应二进制代码的过程，称为编码。实现编码功能的电路，称为编码器。

通常，一种编码的长度 n 不仅与要编码的信息个数 m 有关，而且与编码本身所采用的符号的个数 k 也有关系。n、m 和 k 之间一般满足下面关系：

$$k^{n-1} < m \leq k^n \tag{3-6}$$

例如，用二进制符号 0，1 来对 $0 \sim 9$ 十个数字编码时，$k = 2$，$m = 10$，可从上式求得 $n = 4$。即至少需要 4 位二进制数才能实现对 10 个十进制数的有效编码。这正是 BCD 码采用 4 位二进制数编码的原因。

目前数字系统中广泛采用二进制符号编码，因此，编码器的功能就是实现对输入信号的二进制编码。对每一个有效的输入信号，编码器产生一组唯一的二进制代码输出。式 (3-6) 可表示为：

$$2^{n-1} < m < 2^n \tag{3-7}$$

m 为编码器输入端的个数（也是被编码的信息符号个数），n 为编码器输出端的个数（也是编码位数）。

3.5.1 二进制编码器

用 n 位二进制代码对 2^n 个信号进行编码的电路，称为二进制编码器。二进制编码器的特点是，任一时刻只能对一个输入信号进行编码，即只允许一个输入信号为有效电平，其余输入信号均为无效信号。

图 3-22 所示是实现由 3 位二进制数代码对 8 个输入信号进行编码的二进制编码器框图，这种编码器有 8 根输入线，3 根输出线，常称为 8-3 线编码器。其真值表见表 3-13，输入信号为高电平有效。例如，D_5 输入为 1，其余输入均为 0 时，编码器输出 $Y_2 Y_1 Y_0 = 101$，即对 D_5 输入信号的编码。

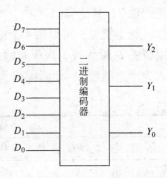

图 3-22　8-3 线二进制编码器

表 3-13　8-3 线二进制编码器真值表

输　入　端								输　出　端		
D_7	D_6	D_5	D_4	D_3	D_2	D_1	D_0	Y_2	Y_1	Y_0
0	0	0	0	0	0	0	1	0	0	0
0	0	0	0	0	0	1	0	0	0	1
0	0	0	0	0	1	0	0	0	1	0
0	0	0	0	1	0	0	0	0	1	1
0	0	0	1	0	0	0	0	1	0	0
0	0	1	0	0	0	0	0	1	0	1
0	1	0	0	0	0	0	0	1	1	0
1	0	0	0	0	0	0	0	1	1	1

根据真值表可以写出输出逻辑函数表达式：

$$Y_2 = D_4 + D_5 + D_6 + D_7$$

$$Y_1 = D_2 + D_3 + D_6 + D_7$$

$$Y_0 = D_1 + D_3 + D_5 + D_7$$

可见，用3个4输入或门就可以实现这种8线-3线二进制编码器。

3.5.2　二-十进制编码器

实现用4位二进制数代码对1位十进制数码进行编码的数字电路叫做二-十进制编码器，简称为 BCD 码编码器。它是一种 $m < 2^n$ 的编码器。BCD 码有多种，所以 BCD 码编码器也有多种。8421BCD 编码器是最为常见的一种，它有10根输入线，4根输出线，常称10-4线编码器。其特点也是任一时刻只允许对一个输入信号进行编码。

10-4线编码器的框图和真值表分别如图 3-23 和表 3-14 所示。其中输入 D_i 表示十进制数符 i，设输入高电平有效。例如 $D_7 = 1$，其他均为0时，输出编码为 $Y_3 Y_2 Y_1 Y_0 = 0111$，对应十进制数7，其他类同。

与上类似，可以用4个或门实现8421BCD 编码器。另外可以省去 D_0 输入线，当所有输入均无效（即为0）时，就表示输入为十进制数0，此时编码为0000。

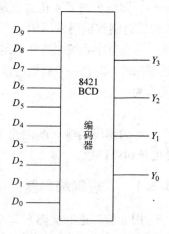

图 3-23　10-4 线 BCD 编码器

表 3-14　8421BCD 码编码器真值表

输 入 端										输 出 端			
D_9	D_8	D_7	D_6	D_5	D_4	D_3	D_2	D_1	D_0	Y_3	Y_2	Y_1	Y_0
0	0	0	0	0	0	0	0	0	1	0	0	0	0
0	0	0	0	0	0	0	0	1	0	0	0	0	1
0	0	0	0	0	0	0	1	0	0	0	0	1	0
0	0	0	0	0	0	1	0	0	0	0	0	1	1
0	0	0	0	0	1	0	0	0	0	0	1	0	0
0	0	0	0	1	0	0	0	0	0	0	1	0	1
0	0	0	1	0	0	0	0	0	0	0	1	1	0
0	0	1	0	0	0	0	0	0	0	0	1	1	1
0	1	0	0	0	0	0	0	0	0	1	0	0	0
1	0	0	0	0	0	0	0	0	0	1	0	0	1

3.5.3　优先编码器

前面介绍的二进制编码器和8421BCD 编码器，实现电路虽然简单，但并不实用。其原因在于它们不允许两个或两个以上的输入信号同时有效（即信号相互排斥），一旦出现多个输入信号同时有效的情况，其编码器的输出状态将是混乱的。解决的办法就是采用优先编码器。集成编码器一般均为优先编码器。

优先编码器对全部编码输入信号规定了各相同的优先等级，当多个输入信号同时有效时，它能够根据事先安排好的优先顺序，只对优先级最高的有效输入信号进行编码。集成编码器 74148 就是一种典型的 8-3 线优先编码器，其逻辑符号与引脚排列如图 3-24 所示，输入、输出均对低电平有效。其逻辑功能真值表见表 3-15。

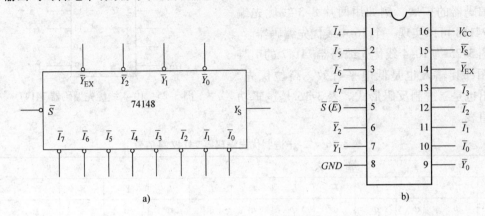

图 3-24　8-3 线优先编码器 74148

a）逻辑符号　b）引脚排列

表 3-15　8-3 线优先编码器 74148 的真值表

输入使能	输入								输出			扩展输出	输出使能
$\bar{S}$ ($\bar{E}$)	$\bar{I}_7$	$\bar{I}_6$	$\bar{I}_5$	$\bar{I}_4$	$\bar{I}_3$	$\bar{I}_2$	$\bar{I}_1$	$\bar{I}_0$	$\bar{Y}_2$	$\bar{Y}_1$	$\bar{Y}_0$	$\bar{Y}_{EX}$	$\bar{Y}_S$
1	Φ	Φ	Φ	Φ	Φ	Φ	Φ	Φ	1	1	1	1	1
0	1	1	1	1	1	1	1	1	1	1	1	1	0
0	0	Φ	Φ	Φ	Φ	Φ	Φ	Φ	0	0	0	0	1
0	1	0	Φ	Φ	Φ	Φ	Φ	Φ	0	0	1	0	1
0	1	1	0	Φ	Φ	Φ	Φ	Φ	0	1	0	0	1
0	1	1	1	0	Φ	Φ	Φ	Φ	0	1	1	0	1
0	1	1	1	1	0	Φ	Φ	Φ	1	0	0	0	1
0	1	1	1	1	1	0	Φ	Φ	1	0	1	0	1
0	1	1	1	1	1	1	0	Φ	1	1	0	0	1
0	1	1	1	1	1	1	1	0	1	1	1	0	1

由真值表可以看出，编码输入信号 $\bar{I}_7 \sim \bar{I}_0$ 中均为低电平（0）有效，且 $\bar{I}_7$ 的优先权最高，$\bar{I}_6$ 次之，$\bar{I}_0$ 最低，编码输出信号 $\bar{Y}_2$、$\bar{Y}_1$ 和 $\bar{Y}_0$ 则为二进制反码输出。如想得到原码输出，则需要对输出编码取反。

$\bar{S}$（$\bar{E}$）为使能输入端，当 $\bar{S}=1$ 时，编码器不工作，所有输出均被封锁为高电平；只有 $\bar{S}=0$ 时，编码器才工作，且按输入的优先级别对优先权最高的一个有效输入信号进行编码。例如，当 $\bar{I}_7$ 为 0 时，无论 $\bar{I}_6 \sim \bar{I}_0$ 为何值，电路总是对 $\bar{I}_7$ 进行编码，其输出为"7"的二进制码"111"的反码"000"；当 $\bar{I}_7$ 的输入信号为 1 而 $\bar{I}_6$ 为 0 时，不管其他编码输入为何值，都对 $\bar{I}_6$ 进行编码，输出为"6"的二进制码"110"的反码"001"。

$\bar{Y}_S$ 为使能输出端，当 $\bar{S}=0$ 允许工作时，如果 $\bar{Y}_S=0$ 则表示无输入信号，$\bar{Y}_S=1$ 表示有输入

信号，有编码输出。$\bar{Y}_{EX}$ 为扩展输出端，当 $\bar{S}=0$ 时，只要有编码信号，$\bar{Y}_{EX}$ 就是低电平，所以 $\bar{Y}_{EX}$ 为低电平时就说明有编码信号输入。利用扩展输出端和使能输出端的这些特点，可以方便地实现编码器的扩展，例如用两片 8-3 线优先编码器 74148 可以实现一个 16-4 线优先编码器。

图 3-25 为 10-4 线优先编码器 74147 的引脚排列图，其输入也是低电平有效，高位优先。其输出也是二进制反码形式。表 3-16 是逻辑功能真值表。

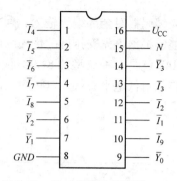

图 3-25 10-4 线优先编码器 74147

表 3-16 二-十进制优先编码器 74147 真值表

输 入									输 出			
$\bar{I}_9$	$\bar{I}_8$	$\bar{I}_7$	$\bar{I}_6$	$\bar{I}_5$	$\bar{I}_4$	$\bar{I}_3$	$\bar{I}_2$	$\bar{I}_1$	$\bar{Y}_3$	$\bar{Y}_2$	$\bar{Y}_1$	$\bar{Y}_0$
0	Φ	Φ	Φ	Φ	Φ	Φ	Φ	Φ	0	1	1	0
1	0	Φ	Φ	Φ	Φ	Φ	Φ	Φ	0	1	1	1
1	1	0	Φ	Φ	Φ	Φ	Φ	Φ	1	0	0	0
1	1	1	0	Φ	Φ	Φ	Φ	Φ	1	0	0	1
1	1	1	1	0	Φ	Φ	Φ	Φ	1	0	1	0
1	1	1	1	1	0	Φ	Φ	Φ	1	0	1	1
1	1	1	1	1	1	0	Φ	Φ	1	1	0	0
1	1	1	1	1	1	1	0	Φ	1	1	0	1
1	1	1	1	1	1	1	1	0	1	1	1	0
1	1	1	1	1	1	1	1	1	1	1	1	1

3.6 译码器功能及应用

编码器把输入信号变换为二进制代码，译码器则将二进制代码表示的特定信号或对象"恢复"或"翻译"出来。因此，译码和编码是一对互逆的过程，译码器与编码器的作用相反。

目前译码器主要采用集成门电路及可编程逻辑控制器构成，在数字系统中有很重要的用途。按照功用的不同，习惯把译码器分为二进制译码器、二-十进制译码器及数字显示译码器等。

3.6.1 二进制译码器

二进制译码器的一般原理框图如图 3-26 所示。

它有 n 位二进制代码输入端、2^n 个译码输出端、一个（或多个）使能输入端。当使能输入端为有效电平时，对应每一个的代码输入，仅有一个与该代码相对应的输出端为有效电平，其他 2^n-1 个输出端均为无效电平（与有效电平相反的电平）。常称之为 $n-2^n$ 线译码器。

集成译码器 74138 是一种 3-8 线译码器，如图 3-27 所示，它有 3 条译码输入线和 8 条译码输出线，其真值表见表 3-17。

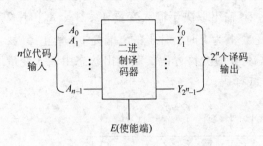

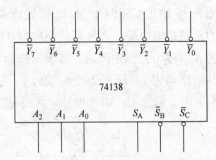

图 3-26　二进制译码器原理框图　　　　　　　　图 3-27　3-8 线译码器 74138

表 3-17　3-8 线译码器 74138 真值表

输　入					输　出							
S_A	$\bar{S}_B + \bar{S}_C$	A_2	A_1	A_0	$\bar{Y}_0$	$\bar{Y}_1$	$\bar{Y}_2$	$\bar{Y}_3$	$\bar{Y}_4$	$\bar{Y}_5$	$\bar{Y}_6$	$\bar{Y}_7$
Φ	1	Φ	Φ	Φ	1	1	1	1	1	1	1	1
0	Φ	Φ	Φ	Φ	1	1	1	1	1	1	1	1
1	0	0	0	0	0	1	1	1	1	1	1	1
1	0	0	0	1	1	0	1	1	1	1	1	1
1	0	0	1	0	1	1	0	1	1	1	1	1
1	0	0	1	1	1	1	1	0	1	1	1	1
1	0	1	0	0	1	1	1	1	0	1	1	1
1	0	1	0	1	1	1	1	1	1	0	1	1
1	0	1	1	0	1	1	1	1	1	1	0	1
1	0	1	1	1	1	1	1	1	1	1	1	0

从真值表可见，74138 译码器的译码输出是低电平有效，S_A、$\bar{S}_B$ 和 $\bar{S}_C$ 是它的使能控制输入，只有当 $S_A \bar{S}_B \bar{S}_C = 100$ 时，译码器才能处于译码的工作状态。否则，译码器禁止译码，$\bar{Y}_0 \sim \bar{Y}_7$ 均为高电平。各输出端的逻辑表达式为：

$$
\left\{
\begin{aligned}
\bar{Y}_0 &= \overline{\bar{A}_2 \bar{A}_1 \bar{A}_0} = \bar{m}_0 \\
\bar{Y}_1 &= \overline{\bar{A}_2 \bar{A}_1 A_0} = \bar{m}_1 \\
\bar{Y}_2 &= \overline{\bar{A}_2 A_1 \bar{A}_0} = \bar{m}_2 \\
\bar{Y}_3 &= \overline{\bar{A}_2 A_1 A_0} = \bar{m}_3 \\
\bar{Y}_4 &= \overline{A_2 \bar{A}_1 \bar{A}_0} = \bar{m}_4 \\
\bar{Y}_5 &= \overline{A_2 \bar{A}_1 A_0} = \bar{m}_5 \\
\bar{Y}_6 &= \overline{A_2 A_1 \bar{A}_0} = \bar{m}_6 \\
\bar{Y}_7 &= \overline{A_2 A_1 A_0} = \bar{m}_7
\end{aligned}
\right.
\tag{3-8}
$$

由上式可见，每一个输出信号 $\bar{Y}_i$ 都是译码器输入变量 A_2、A_1、A_0 的一个最小项 $\bar{m}_i$，利用这个特性，译码器可以用来实现任何组合逻辑函数。

当译码器的容量不能满足使用要求时，可以用小容量译码器的使能端进行扩展。图 3-28 给出了用两片 74138 扩展成 4 线-16 线译码器的电路。当输入变量 A_3 为 0 时，片 1 的 $\overline{S}_B$ 端接低电平，在外部使能端为 0 时允许译码，其输出取决于输入变量 A_2、A_1、A_0；片 2 的 S_A 端为 0，禁止译码，其输出皆为 1。当输入变量 A_3 为 1 时，片 1 的 $\overline{S}_B$ 端为 1，禁止译码，其输出均为 1，而片 2 的 S_A 端为 1，在外部使能端为 0 时允许译码，其输出状态由输入变量 A_2、A_1、A_0 决定。由此可见，该电路实现了 4-16 线译码。

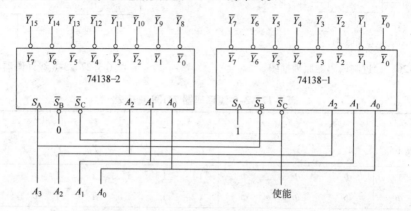

图 3-28　74138 扩展为 4-16 线译码器

3.6.2　二-十进制译码器

二-十进制译码器（又称为 BCD 码译码器）是将输入的每一组 4 位二进制码翻译成对应的 1 位十进制数。因编码过程不同，即编码时采用的 BCD 码不同，所以相应的译码过程也不同，故 BCD 码译码器有多种。但此种译码器都有 4 个输入端，10 个输出端，常称之为 4-10 线译码器。以 8421BCD 译码器为最常用。图 3-29 是 8421BCD 译码器 7442，其真值表见表 3-18。

图 3-29　8421BCD 译码器 7442

表 3-18　8421BCD 译码器 7442 真值表

输　　　入				输　　　出									
A_3	A_2	A_1	A_0	$\overline{Y}_0$	$\overline{Y}_1$	$\overline{Y}_2$	$\overline{Y}_3$	$\overline{Y}_4$	$\overline{Y}_5$	$\overline{Y}_6$	$\overline{Y}_7$	$\overline{Y}_8$	$\overline{Y}_9$
0	0	0	0	0	1	1	1	1	1	1	1	1	1
0	0	0	1	1	0	1	1	1	1	1	1	1	1
0	0	1	0	1	1	0	1	1	1	1	1	1	1
0	0	1	1	1	1	1	0	1	1	1	1	1	1
0	1	0	0	1	1	1	1	0	1	1	1	1	1
0	1	0	1	1	1	1	1	1	0	1	1	1	1
0	1	1	0	1	1	1	1	1	1	0	1	1	1

输　　入				输　　出									
A_3	A_2	A_1	A_0	$\overline{Y_0}$	$\overline{Y_1}$	$\overline{Y_2}$	$\overline{Y_3}$	$\overline{Y_4}$	$\overline{Y_5}$	$\overline{Y_6}$	$\overline{Y_7}$	$\overline{Y_8}$	$\overline{Y_9}$
0	1	1	1	1	1	1	1	1	1	1	0	1	1
1	0	0	0	1	1	1	1	1	1	1	1	0	1
1	0	0	1	1	1	1	1	1	1	1	1	1	0
1	0	1	0	1	1	1	1	1	1	1	1	1	1
1	0	1	1	1	1	1	1	1	1	1	1	1	1
1	1	0	0	1	1	1	1	1	1	1	1	1	1
1	1	0	1	1	1	1	1	1	1	1	1	1	1
1	1	1	0	1	1	1	1	1	1	1	1	1	1
1	1	1	1	1	1	1	1	1	1	1	1	1	1

从真值表可见，7442 译码器也是低电平译码输出有效，因此，它的每一个译码输出端都是一个最小项。此外，当输入为禁用码组 1010～1111 时，7442 译码器不会产生错误的译码输出，这称为拒绝伪输入译码功能。

3.6.3　显示译码器

在数字系统中，经常需要将数字或运算结果显示出来，以便人们观测、查看。因此，需要由显示电路来完成。显示电路通常包括显示译码器和显示器两部分。而显示译码器主要由译码器和驱动器组成，通常译码器和驱动器都集中在一块芯片上，输入一般为二-十进制代码，其输出的信号用于驱动显示器件，显示出十进制数字来。

1. 七段显示数码管

目前广泛使用的数字显示器件是七段显示数码管，这种显示器由七段可发光的字段组合而成。主要类型有半导体数码显示器（LED）和液晶显示器（LCD）。

图 3-30a 为 LED 数码管外形。它是将七个发光二极管按一定的方式连接在一起，每段为一个发光二极管，七段分别为 a、b、c、d、e、f、g，显示哪个字形，则相应段的发光二极管就发光。利用字段的不同组合，可分别显示出 0～9 十个数字，如图 3-30b 所示，DP 为小数点。

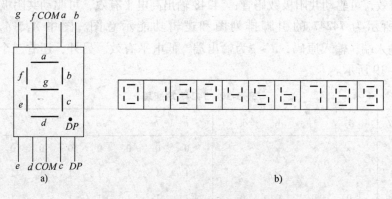

图 3-30　七段半导体数码显示器
a）LED 数码管外形　b）显示的数字

按连接方式不同，七段显示数码管分为共阴极和共阳极两种，如图 3-31 所示。所谓共阴极是指数码管七个发光二极管的阴极连在一起，接到低电平，发光二极管的阳极经过限流电阻接到七段译码器相应的输出端（译码器输出端应为高电平有效）；所谓共阳极是指数码管七个发光二极管的阳极连在一起，接到高电平，而发光二极管的阴极经过限流电阻接到七段译码器相应的输出端（译码器输出端应为低电平有效）。改变限流电阻 R，可以改变流经二极管中电流的大小，从而控制发光亮度。

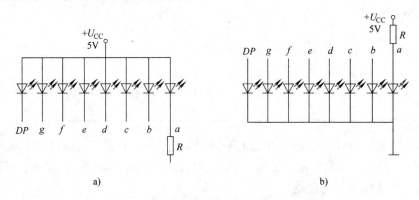

图 3-31　半导体数码显示器内部接法

a）共阳接法　b）共阴接法

半导体显示器的特点是工作电压低（1.5~3V）、体积小、寿命长（大于 1000h）、响应速度快（1~100ns）、可靠性高、发光艳；缺点是工作电流较大，一般为 15mA 左右。

液晶是液态晶体的简称。它是既具有液体的流动性，又具有某些光学特性的有机化合物，其透明度和颜色受外加电场的控制，利用这一特点，可做成电场控制的 7 段液晶数码显示器（LCD）。将液晶的 7 个电极做成 8 字形，则只要在 7 个电极上按 7 段字形的不同组合加上电压，便可以显示出相应的数字。其字形和 7 段半导体显示器相近。

液晶显示器的主要优点是功耗极小，工作电压低。它的主要缺点是显示不够清晰，响应速度慢。

2. 七段显示译码器

集成显示译码器种类繁多，最常用的是驱动发光二极管显示器的 74247 和 74248。74247 输出低电平有效，可驱动共阳极数码管；74248 输出高电平有效，可驱动共阴极数码管。

图 3-32 所示为 74247 的引脚排列图和逻辑功能示意图。图中 A_3、A_2、A_1、A_0 是 8421BCD 码输入端，输入原码，$\bar{a} \sim \bar{g}$ 为输出端，低电平有效。另外，还有三个控制端。其功能表如表 3-19 所示。

表 3-19　74247 功能表

$\overline{LT}$	$\overline{RBI}$	$\overline{BI}$	A_3	A_2	A_1	A_0	$\bar{a}$	$\bar{b}$	$\bar{c}$	$\bar{d}$	$\bar{e}$	$\bar{f}$	$\bar{g}$	说　明
0	×	1	×	×	×	×	0	0	0	0	0	0	0	试灯
×	×	0	×	×	×	×	1	1	1	1	1	1	1	熄灭
1	0	1	0	0	0	0	1	1	1	1	1	1	1	灭 0

(续)

$\overline{LT}$	RBI	$\overline{BI}$	A_3	A_2	A_1	A_0	$\bar{a}$	$\bar{b}$	$\bar{c}$	$\bar{d}$	$\bar{e}$	$\bar{f}$	$\bar{g}$	说　明
1	1	1	0	0	0	0	0	0	0	0	0	0	1	显示 0
1	×	1	0	0	0	1	1	0	0	1	1	1	1	1
1	×	1	0	0	1	0	0	0	1	0	0	1	0	2
1	×	1	0	0	1	1	0	0	0	0	1	1	0	3
1	×	1	0	1	0	0	1	0	0	1	1	0	0	4
1	×	1	0	1	0	1	0	1	0	0	1	0	0	5
1	×	1	0	1	1	0	1	1	0	0	0	0	0	6
1	×	1	0	1	1	1	0	0	0	1	1	1	1	7
1	×	1	1	0	0	0	0	0	0	0	0	0	0	8
1	×	1	1	0	0	1	0	0	0	1	1	0	0	9

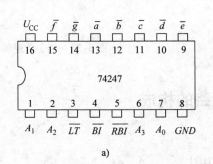
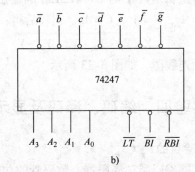

图 3-32　显示译码器 74247

a) 引脚图　b) 逻辑符号

1）试灯输入端 $\overline{LT}$。用来检验数码管的七段是否正常工作。当 $\overline{BI}=1$，$\overline{LT}=0$ 时，无论 A_3、A_2、A_1、A_0 是何种状态，输出 $\bar{a} \sim \bar{g}$ 均为 0，数码管七段全亮，显示"8"字。

2）灭灯输入端 $\overline{BI}$。当 $\overline{BI}=0$ 时，无论其他输入信号为何状态，输出 $\bar{a} \sim \bar{g}$ 均为 1，七段全灭，无显示。

3）灭 0 输入端 $\overline{RBI}$。在 $\overline{LT}=1$，$\overline{BI}=1$，$\overline{RBI}=0$ 的情况下，只有当 $A_3A_2A_1A_0=0000$ 时，输出 $\bar{a} \sim \bar{g}$ 均为 1，不显示"0"字；这时，如果 $\overline{RBI}=1$，则译码器正常输出，显示"0"。当 $A_3A_2A_1A_0$ 为其他组合时，不论 $\overline{RBI}$ 为 0 或 1，译码器均可正常输出。此输入控制信号常用来消除无效 0，如可消除 000.001 前面两个 0，显示出 0.001。

上述 3 个控制端均低电平有效，在译码器正常译码时均接高电平。

74248 功能及引脚图与 74247 基本相同，不同的是 74248 输出高电平有效（表 3-19 中输出 $a \sim g$ 的 0 与 1 对换），用于驱动共阴极数码管。

3.6.4　用译码器实现组合逻辑函数

由于二进制译码器的输出为输入变量的全部最小项，即每一个输出对应一个最小项，而任何一个逻辑函数都可变换为最小项之和的标准式，因此，用译码器和门电路可实现任何单输出或多输出的组合逻辑函数。当译码器输出低电平时，多选用与非门；当输出为高电平时，多选用或门。

【例3-7】 试用译码器和门电路实现逻辑函数：

$$Y = \overline{A}\,\overline{B}C + AB\overline{C} + C$$

解 1）根据逻辑函数选用译码器。由于逻辑函数 Y 中有 A、B、C 三个变量，故应选用 3 线—8 线译码器 CT74LS138。其输出为低电平有效。

2）写出所给函数的最小项表达式为：

$$\begin{aligned}
Y &= \overline{A}\,\overline{B}C + AB\overline{C} + C \\
&= \overline{A}\,\overline{B}C + \overline{A}BC + A\,\overline{B}C + AB\overline{C} + ABC \\
&= m_1 + m_3 + m_5 + m_6 + m_7 \\
&= \overline{\overline{m_1} \cdot \overline{m_3} \cdot \overline{m_5} \cdot \overline{m_6} \cdot \overline{m_7}}
\end{aligned}$$

3）将逻辑函数 Y 与 CT74LS138 的输出表达式进行比较。设 $A = A_2$，$B = A_1$，$C = A_0$，比较后得：

$$Y = \overline{\overline{Y_1} \cdot \overline{Y_3} \cdot \overline{Y_5} \cdot \overline{Y_6} \cdot \overline{Y_7}}$$

4）画连线图，如图 3-33 所示。

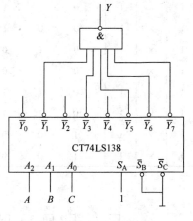

图 3-33　例 3-7 逻辑图

3.7　实验四　编码、译码及显示电路的构成

1. 实验目的

1）掌握编码器、译码器、数码管的功能和用法。

2）会用编码器、译码器实现编、译码显示电路。

2. 实验仪器

数字电路学习机、万用表、7400、74147、74248、数码管。

3. 实验内容

（1）测试 BCD 码编码器 74147 的功能

74147 引脚图如图 3-25 所示。将输入端接电平，输出端接电平显示，测试其功能，填入表 3-20。

表 3-20　10 线-4 线优先编码器 74147 编码表

输　　入									输　　出			
$\overline{I_1}$	$\overline{I_2}$	$\overline{I_3}$	$\overline{I_4}$	$\overline{I_5}$	$\overline{I_6}$	$\overline{I_7}$	$\overline{I_8}$	$\overline{I_9}$	$\overline{Y_3}$	$\overline{Y_2}$	$\overline{Y_1}$	$\overline{Y_0}$
1	1	1	1	1	1	1	1	1				
×	×	×	×	×	×	×	×	0				
×	×	×	×	×	×	×	0	1				
×	×	×	×	×	×	0	1	1				
×	×	×	×	×	0	1	1	1				
×	×	×	×	0	1	1	1	1				

输　入									输　出			
$\bar{I}_1$	$\bar{I}_2$	$\bar{I}_3$	$\bar{I}_4$	$\bar{I}_5$	$\bar{I}_6$	$\bar{I}_7$	$\bar{I}_8$	$\bar{I}_9$	$\bar{Y}_3$	$\bar{Y}_2$	$\bar{Y}_1$	$\bar{Y}_0$
×	×	×	0	1	1	1	1	1				
×	×	0	1	1	1	1	1	1				
×	0	1	1	1	1	1	1	1				
0	1	1	1	1	1	1	1	1				

（2）测试 BCD 码译码器 74248 的功能

74248 引脚图如图 3-32 所示（与 74247 引脚相同）。将输入端接电平，输出端接电平显示，测试其功能，填入表 3-21。

表 3-21　4 线-10 线译码器 74248 编码表

$\overline{LT}$	$\overline{RBI}$	$\overline{BI}$	A_3	A_2	A_1	A_0	a	b	c	d	e	f	g	说　明
0	×	1	×	×	×	×								
×	×	0	×	×	×	×								
1	0	1	0	0	0	0								
1	1	1	0	0	0	0								
1	×	1	0	0	0	1								
1	×	1	0	0	1	0								
1	×	1	0	0	1	1								
1	×	1	0	1	0	0								
1	×	1	0	1	0	1								
1	×	1	0	1	1	0								
1	×	1	0	1	1	1								
1	×	1	1	0	0	0								
1	×	1	1	0	0	1								

（3）测试数码管的功能

共阴极数码管引脚图如图 3-29 所示，将输入端接电平，公共端接地，观测数码管工作情况，填入表 3-22。

表 3-22　数码管功能测试

a	b	c	d	e	f	g	显 示 字 形
							0
							1
							2
							3
							4
							5

a	b	c	d	e	f	g	显示字形
							6
							7
							8
							9

（4）用编码器、译码器、显示器构成编、译码及显示电路

电路如图 3-34 所示。按图连接电路，将 74147 的输入端接电平，观察电路工作情况，填写表 3-23。

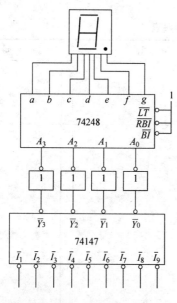

图 3-34　编码、译码及显示电路

表 3-23　编码、译码显示

输　　　入									输　出　显　示
$\bar{I}_1$	$\bar{I}_2$	$\bar{I}_3$	$\bar{I}_4$	$\bar{I}_5$	$\bar{I}_6$	$\bar{I}_7$	$\bar{I}_8$	$\bar{I}_9$	
1	1	1	1	1	1	1	1	1	
×	×	×	×	×	×	×	×	0	
×	×	×	×	×	×	×	0	1	
×	×	×	×	×	×	0	1	1	
×	×	×	×	×	0	1	1	1	
×	×	×	×	0	1	1	1	1	
×	×	×	0	1	1	1	1	1	
×	×	0	1	1	1	1	1	1	
×	0	1	1	1	1	1	1	1	
0	1	1	1	1	1	1	1	1	

4. 问题讨论

1）74247 和 74248 有什么区别？

2）如果 74147 的两个输入端 $\bar{I}_6$ 和 $\bar{I}_7$ 都为低电平，其余输入端为高电平，则应输出哪一组 BCD 码？

3）图 3-34 中，74147 和 74248 之间为什么要加非门？

4）在图 3-34 中，如果只有共阳极的数码管，为正常显示数字，应如何改变电路？

3.8　数据选择器和数据分配器的功能及应用

在数字系统和计算机中，为了减少传输线，经常采用总线技术，即在同一条线上对多路数据进行接收或传送。用来实现这种逻辑功能的数字电路就是数据选择器和数据分配器，图 3-35 是一线多路传输的原理示意图。

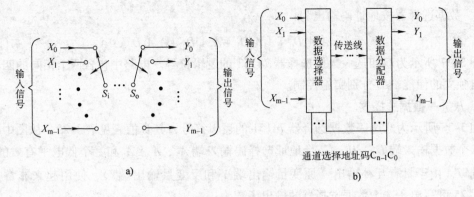

图 3-35 一线多路传输

a) 示意图 b) 逻辑框图

3.8.1 数据选择器

数据选择器（Data Selector）的逻辑功能是根据地址选择码从多路输入数据中选择一路数据输出。又称为复用器（Multiplexer），并用 MUX 来表示。在数据选择器中，通常用地址输入信号来完成挑选数据的任务。如一个 4 选 1 数据选择器，应有 2 个地址输入端，它共有 $2^2 = 4$ 种不同的组合，每一种组合可选择对应的一路输入数据输出。同理，对一个八选 1 的数据选择器，应有 3 个地址输入端。其余类推。目前常用的数据选择器有四选一、八选一和十六选一。以下对四选一、八选一的逻辑符号、真值表以及输出逻辑表达式进行介绍，更大规模的数据选择器在原理上与它们类似。

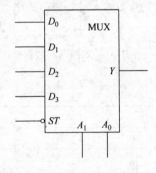

1. 四选一数据选择器

图 3-36 是四选一数据选择器的逻辑符号，表 3-24 是其真值表。其中，D_0、D_1、D_2、D_3 是 4 路数据输入，A_1、A_0 为地址选择码输入，Y 为数据选择器的输出。将地址选择码转换为十进制数，便是要选择的一路数据 D 的下标。ST 为选通使能端。

图 3-36　四选一数据选择器

由真值表可写出四选一数据选择器输出逻辑函数式：

$$Y = (\overline{A_1}\,\overline{A_0}D_0 + \overline{A_1}A_0D_1 + A_1\overline{A_0}D_2 + A_1A_0D_3)ST \tag{3-9}$$

表 3-24　四选一数据选择器真值表

输　　入			输　　出
$\overline{ST}$	A_1	A_2	Y
1	$\varPhi$	$\varPhi$	0
0	0	0	D_0
0	0	1	D_1
0	1	0	D_2
0	1	1	D_3

此式表明，当 $\overline{ST} = 1$ 时，即 $ST = 0$，输出 $Y = 0$，数据选择器不工作。当 $\overline{ST} = 0$ 时，即

$ST=1$，数据选择器按地址码输出为：

$$Y = \bar{A_1}\bar{A_0}D_0 + \bar{A_1}A_0D_1 + A_1\bar{A_0}D_2 + A_1A_0D_3 \tag{3-10}$$

图 3-37 所示为双四选一数据选择器 74153 的逻辑符号。电路中包含两个相同的四选一，由各自独立的使能端 $\overline{ST}$ 分别实施控制。

2. 八选一数据选择器

图 3-38 所示为八选一数据选择器 74151 的逻辑符号，其真值表见表 3-25。从图中可见，它有八个数据输入端 $D_7 \sim D_0$、三个地址选择码输入端 A_2、A_1、A_0 和一个低电平有效的选通使能端 $\overline{ST}$。由于具有互补输出（原变量输出端 Y 和反变量输出端 $\bar{Y}$），使用起来非常方便。由表 3-25 可写出 8 选 1 数据选择器的输出函数为：

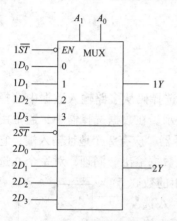

图 3-37　双四选一数据选择器 74153

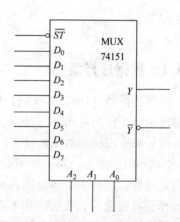

图 3-38　八选一数据选择器 74151

表 3-25　八选一数据选择器真值表

输　　　入				输　　出	
$\overline{ST}$	A_2	A_1	A_0	Y	$\bar{Y}$
1	×	×	×	0	1
0	0	0	0	D_0	$\bar{D_0}$
0	0	0	1	D_1	$\bar{D_1}$
0	0	1	0	D_2	$\bar{D_2}$
0	0	1	1	D_3	$\bar{D_3}$
0	1	0	0	D_4	$\bar{D_4}$
0	1	0	1	D_5	$\bar{D_5}$
0	1	1	0	D_6	$\bar{D_6}$
0	1	1	1	D_7	$\bar{D_7}$

$$
\begin{aligned}
Y = &(\bar{A_2}\bar{A_1}\bar{A_0}D_0 + \bar{A_2}\bar{A_1}A_0D_1 + \bar{A_2}A_1\bar{A_0}D_2 + \bar{A_2}A_1A_0D_3 + A_2\bar{A_1}\bar{A_0}D_4 + A_2\bar{A_1}A_0D_5 + \\
&A_2A_1\bar{A_0}D_6 + A_2A_1A_0D_7)ST
\end{aligned} \tag{3-11}
$$

同样是当 $\overline{ST}=1$ 时，输出 $Y=0$，数据选择器不工作。当 $\overline{ST}=0$ 时，数据选择器工作。

3. 数据选择器通道扩展

在中小规模集成电路中，最大规模的数据选择器是十六选一。如果需要更大规模的数据选择器，必须进行通道扩展。

用两片十六选一和一片二选一扩展成三十二选一的电路如图3-39所示。$A_4 \sim A_0$为地址选择码输入端，可实现对三十二路输入数据$D_0 \sim D_{31}$的选择。由图可见，当$\overline{ST}=1$时，各片MUX都不工作，输出Y为0。当$\overline{ST}=0$时，各片MUX均工作。如果此时$A_4=0$，则$Y=Y_0$，根据$A_3 \sim A_0$从$D_{15} \sim D_0$中选择一路输出；如果此时$A_4=1$，则$Y=Y_1$，根据$A_3 \sim A_0$，从$D_{31} \sim D_{16}$中选择一路输出。因此，该电路实现了三十二选一的功能。

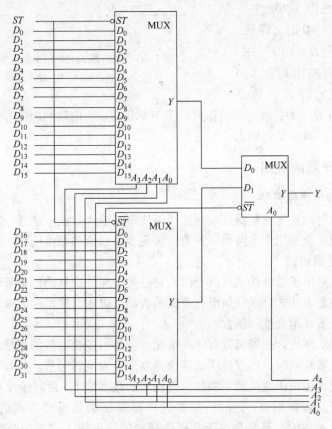

图3-39　数据选择器的通道扩展

采用这种办法进行通道扩展，可以得到任意规模的数据选择器。

3.8.2　数据分配器

数据分配器（Data Distributor）的逻辑功能是将一路输入数据根据地址选择码分配给多路数据输出中的某一路输出。因此，它实现的是时分多路传输电路中接收端电子开关的功能，故又称为解复器（Demultiplexer），并用DMUX来表示。

数据分配器是将译码器改接而成。将译码器的使能端作为数据输入端，二进制代码输入端作为地址信号输入端，则译码器便成为一个数据分配器。如图3-40所示为由3线-8线译码器74138构成的8路数据分配器。

图中$A_2 \sim A_0$为地址信号输入端，$\overline{Y}_0 \sim \overline{Y}_7$为数据输出端，可从使能端$ST_A$、$\overline{ST}_B$、$\overline{ST}_C$中选择一个作为数据输入端$D$。如$\overline{ST}_B$或$\overline{ST}_C$作为数据输入端$D$时，输出原码，接法如图3-40a所

示。如 ST_A 作为数据输入端 D 时，输出反码，接法如图 3-40b 所示。

以 D_6 为例说明输出端的确定方法。根据数据分配器的定义，当 $A_2A_1A_0 = 110$ 时，与 D 一致的输出端就是 D_6。在图 3-40a 中，$A_2A_1A_0 = 110$，当 $D = 0$ 时，译码器工作，$\overline{Y}_6 = 0$；当 $D = 1$ 时，译码器不工作，所有输出均为 1，因此 $\overline{Y}_6 = 1$。可见 $\overline{Y}_6$ 与 D 一致，

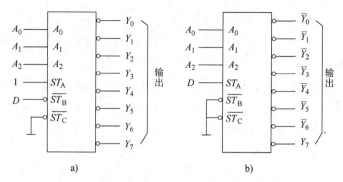

图 3-40 译码器 74138 作 8 路数据分配器
a) 输出原码 b) 输出反码

所以 $\overline{Y}_6$ 就是 D_6，且 $D_6 = D$，故为原码输出。图 3-40b 与 a 输出端的确定方法相同，但输出数据与输入数据相反，故为反码输出。

3.8.3 数据选择器的应用

1. 用作多路数字选择开关

数字选择器本身的功能就是根据地址选择码从多路输入数据中选择一路输出。因此，数据选择器的基本用途就是用作多路数字开关，实现多路通信和路由选择。

2. 实现组合逻辑函数

从数据选择器输出函数表达式可以看出，它是关于地址选择码的全部最小项和对应的各路输入数据的与或型表达式。而任何组合逻辑函数都可以用与或型函数来表示，因此，数据选择器也可以用来实现组合逻辑函数。

用数据选择器实现组合逻辑函数有两种情况。一是当逻辑函数的变量个数和数据选择器的地址输入变量个数相同时，可直接用数据选择器来实现逻辑函数。其方法是：如数据选择器输出表达式中包含逻辑函数的最小项时，则相应的数据取 1，而对于没有包含的逻辑函数的最小项，则相应的数据取 0。这时，数据选择器输出的就是要实现的逻辑函数（如例 3-8）。二是当逻辑函数的变量个数多于数据选择器的地址输入变量的个数时，应分离出多余的变量，将余下的变量分别有序地加到数据选择器的地址输入端上。

【例 3-8】 试用数据选择器实现逻辑函数 $Y = AB + AC + BC$。

解 1）选用数据选择器：由于逻辑函数 Y 中有 A、B、C 三个变量，所以可选用八选一数据选择器 74151。

2）写出逻辑函数的标准"与-或"表达式：

$$Y = AB + AC + BC = \overline{A}BC + A\overline{B}C + AB\overline{C} + ABC$$

3）写出八选一数据选择器的输出表达式：

$$Y' = \overline{A}_2\overline{A}_1\overline{A}_0 D_0 + \overline{A}_2\overline{A}_1 A_0 D_1 + \overline{A}_2 A_1\overline{A}_0 D_2 + \overline{A}_2 A_1 A_0 D_3 + A_2\overline{A}_1\overline{A}_0 D_4 + A_2\overline{A}_1 A_0 D_5 + A_2 A_1\overline{A}_0 D_6 + A_2 A_1 A_0 D_7$$

4）比较 Y 和 Y' 两式中最小项的对应关系。设 $Y = Y'$，$A = A_2$，$B = A_1$，$C = A_0$，Y' 式中包含 Y 式中的最小项时，数据取 1，没有包含 Y 式中的最小项时，数据取 0，由此得：

$$\begin{cases} D_0 = D_1 = D_2 = D_4 = 0 \\ D_3 = D_5 = D_6 = D_7 = 1 \end{cases}$$

5）画出连线图：根据上式可画出图 3-41 所示的连线图。

【例 3-9】 用双四选一数据选择器74153 构成一位全加器。

解 1）一位全加器的真值表见表 3-6、其输出逻辑函数式为：

$$\begin{cases} S_i = \overline{A_i}\overline{B_i}C_{i-1} + \overline{A_i}B_i\overline{C_{i-1}} + A_i\overline{B_i}\overline{C_{i-1}} + A_iB_iC_{i-1} \\ C_i = \overline{A_i}B_iC_{i-1} + A_i\overline{B_i}C_{i-1} + A_iB_i\overline{C_{i-1}} + A_iB_iC_{i-1} \end{cases}$$

2）双四选一数据选择器 74153 的输出逻辑函数式为：

$$\begin{cases} Y_1 = \overline{A_1}\overline{A_0}D_{10} + \overline{A_1}A_0D_{11} + A_1\overline{A_0}D_{12} + A_1A_0D_{13} \\ Y_2 = \overline{A_1}\overline{A_0}D_{20} + \overline{A_1}A_0D_{21} + A_1\overline{A_0}D_{22} + A_1A_0D_{23} \end{cases}$$

3）将全加器的输出逻辑函数式和数据选择器的输出逻辑函数式进行比较：设 $S_i = Y_1$、$C_i = Y_2$ 和 $A_1 = A_i$、$A_0 = B_i$，则应将数据选择器设置为 $D_{10} = D_{13} = C_{i-1}$、$D_{11} = D_{12} = \overline{C_{i-1}}$、$D_{20} = 0$、$D_{21} = D_{22} = C_{i-1}$、$D_{23} = 1$。

4）画连线图，如图 3-42 所示。

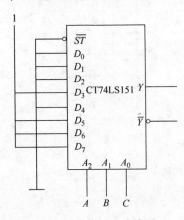

图 3-41　例 3-8 连线图

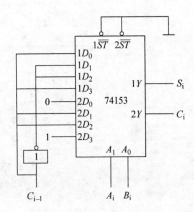

图 3-42　例 3-9 连线图

本例题表明，当逻辑函数的变量数多于数据选择器的输入地址码 A_1、A_0 时，则 $D_3 \sim D_0$ 可视为是第三个（输入）变量，用以表示逻辑函数中被分离出来的变量。

3.9　只读存储器

存储器是数字系统中用于存储大量信息的部件，是数字电子计算机的重要组成部分之一。半导体存储器是一种能存储大量二进制信息的半导体器件，种类很多，从存、取功能上分可分为只读存储器（ROM）和随机存储器（RAM）两大类。

3.9.1　ROM 的结构及工作原理

只读存储器（ROM）在正常工作时，只能按给定地址读出信息，而不能写入信息。故称为只读存储器，简称 ROM。随着电子技术的发展，只读存储器中又有掩模 ROM（固定 ROM）、可编程 ROM（PROM）和可擦除的可编程 ROM（EPROM）几种不同类型，它们的工作原理相同。掩模 ROM 中的数据在制作时已经确定，无法更改。PROM 中的数据可以由用户根据自己的需要写入，但一经写入以后就不能再修改了。EPROM 里的数据则不但可以由用户根据自己的需要写入，而且还能擦除重写，所以具有更大的灵活性。ROM 的优点是电路结构简单，而且在断电以后数据不会丢失；缺点是只适用于存储那些固定数据的场合，如计算机中的自检程序、初始化程序等。

ROM 主要由与阵列、或阵列和输入输出缓冲级等电路构成，是一种大规模的组合逻辑电路。

图 3-43a 所示为二极管 ROM 的原理图。它由一个 2 线-4 线地址译码器和一个 4×4 的二极管存储矩阵组成。A_1、A_0 为输入的地址码，可产生 $W_0 \sim W_3$ 4 个不同的地址，用于选择存储的内容，$W_0 \sim W_3$ 称为字线。存储矩阵由二极管或门组成，其输出为 $D_0 \sim D_3$。在 $W_0 \sim W_3$ 中，任意输出为高电平时，在 $D_0 \sim D_3$ 4 根线上输出一组 4 位二进制代码，每组代码称作一个字，$D_0 \sim D_3$ 称作位线。

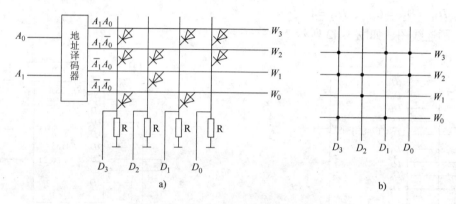

图 3-43　4×4 二极管 ROM 结构图

a）二极管结构图　b）ROM 的简化阵列图

由图 3-43a 可求出下列函数表达式：

$$W_0 = m_0 = \overline{A}_1 \overline{A}_0 \quad W_1 = m_1 = \overline{A}_1 A_0$$

$$W_2 = m_2 = A_1 \overline{A}_0 \quad W_3 = m_3 = A_1 A_0$$

$$D_3 = W_0 + W_2 + W_3 = m_0 + m_2 + m_3$$

$$D_2 = W_1 + W_2 = m_1 + m_2 \tag{3-12}$$

$$D_1 = W_0 + W_3 = m_0 + m_3$$

$$D_0 = W_2 + W_3 = m_2 + m_3$$

由式 3-12 可求出图 3-43a 所示 ROM 内存储的内容，如表 3-26 所示。

由表 3-26 可知，所谓存储信息 1，就是指在字线与位线的交叉处接有二极管；所谓存储信息 0，就是指在字线和位线的交叉处没有二极管。所以字线与位线的交叉点称为存储单元。读取信息时，字线为高电平，与之相连的二极管导通，对应的位线输出高电平 1，没有二极管的位线输出低电平 0。图 3-43a 可用图 3-43b 的简化阵列图（也称存储矩阵）来表示，字线和位线交叉处的圆点"·"代表二极管（或 MOS 管、晶体管），表示存储 1，没有小圆点的表示存储 0。

76

表 3-26　图 3-43a 所示 ROM 存储的内容

地　址		字　　线				内　容			
A_1	A_0	W_0	W_1	W_2	W_3	D_3	D_2	D_1	D_0
0	0	1	0	0	0	1	0	1	0
0	1	0	1	0	0	0	1	0	0
1	0	0	0	1	0	1	1	0	1
1	1	0	0	0	1	1	0	1	1

常用存储单元的数量表示存储器的容量，写成"字数 × 位数" = 存储容量。对于图 3-43a 所示 ROM 来说，其存储容量为 4 ×4。

用双极型晶体管和 MOS 管也可组成 TTL 型 ROM 和 MOS 型 ROM。

3.9.2　ROM 的应用

由于 ROM 能大量固定存储二进制数码，所以它在数字系统中得到了广泛的应用，如用于组合逻辑电路、波形变换、字符发生、函数运算以及用于计算机的数据表格和程序代码的存储等。

1. 实现组合逻辑设计

通常 ROM 的地址译码器是一个全译码器，产生了输入变量的全部最小项，即实现了对输入变量的与运算；ROM 中的存储矩阵实现了有关最小项的或运算，因此，ROM 可方便地实现与-或逻辑功能。而所有的组合逻辑函数都可变换为标准与-或式，所以可用 EPROM 实现。实现的方法就是把逻辑变量从地址线输入，把逻辑函数写入到相应的存储单元中，而数据输出端就是函数输出端。

【例 3-10】　试用 ROM 实现下列逻辑函数：

$$\begin{cases} Y_1 = A\,\overline{C} + \overline{B}C \\ Y_2 = AB + AC + BC \end{cases}$$

解　1）将函数化为标准与-或式：

$$\begin{cases} Y_1 = \Sigma_m(1,\ 4,\ 5,\ 6) \\ Y_2 = \Sigma_m(3,\ 5,\ 6,\ 7) \end{cases}$$

2）确定存储单元内容。

由函数的最小项表达式可知函数 Y_1 和 Y_2 相应的存储单元中各有 4 个存储单元为 1。

3）画出用 EPROM 实现的逻辑图，如图 3-44 所示。

2. 作函数运算表电路

数学运算是数控装置和数字系统中需要经常进行的运算，如果事先把要用到的基本函数变量在一定范围内的取值和相应的函数值列成表格写入 ROM 中，则在需要时只要给出规定的地址，

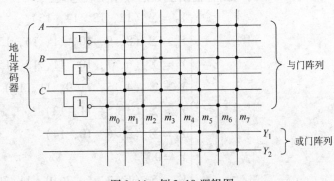

图 3-44　例 3-10 逻辑图

就可非常快速地得到相应的函数值。这种 ROM 实际上就是函数运算表电路。函数运算表电路的实现方法与用 ROM 实现组合逻辑电路的方法相同。

【例 3-11】 用 ROM 构成能实现函数 $y = x^2$ 的运算表电路。设 x 的取值范围为 $0 \sim 15$ 的正整数。

解 由于 x 的取值范围为 $0 \sim 15$ 的正整数，对应 4 位二进制正整数，用 $A = A_3A_2A_1A_0$ 表示；根据 $y = x^2$ 可算出 y 的最大值为 $15^2 = 225$，可用 $Y = Y_7Y_6Y_5Y_4Y_3Y_2Y_1Y_0$ 来表示。由此可列出 $Y = A^2$ 即 $y = x^2$ 的真值表，如表 3-27 所示。

表 3-27　用 EPROM 实现函数 $y = x^2$ 的真值表

A_3	A_2	A_1	A_0	Y_7	Y_6	Y_5	Y_4	Y_3	Y_2	Y_1	Y_0	十进制数
0	0	0	0	0	0	0	0	0	0	0	0	0
0	0	0	1	0	0	0	0	0	0	0	1	1
0	0	1	0	0	0	0	0	0	1	0	0	2
0	0	1	1	0	0	0	0	1	0	0	1	3
0	1	0	0	0	0	0	1	0	0	0	0	4
0	1	0	1	0	0	0	1	1	0	0	1	5
0	1	1	0	0	0	1	0	0	1	0	0	6
0	1	1	1	0	0	1	1	0	0	0	1	7
1	0	0	0	0	1	0	0	0	0	0	0	8
1	0	0	1	0	1	0	1	0	0	0	1	9
1	0	1	0	0	1	1	0	0	1	0	0	10
1	0	1	1	0	1	1	1	1	0	0	1	11
1	1	0	0	1	0	0	1	0	0	0	0	12
1	1	0	1	1	0	1	0	1	0	0	1	13
1	1	1	0	1	1	0	0	0	1	0	0	14
1	1	1	1	1	1	1	0	0	0	0	1	15

由表 3-27 可写出各输出函数的最小项表达式：

$$
\begin{cases}
Y_7 = \Sigma_m(12,\ 13,\ 14,\ 15) \\
Y_6 = \Sigma_m(8,\ 9,\ 10,\ 11,\ 14,\ 15) \\
Y_5 = \Sigma_m(6,\ 7,\ 10,\ 11,\ 13,\ 15) \\
Y_4 = \Sigma_m(4,\ 5,\ 7,\ 9,\ 11,\ 12) \\
Y_3 = \Sigma_m(3,\ 5,\ 11,\ 13) \\
Y_2 = \Sigma_m(2,\ 6,\ 10,\ 14) \\
Y_1 = 0 \\
Y_0 = \Sigma_m(1,\ 3,\ 5,\ 7,\ 9,\ 11,\ 13,\ 15)
\end{cases}
$$

选用 16×8 位 EPROM，其阵列图如图 3-45 所示。

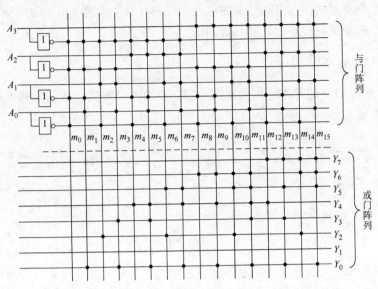

图 3-45　用 EPROM 实现函数 $v = x^2$ 的逻辑图

3. 作字符发生器电路

字符发生器也是利用 ROM 实现代码转换的一种组合逻辑电路，常用于各种显示设备中。被显示的字符以像点的形式存储在 ROM 中，每个字符由 7×5（或 7×9）点阵组成。如图 3-46 所示为显示字符 Z 的 ROM 连线图。数据经输出缓冲器接至光栅矩阵。当地址码 $A_2 A_1 A_0$ 选中某行时，该行的内容即以光点的形式反映在光栅矩阵上。单元的内容为 1，相应的光栅上就出现亮点。若地址周期循环变化，各行的内容相继反映在光栅上，就显示出所存储的字符。

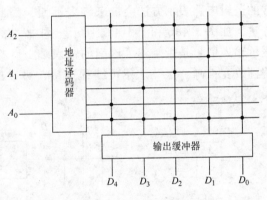

图 3-46　用 ROM 显示字符 Z

3.10　可编程逻辑器件

数字集成电路根据逻辑功能的不同，可分为通用型和专用型。前面学习中所涉及的中小型集成电路都是通用型的，利用它们，理论上可以实现任何复杂的数字系统。但如果能把所设计的数字系统作成一片大规模集成电路，则不仅能减小电路的体积、重量、功耗，也会使电路的可靠性大大提高。这种为某种专门用途而设计的集成电路叫专用集成电路，简称 ASIC。制作 ASIC 的方法，一是掩模方法，由半导体生产厂家制造，另一种是现场可编程方法，由设计者利用可编程逻辑器件（简称 PLD）以某种方式制作。

PLD 是 20 世纪 80 年代发展起来的具有划时代意义的新型逻辑器件，它是一种半定制性质的专用集成电路，用户在使用前可对它进行编程，自己配置各种逻辑功能。这种器件既具有集成电路硬件工作速度快，可靠性高的优点，又具有软件编程灵活、方便的特点，因此适用于小批量生产的系统或产品的开发与研制。

3.10.1　PLD 的基本结构

图 3-47 所示为 PLD 的基本结构示意图。它主要由与门阵列、或门阵列，再加上输入电路和输出电路组成。

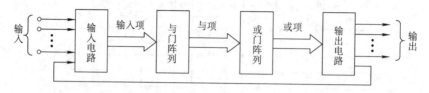

图 3-47　PLD 基本结构示意图

输入电路对输入信号缓冲，提供足够的驱动能力，并产生原变量和反变量两个互补的信号供与门阵列使用，它的逻辑符号如图 3-48a 所示。与门阵列和或门阵列用于实现各种与或结构的逻辑函数。若进一步与输出电路中的寄存器以及输出反馈电路配合，还可以实现各种时序逻辑电路。由于 PLD 阵列规模较大，在对 PLD 内部电路进行描述时，若采用通常的逻辑电路表示方法会带来许多不便，因此在描述 PLD 的与门和或门时，常采用简化方法，如图 3-48b 和图 3-48c 所示。图中竖线为一组输入信号，用其与横线交叉点的状态表示输入信号是否接到了该门的输入端上。交叉点上画"·"表示固定连接，不能通过编程改变；画"×"表示可编程连接，可以通过编程将其断开；既无"·"也无"×"表示断开。

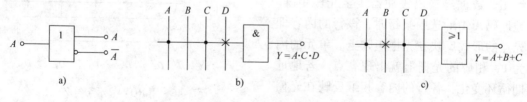

图 3-48　PLD 的简化画法
a）缓冲器　b）与门　c）或门

PLD 的输出电路因器件的不同而有所不同，可以是基本的三态门输出，也可以配备寄存器或向输入电路提供反馈信号，还可以做成输出宏单元由用户进行输出电路结构的组态。但总体可分为固定输出和可组态输出两类。

PLD 主要具有以下优点：

1）功能集成度有较大提高。一片 PLD 可代替 4～20 片中小规模集成电路芯片，更大规模的 PLD，如 CPLD（复杂可编程逻辑器件）和 FPLD（现场可编程逻辑器件）可达到更大的规模。

2）缩短设计周期，降低设计风险。PLD 的设计一般都有强有力的标准设计工具支持，无论在构思阶段还是在实现阶段，都能借助计算机快速地进行设计，极大地缩短了设计周期，使新产品能尽早地投放市场。其次，由于 PLD 的可改写性，为设计者带来了许多灵活性。在强大的仿真软件的支持下，可很方便地对设计进行仿真测试，及时发现问题，及时修改，因而减少了设计的风险。

3）器件性能得以提高。由于采用了新的生产工艺，PLD 的性能比中小规模集成电路更高，速度更快，功耗更低。

4）可靠性较高。系统的可靠性随器件的增加而降低。由于 PLD 集成度高，减少了器件的数量，使器件之间的干扰及可能产生的噪声源随之减少，提高了系统的可靠性。

5）成本较低。由于缩短了开发周期，减少了设计费用，减少了印制板面积，减少了芯片数量，简化了生产工艺，并且修改和改进设计容易，因此在各方面都降低了成本，提高了产品的市场竞争力。

3.10.2 PLD 的分类

通常根据 PLD 的各个部分是否可以编程和组态，将 PLD 分成 PROM（可编程只读存储器）、PLA（可编程逻辑阵列）、PAL（可编程阵列逻辑）、GAL（通用阵列逻辑）等四类，如表 3-28 所示。

表 3-28　PLD 的分类

分　类	与　阵　列	或　阵　列	输　出　电　路
PROM	固定	可编程	固定
PLA	可编程	可编程	固定
PAL	可编程	固定	固定
GAL	可编程	固定	可组态

由表 3-28 可知，PROM、PAL、GAL 只有一种阵列可编程，故称为半场可编程逻辑器件，而 PLA 的与阵列和或阵列均可编程，故称为全场可编程逻辑器件。

PROM 的或阵列是可编程的，而与阵列是固定的，因此用 PROM 只能实现函数的标准与或式，不管所要实现的逻辑函数真正需要多少最小项，其与阵列必须产生全部 n 个变量的 2^n 个最小项，故利用率很低，所以 PROM 除了用来制作函数表电路和显示译码电路外，一般只做存储器用，ASIC 很少使用。

PLA 的与阵列和或阵列都是可编程的，可实现经过化简的函数的最简与或式，因此利用率比 PROM 要高得多，但是由于 PLA 器件缺少高质量的编程工具和支撑软件，且器件价格昂贵，因而也较少使用。

PAL 和 GAL 是与阵列可编程，或阵列固定，其工作速度高，价格低，并具有组合输出和触发器（寄存器）输出形式，具有强大的编程工具和软件支持，因此被普遍使用。尤其是 GAL，用输出逻辑宏单元（OLMC）取代了固定输出电路，使得输出方式可以由设计者自行组态，使用更为方便、灵活，应用非常广泛。

图 3-49 画出了 PROM、PLA 和 PAL、GAL 的阵列结构。

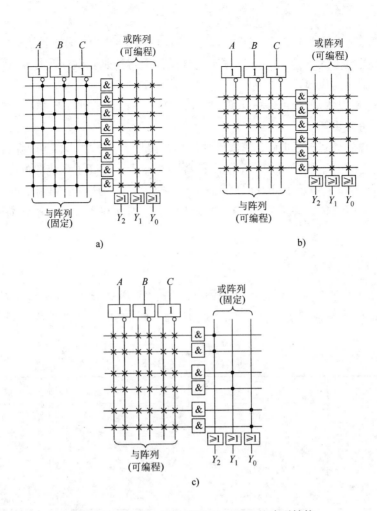

图 3-49　PROM、PLA 和 PAL、GAL 的阵列结构

a) PROM 的阵列结构　b) PLA 的阵列结构　c) PAL、GAL 的阵列结构

3.10.3　PLD 器件应用

由于 PLD 可以实现函数的最简与或式，因此可以很方便地实现组合逻辑电路和时序逻辑电路。

【例 3-12】　用 PLD 实现下列函数。

$$\begin{cases} Y_1 = A \oplus B \oplus C = \overline{A}\,\overline{B}C + \overline{A}B\,\overline{C} + A\,\overline{B}\,\overline{C} + ABC \\ Y_2 = AB + AC + BC \\ Y_3 = AB\,\overline{D} + BCD + \overline{B}\,\overline{C}D \\ Y_4 = \overline{A}\,\overline{C} + B\,\overline{C} + \overline{B}D + A\,\overline{B}C \end{cases}$$

解　上式中各个函数都是最简与或式，由此可画出 PLD 的阵列图，如图 3-50 所示。

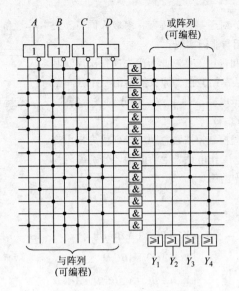

图 3-50　例 3-12 阵列图

3.11　习题

1. 分析图 3-51 所示电路的功能。

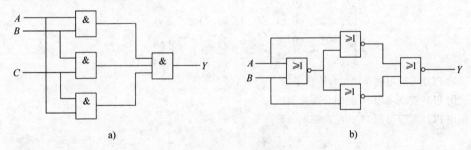

a)　　　　　　　　　　　　　b)

图 3-51　习题 1 图

2. 分析图 3-52 所示电路的功能。

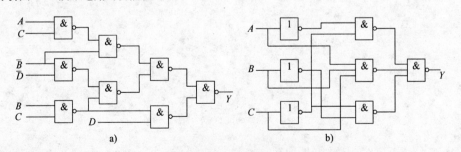

a)　　　　　　　　　　　　　b)

图 3-52　习题 2 图

3. 分析图 3-53 所示电路的功能。

4. 设计一个路灯控制电路。要求在四个不同的地方都能独立控制路灯的亮和灭，当一个开关动作后灯亮，另一个开关动作后灯灭。

5. 设计一个 4 人表决电路，对于某一个提案，多数人同意，提案通过，否则，提案被否决。用与非门实现。

6. 旅客列车分特快、直快和普快，并以此为优先通行次序。某站在同一时间只能有一趟列车从车站开出，即只能给出一个开车信号，试画出满足上述要求的逻辑电路。设 A、B、C 分别表示特快、直快、普快，开车信号分别为 Y_A、Y_B、Y_C。

7. 电话室需对四种电话编码控制，按紧急顺序排列优先权由高到低为：火警电话、急救电话、工作电话、生活电话，分别编码为 11、10、01、00，试设计该编码电路。

8. 试用 ROM 构成全加器。

9. 试用 ROM 实现下列组合逻辑函数。

$$\begin{cases} Y_0 = BCD + A\,\overline{B}\,\overline{C}\,\overline{D} \\ Y_1 = \overline{A}CD + ABC\,\overline{D} \\ Y_2 = \overline{A}\,\overline{B}CD + \overline{A}BC\,\overline{D} + ABCD \\ Y_3 = \overline{A}C\,\overline{D} + \overline{A}\,\overline{B}C\,\overline{D} + \overline{A}B\,\overline{C}\,\overline{D} \end{cases}$$

10. 试用 ROM 实现下列组合逻辑函数。

$$\begin{cases} Y_0 = ABC + AB\,\overline{C} + \overline{A}BC + \overline{A}\,\overline{B}C \\ Y_1 = A\,\overline{B}\,\overline{C} + A\,\overline{B}C + A\,\overline{B}\,\overline{C} + AB\,\overline{C} \end{cases}$$

11. 试用 ROM 实现下列逻辑函数。

$$\begin{cases} Y_0 = \Sigma_m\ (2,\ 3,\ 6,\ 7) \\ Y_1 = \Sigma_m\ (0,\ 1,\ 2,\ 3,\ 6,\ 7) \\ Y_2 = \Sigma_m\ (0,\ 2,\ 3,\ 6,\ 7,\ 10,\ 13,\ 14) \\ Y_3 = \Sigma_m\ (2,\ 3,\ 4,\ 5,\ 7,\ 10,\ 11,\ 14,\ 15) \end{cases}$$

12. 试用 PLD 实现习题 9 的组合逻辑函数。

13. 试用 PLD 实现习题 10 的组合逻辑函数。

14. 试用 PLD 实现习题 11 的组合逻辑函数。

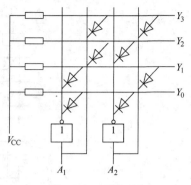

图 3-53　习题 3 图

第 4 章 时序逻辑电路

逻辑电路分为组合逻辑电路和时序逻辑电路两大类。从逻辑功能上看，组合逻辑电路在任一时刻的输出信号仅仅与当时的输入信号有关；而时序逻辑电路在任一时刻的输出信号不仅与当时的输入信号有关，而且还与电路原来的状态有关。从结构上看，组合逻辑电路仅由若干逻辑门组成，没有存储电路，因而没有记忆功能；而时序逻辑电路除包含组合电路外，还含有存储电路，因而具有记忆能力。

4.1 时序逻辑电路的分析和设计方法

4.1.1 时序逻辑电路概述

由于时序逻辑电路（简称时序电路）在任一时刻的输出信号不仅与当时的输入信号有关，而且还与电路原来的状态有关，因此，时序逻辑电路中必须含有存储电路，由它将某一时刻之前的电路状态存储下来。存储电路可以由延迟元件组成，也可由触发器构成。

时序逻辑电路分为同步时序逻辑电路和异步时序逻辑电路两大类。在同步时序逻辑电路中，所有触发器的时钟输入端都连在一起，在同一个时钟脉冲作用下，凡具备翻转条件的触发器在同一时刻状态翻转，也就是说，触发器状态的更新和时钟脉冲是同步的。在异步时序逻辑电路中，时钟脉冲只触发部分触发器，其余触发器则由电路内部信号触发，因此，凡具备翻转条件的触发器状态的翻转有先有后，并不都和时钟脉冲同步。

描述时序逻辑电路功能的方法主要有逻辑方程式、状态转换真值表、状态转换图和时序图等。逻辑方程式虽然能够描述时序电路的逻辑功能，但并不能直观地看出电路的逻辑功能是什么，相比而言，状态转换真值表、状态转换图和时序图能够较清晰地表明时序电路中信号的输入输出状态。

时序逻辑电路的分析，就是根据给定的时序逻辑电路图，通过分析，写出它的逻辑方程式，列出状态转换真值表，画出状态转换图和时序图，进而分析它的逻辑功能和工作特性的过程。

4.1.2 同步时序逻辑电路分析方法

在同步时序逻辑电路中，所有触发器都由同一个时钟脉冲信号 CP 来触发，CP 信号只控制触发器的翻转时刻，而对触发器翻转到何种状态没有影响。

基本分析步骤如下：

（1）根据时序逻辑电路图写逻辑方程式

1）时钟方程。各触发器 CP 信号的逻辑表达式。由于同步时序逻辑电路中所有触发器的时钟脉冲信号都相同，即各触发器同时动作，所以，在分析同步时序逻辑电路时，可以不考虑时钟条件，不列时钟方程。

2）输出方程。时序逻辑电路的输出逻辑表达式，通常是现态的函数。

3）驱动方程。各触发器输入端的逻辑表达式。如 JK 触发器 J 和 K 端的逻辑表达式，D 触发器 D 端的逻辑表达式等。

4）状态方程。将驱动方程代入相应触发器的特性方程中，便得到该触发器的次态方程。时序逻辑电路的状态方程由各触发器次态的逻辑表达式组成。

（2）列状态转换真值表

将电路现态的各种取值代入状态方程和输出方程中进行计算，求出相应的次态和输出，从而列出状态转换真值表。如现态的起始值已给定时，则从给定值开始计算；如没有给定时，则可设定一个现态起始值依次进行计算。

（3）电路逻辑功能的说明

根据状态转换真值表来分析和说明电路的逻辑功能。

（4）画状态转换图和时序图

状态转换图是指电路由现态转换到次态的示意图。电路的时序图是在时钟脉冲 CP 作用下，各触发器状态变化的波形图。

上述分析步骤可用图 4-1 描述。

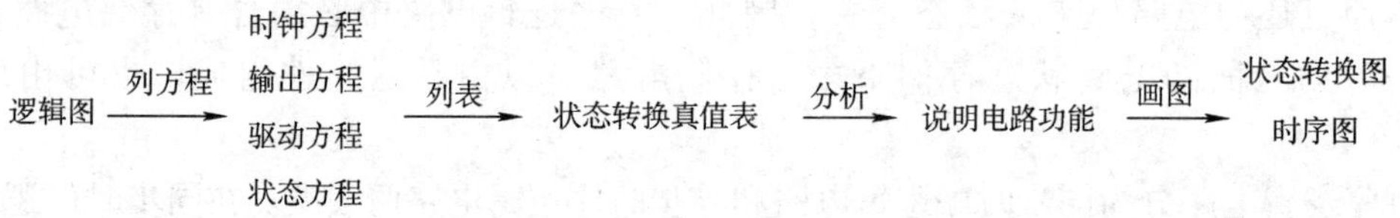

逻辑图 → 列方程 → 时钟方程 输出方程 驱动方程 状态方程 → 列表 → 状态转换真值表 → 分析 → 说明电路功能 → 画图 → 状态转换图 时序图

图 4-1　时序逻辑电路分析步骤

由图 4-1 可知，时序电路基本的分析步骤与组合电路基本相同，只是时序电路的分析过程更加繁杂而已。

【例 4-1】　分析图 4-2 所示时序逻辑电路的逻辑功能，画出状态转换图和时序图，并检查电路能否自启动。

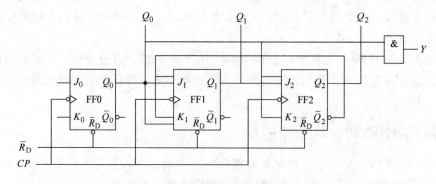

图 4-2　例 4-1 逻辑图

解　1）写方程式。

① 输出方程为　$Y = Q_2^n Q_0^n$

② 驱动方程为：

$$\begin{cases} J_0 = 1, & K_0 = 1 \\ J_1 = \overline{Q_2^n} Q_0^n, & K_1 = \overline{Q_2^n} Q_0^n \\ J_2 = Q_1^n Q_0^n, & K_2 = Q_0^n \end{cases}$$

③ 状态方程：将驱动方程代入 JK 触发器的特性方程 $Q^{n+1} = J\overline{Q^n} + \overline{K}Q^n$，即可得到电路的状态方程。

$$\begin{cases} Q_0^{n+1} = J_0\overline{Q_0^n} + \overline{K_0}Q_0^n = 1 \cdot \overline{Q_0^n} + \overline{1} \cdot Q_0^n = \overline{Q_0^n} \\ Q_1^{n+1} = J_1\overline{Q_1^n} + \overline{K_1}Q_1^n = \overline{Q_2^n}Q_0^n\overline{Q_1^n} + \overline{\overline{Q_2^n}Q_0^n}Q_1^n \\ Q_2^{n+1} = J_2\overline{Q_2^n} + \overline{K_2}Q_2^n = Q_1^nQ_0^n\overline{Q_2^n} + \overline{Q_0^n}Q_2^n \end{cases}$$

2）列状态转换真值表。设电路的初始状态（现态）为 $Q_2^n Q_1^n Q_0^n = 000$，代入输出方程和状态方程中进行计算后得 $Y = 0$，$Q_2^{n+1}Q_1^{n+1}Q_0^{n+1} = 001$，这说明输入第一个计数脉冲（即时钟脉冲 CP）后，电路的状态由 000 翻到 001。再将 001 作为现态，即 $Q_2^n Q_1^n Q_0^n = 001$，代入输出方程和状态方程中进行计算后得 $Y = 0$，$Q_2^{n+1}Q_1^{n+1}Q_0^{n+1} = 010$，即输入第二个计数脉冲后，电路的状态由 001 翻到 010。依次类推，可得表 4-1 所示的状态转换真值表。最后还要检查状态转换真值表中是否包含了电路所有可能出现的状态，并将缺少的补充完整。

表 4-1 例 4-1 的状态转换真值表

现　　态			次　　态			输　出
Q_2^n	Q_1^n	Q_0^n	Q_2^{n+1}	Q_1^{n+1}	Q_0^{n+1}	Y
0	0	0	0	0	1	0
0	0	1	0	1	0	0
0	1	0	0	1	1	0
0	1	1	1	0	0	0
1	0	0	1	0	1	0
1	0	1	0	0	0	1
1	1	0	1	1	1	0
1	1	1	0	1	0	1

3）逻辑功能。观察、分析表 4-1，我们发现，在时钟脉冲 CP 的作用下，电路状态的变化规律为

$$000 \rightarrow 001 \rightarrow 010 \rightarrow 011 \rightarrow 100 \rightarrow 101 \rightarrow 000$$

电路共有 6 个状态，这 6 个状态是按递增的规律变化的，因此，该时序电路是一个同步六进制加法计数器。

4）画状态转换图和时序图。根据表 4-1 可画出图 4-3 所示的状态转换图（状态图）。

图中的圆圈内表示电路的一个状态，箭头表示电路状态的转换方向。箭头上方标注的 X/Y 为转换条件，X 为转换前输入变量的取值，Y 为输出值，由于本题没有输入变量，故 X 未标数值。

根据表 4-1 画出时序图，如图 4-4 所示。

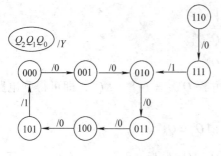

图 4-3 例 4-1 状态图

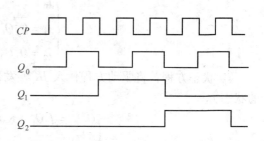

图 4-4 例 4-1 时序图

5）检查电路能否自启动。图 4-2 所示电路应有 $2^3 = 8$ 个工作状态，由状态图中可看出，它只有 6 个状态被利用，进入循环，这 6 个状态称为有效状态，由有效状态形成的循环叫有效循环。还有 110 和 111 两个状态没有被利用，称为无效状态。将无效状态 110 代入状态方程中进行计算，得 $Q_2^{n+1}Q_1^{n+1}Q_0^{n+1} = 111$，再将 111 代入状态方程后，得 $Q_2^{n+1}Q_1^{n+1}Q_0^{n+1} = 010$，为有效状态。可见，图 4-2 所示同步时序逻辑电路，如果由于某种原因而进入无效状态时，能够自动返回到有效状态，所以该电路能够自启动。

4.1.3 异步时序逻辑电路分析方法

异步时序逻辑电路中由于各触发器的时钟脉冲信号 CP 并不都连在一起，所以各触发器在不同的时刻进行翻转。异步时序逻辑电路的分析方法和同步时序逻辑电路基本相同，但应更加注意各个触发器的时钟条件，写出时钟方程，当计算电路的次态时，各个触发器只有满足时钟条件后，其状态方程才能使用。

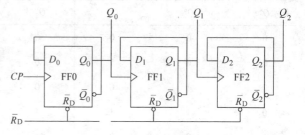

图 4-5 例 4-2 逻辑图

【例 4-2】 分析图 4-5 所示电路的逻辑功能，并画出状态图和时序图。

解 由图 4-5 可知，这是一个异步时序逻辑电路。

1）写方程式。

① 时钟方程：$CP_0 = CP$，$CP_1 = Q_0$，$CP_2 = Q_1$

② 驱动方程：$D_0 = \overline{Q_0^n}$，$D_1 = \overline{Q_1^n}$，$D_2 = \overline{Q_2^n}$

③ 状态方程：D 触发器的特性方程为 $Q^{n+1} = D$ 时钟脉冲上升沿有效

将驱动方程分别代入特性方程，可得状态方程：

$$\begin{cases} Q_0^{n+1} = D_0 = \overline{Q_0^n} & CP\text{上升沿有效} \\ Q_1^{n+1} = D_1 = \overline{Q_1^n} & Q_0\text{上升沿有效} \\ Q_2^{n+1} = D_2 = \overline{Q_2^n} & Q_1\text{上升沿有效} \end{cases}$$

由状态方程可知，每个触发器均处于翻转状态。

2）列状态转换真值表。设电路初始状态（现态）为 $Q_2^n Q_1^n Q_0^n = 000$，代入状态方程中计算。当第一个 CP 脉冲上升沿到来时，CP_0 为上升沿，第一个触发器 FF$_0$ 发生翻转，$Q_0^{n+1} = 1$；

Q_0 由 0 变 1，使 CP_1 处于上升沿，第二个触发器 FF_1 翻转，$Q_1^{n+1}=1$；Q_1 由 0 变 1，使 CP_2 处于上升沿，第三个触发器 FF_2 翻转，$Q_2^{n+1}=1$。即第一个时钟脉冲到来后，电路状态变为 $Q_2^{n+1}Q_1^{n+1}Q_0^{n+1}=111$。把这个状态作为现态，即 $Q_2^nQ_1^nQ_0^n=111$，再代入状态方程计算。当第二个 CP 的上升沿到来时，CP_0 为上升沿，第一个触发器 FF_0 发生翻转，$Q_0^{n+1}=0$；Q_0 由 1 变 0，使 CP_1 处于下降沿，$Q_1^{n+1}=Q_1^n=1$ 保持不变，$Q_2^{n+1}=Q_2^n=1$ 保持不变。因此，当第二个时钟脉冲到来以后，电路状态变为 $Q_2^nQ_1^nQ_0^n=110$。依此类推。在计算过程中，要注意：只有当触发器的时钟信号为上升沿时，触发器才翻转，否则触发器状态将保持不变。经计算，可得状态转换真值表如表 4-2 所示。

表 4-2　例 4-2 的状态转换真值表

现　态			次　态			时钟脉冲		
Q_2^n	Q_1^n	Q_0^n	Q_2^{n+1}	Q_1^{n+1}	Q_0^{n+1}	CP_2	CP_1	CP_0
0	0	0	1	1	1	↑	↑	↑
1	1	1	1	1	0	--	↓	↑
1	1	0	1	0	1	↓	↑	↑
1	0	1	1	0	0	--	↓	↑
1	0	0	0	1	1	↑	↑	↑
0	1	1	0	1	0	--	↓	↑
0	1	0	0	0	1	↓	↑	↑
0	0	1	0	0	0	--	↓	↑

3）画状态图转换图和波形图。根据表 4-2 可画出状态转换图和波形图，如图 4-6 和图 4-7 所示。

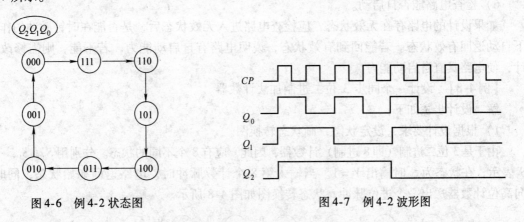

图 4-6　例 4-2 状态图　　　　　　　图 4-7　例 4-2 波形图

4）电路功能。由表 4-2 和状态图可看出，在时钟脉冲 CP 的作用下，电路的 8 个状态按递减规律循环变化，电路具有递减计数功能，是一个异步 3 位二进制减法计数器。

4.1.4　同步时序逻辑电路设计方法

时序电路设计是时序电路分析的逆过程，就是根据所要实现的逻辑功能，求出满足此逻辑功能的最简单的时序逻辑电路。

设计同步时序逻辑电路的关键是根据设计要求确定状态转换的规律，从而求出各触发器的驱动方程。

同步时序逻辑电路的设计步骤如下：

1）根据设计要求，设定状态，画出原始状态转换图。

原始状态转换图的建立过程是：首先假定一个初始状态 S_0，从这个初始状态开始，每加入一个输入，就确定出该输入所产生的次态和输出，该次态可能是现态本身，也可能是已有的另一个状态，也有可能是新增加的一个状态。继续这个过程，直到每一个现态向其次态的转换都被考虑到，并且不在产生新的状态为止。输入也要考虑各种可能的取值。

2）状态化简。

原始状态图中，凡是在输入相同时，输出相同、要转换到的次态也相同的状态，都是等价状态，合并等价状态，就得到了最简状态图。

3）进行状态分配，列出状态转换的编码表。

状态分配又叫状态赋值或状态编码，也就是给最简状态图中的每个状态指定一个代码。化简后的电路状态通常采用自然二进制数进行编码。每个触发器表示一个二进制数，因此，需要触发器的数目 n 可用下式确定：

$$2^n \leqslant N \leqslant 2^{n+1}$$

式中 N 为电路的状态数。

4）选择触发器类型，求出状态方程、输出方程和驱动方程。

可供选择的触发器一般是 JK 触发器和 D 触发器。触发器选择好后，根据状态转换编码表，即可求出电路的次态、输出与现态及输入之间的最简逻辑表达式，即状态方程和输出方程。将状态方程与触发器的特性方程进行比较，从而求得驱动方程。

5）根据驱动方程和输出方程画逻辑电路图。

6）检查电路能否自启动。

如果设计的电路存在无效状态，应检查电路进入无效状态后，是否能在时钟脉冲的作用下自动返回有效状态。若能回到有效状态，说明电路有自启动能力，若不能，则需修改设计，使电路具有自启动能力。

【例4-3】 设计一个同步 3 位二进制加法计数器。

解 设计步骤如下：

1）根据设计要求，设定状态，画状态转换图。

由于是 3 位二进制（即 8 进制）计数器，因此，应有 8 个不同的状态。分别用 S_0，S_1，…，S_7 表示，在状态为 S_7 时输出 $Y = 1$。当输入第 8 个计数脉冲时，电路返回初始状态，同时，向高位计数器送出一个进位脉冲。状态转换图如图 4-8 所示。

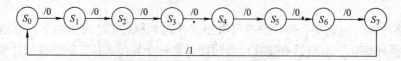

图 4-8　例 4-3 状态转换图

2）状态化简。八进制计数器应有 8 个不同的状态，因此，不需要化简。

3）状态分配。列状态转换编码表。由于有 8 个不同状态，因此需要 3 个触发器。选用

3 位自然二进制加法计数编码，即 $S_0 = 000$，$S_1 = 001$，$\cdots$，$S_7 = 111$。由此可列出表4-3所示的状态转换编码表。

4）选择触发器类型，求出输出方程、状态方程和驱动方程。

① 选用下降沿触发的 JK 触发器。

② 画卡诺图。根据表4-3可画出各触发器次态和输出函数的卡诺图，如图4-9所示。

表4-3 例4-3的状态转换编码表

状态转换顺序	现 态			次 态			输 出
	Q_2^n	Q_1^n	Q_0^n	Q_2^{n+1}	Q_1^{n+1}	Q_0^{n+1}	Y
S_0	0	0	0	0	0	1	0
S_1	0	0	1	0	1	0	0
S_2	0	1	0	0	1	1	0
S_3	0	1	1	1	0	0	0
S_4	1	0	0	1	0	1	0
S_5	1	0	1	1	1	0	0
S_6	1	1	0	1	1	1	0
S_7	1	1	1	0	0	0	1

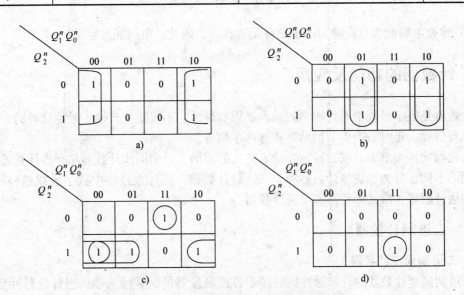

图4-9 例4-3各触发器次态和输出卡诺图

a) Q_0^{n+1} 的卡诺图 b) Q_1^{n+1} 的卡诺图 c) Q_2^{n+1} 的卡诺图 d) Y 的卡诺

③ 由卡诺图可得输出方程为：

$$Y = Q_2^n Q_1^n Q_0^n$$

④ 状态方程为：

$$
\begin{cases}
Q_0^{n+1} = \overline{Q_0^n} \\
Q_1^{n+1} = Q_0^n \overline{Q_1^n} + \overline{Q_0^n} Q_1^n \\
Q_2^{n+1} = Q_1^n Q_0^n \overline{Q_2^n} + \overline{Q_1^n} Q_2^n + \overline{Q_0^n} Q_2^n = Q_1^n Q_0^n \overline{Q_2^n} + \overline{Q_1^n Q_0^n} Q_2^n
\end{cases}
$$

⑤ 求驱动方程。JK 触发器的特性方程为：

$$Q^{n+1} = J\,\overline{Q^n} + \overline{K}Q^n$$

将状态方程与 JK 触发器的特性方程比较，可得下列驱动方程：

$$\begin{cases} J_0 = K_0 = 1 \\ J_1 = K_1 = Q_0^n \\ J_2 = K_2 = Q_1^n Q_0^n \end{cases}$$

5）画逻辑图。根据选用的触发器和求得的输出方程和驱动方程，即可画出如图 4-10 所示的逻辑电路图。

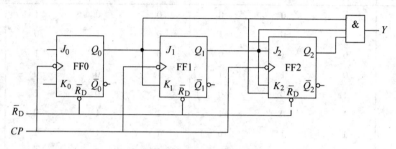

图 4-10　例 4-3 逻辑图

6）检查电路能否自启动。由于没有无效状态，因此，电路能自启动。

4.2　计数器的功能及应用

计数器是数字系统中用得较多的基本逻辑器件。它不仅能统计输入时钟脉冲的个数，还可以实现分频、定时、产生节拍脉冲和脉冲序列等。

计数器的种类繁多。按时钟脉冲输入方式的不同，分为同步计数器和异步计数器；按进位体制的不同，分为二进制计数器和非二进制计数器；按计数过程中数字增减趋势的不同，分为加法计数器、减法计数器和可逆计数器。

4.2.1　二进制计数器

1. 二进制同步计数器

二进制同步计数器的计数脉冲同时接于各位触发器的时钟输入端，当计数脉冲到来时，应该翻转的触发器同时翻转。同步计数器又叫并行计数器。

图 4-11 是用 JK 触发器组成的 4 位二进制同步加法计数器。由图可见各触发器的驱动方程为 $J_0 = K_0 = 1$，$J_1 = K_1 = Q_0$，$J_2 = K_2 = Q_1 Q_0$，$J_3 = K_3 = Q_2 Q_1 Q_0$。将驱动方程代入 JK 触发器的特性方程，得到电路的状态方程：

$$\begin{cases} Q_0^{n+1} = \overline{Q_0} \\ Q_1^{n+1} = Q_0\overline{Q_1} + \overline{Q_0}Q_1 \\ Q_2^{n+1} = Q_0Q_1\overline{Q_2} + \overline{Q_0Q_1}Q_2 \\ Q_3^{n+1} = Q_0Q_1Q_2\overline{Q_3} + \overline{Q_0Q_1Q_2}Q_3 \end{cases} \tag{4-1}$$

电路的输出方程为：

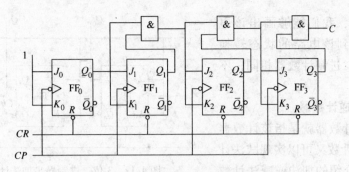

图4-11 4位二进制同步加法计数电路

$$C = Q_3 Q_2 Q_1 Q_0 \qquad (4\text{-}2)$$

根据式（4-1）和式（4-2）求出电路的状态转换表如表4-4所示。利用第十六个计数脉冲到达时 C 端电位的下降沿可作为向高位计数电路进位的输出信号。

表4-4 图4-11的状态转换表

计 数 顺 序	电 路 状 态				等效十进制数	进 位 输 出
	Q_3	Q_2	Q_1	Q_0		C
0	0	0	0	0	0	0
1	0	0	0	1	1	0
2	0	0	1	0	2	0
3	0	0	1	1	3	0
4	0	1	0	0	4	0
5	0	1	0	1	5	0
6	0	1	1	0	6	0
7	0	1	1	1	7	0
8	1	0	0	0	8	0
9	1	0	0	1	9	0
10	1	0	1	0	10	0
11	1	0	1	1	11	0
12	1	1	0	0	12	0
13	1	1	0	1	13	0
14	1	1	1	0	14	0
15	1	1	1	1	15	1
16	0	0	0	0	0	0

将图4-11所示电路稍作改动，即将各个触发器的驱动信号分别改为 $J_1 = K_1 = \overline{Q_0}$，$J_2 = K_2 = \overline{Q_1}\ \overline{Q_0}$，$J_3 = K_3 = \overline{Q_2}\ \overline{Q_1}\ \overline{Q_0}$，则可以构成4位二进制同步减法计数器。

2. 二进制异步计数器

二进制异步计数器采用从低位到高位逐位进位的方式工作，各个触发器并不同步翻转。

图4-12是3位二进制异步加法计数电路。所有触发器均在时钟脉冲的下降沿动作，进位脉冲由前级触发器的 Q 端引出，第一级触发器的时钟脉冲由计数脉冲 CP_0 提供。

根据图 4-12，我们能够画出该电路的波形图，得到该电路的状态转换表，方法与同步二进制计数器相同，不再赘述。

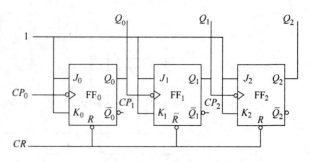

3. 二进制可逆计数器

二进制可逆计数器就是指该计数器既可以实现加法计数又可以实现减法计数。它是在前面介绍的加法或减法计数器的基础上，增加控制电路构成的，通

图 4-12　3 位二进制异步加法计数电路

过输入控制电路高、低电平的不同，分别实现加法和减法计数。读者可参阅相关书籍进行分析。

4. 常用二进制集成计数器

常用二进制集成计数器如表 4-5 所示。

表 4-5　常用二进制集成计数器

CP 脉冲触发方式	型　号	计 数 模 式	清 零 方 式	置 数 方 式
同步	74161	4 位二进制加法	异步（低电平）	同步
	74163	4 位二进制加法	同步（低电平）	同步
	74191	单时钟 4 位二进制可逆	无	异步
	74193	双时钟 4 位二进制可逆	异步（高电平）	异步
异步	74293	双时钟 4 位二进制加法	异步（高电平）	无
	74393	双 4 位二进制加法	异步（高电平）	无

其中，74161 和 74191 的功能分别如表 4-6 和表 4-7 所示，其他元件的功能表读者可查阅相关手册。

表 4-6　74161 功能表

时钟 CP	清零 R_D	置数 L_D	使能		工 作 状 态
			EP	ET	
×	0	×	×	×	置零
↑	1	0	×	×	预置数
×	1	1	0	×	保持
×	1	1	×	0	保持（$C=0$）
↑	1	1	1	1	计数

表 4-7　74191 功能表

时钟 CP	使能 S	置数 L_D	计数控制 U/D	工 作 状 态
×	1	×	×	保持
×	×	0	×	预置数
↑	0	1	0	加法计数
↑	0	1	1	减法、计数

4.2.2　十进制计数器

十进制计数器是在非二进制计数器中最常用的计数器。十进制计数器也有同步、异步、加法、减法和可逆计数器等各种类型。

1. 十进制同步计数器

图 4-13 是同步十进制加法计数器电路，它是在图 4-11 所示同步二进制加法计数器电路的基础上修改而成的。

由图 4-13 可知，如果计数器从 0000 开始计数，则直到第九个计数脉冲为止，它的工作过程与图 4-11 的二进制计数器相同。计入第九个计数脉冲后，电路进入 1001 状态，这时 4 个触发器的输入控制端分别为 $T_0 = 1$、$T_1 = 0$、$T_2 = 0$、$T_3 = 1$。当计入第十个计数脉冲后，FF$_0$ 和 FF$_3$ 从 1 翻转到 0，而 FF$_1$ 和 FF$_2$ 维持 0 状态不变，电路返回 0000 状态。

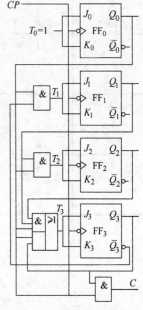

图 4-13　同步十进制加法计数电路

根据逻辑电路图，得到电路的驱动方程为：

$$\begin{cases} T_0 = 1 \\ T_1 = Q_0 \overline{Q_3} \\ T_2 = Q_0 Q_1 \\ T_3 = Q_0 Q_1 Q_2 + Q_0 Q_3 \end{cases} \quad (4\text{-}3)$$

将式（4-3）代入 T 触发器的特性方程，得到电路的状态方程为：

$$\begin{cases} Q_0^{n+1} = \overline{Q_0} \\ Q_1^{n+1} = Q_0 \overline{Q_3}\,\overline{Q_1} + \overline{Q_0 \overline{Q_3}}Q_1 \\ Q_2^{n+1} = Q_0 Q_1 \overline{Q_2} + \overline{Q_0 Q_1}Q_2 \\ Q_3^{n+1} = (Q_0 Q_1 Q_2 + Q_0 Q_3)\overline{Q_3} + \overline{(Q_0 Q_1 Q_2 + Q_0 Q_3)}Q_3 \end{cases} \quad (4\text{-}4)$$

根据式（4-4）能够进一步列出表 4-8 所示的电路状态转换表，并画出如图 4-14 所示的电路状态转换图。由状态转换图可见该电路能够自启动。

表 4-8　图 4-13 的状态转换表

计数顺序	电路状态				等效十进制数	进位输出
	Q_3	Q_2	Q_1	Q_0		C
0	0	0	0	0	0	0
1	0	0	0	1	1	0
2	0	0	1	0	2	0
3	0	0	1	1	3	0
4	0	1	0	0	4	0
5	0	1	0	1	5	0
6	0	1	1	0	6	0
7	0	1	1	1	7	0
8	1	0	0	0	8	0

计数顺序	电路状态				等效十进制数	进位输出
	Q_3	Q_2	Q_1	Q_0		C
9	1	0	0	1	9	1
10	0	0	0	0	0	0
0	1	0	1	0	10	0
1	1	0	1	1	11	1
2	0	1	1	0	6	0
0	1	1	0	0	12	0
1	1	1	0	1	13	1
2	0	1	0	0	4	0
0	1	1	1	0	14	0
1	1	1	1	1	15	1
2	0	0	1	0	2	0

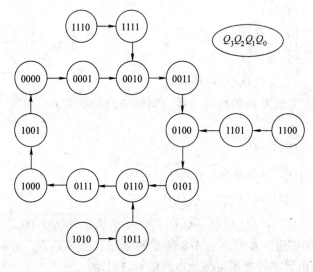

图 4-14　图 4-13 的电路状态转换图

2. 常用十进制集成计数器

常用十进制集成计数器如表 4-9 所示。

表 4-9　常用十进制集成计数器

CP 脉冲触发方式	型　　号	计 数 模 式	清零方式	置数方式
同步	74160	十进制加法	异步（低电平）	同步
	74162	十进制加法	同步（低电平）	同步
	74190	单时钟十进制可逆	无	异步
	74192	双时钟十进制可逆	异步（高电平）	异步
异步	74290	二-五-十进制加法	异步（低电平）	异步
	74390	双二-五-十进制加法	异步（低电平）	无

其中，74160 的功能表与 74161 的功能表（表 4-6）相同，74190 的功能表也与 74191 的功能表（表 4-7）相同。其他计数器的功能表读者可查阅相关手册。

4.2.3　N 进制计数器

尽管市场上集成计数器的种类很多，但也不可能任一进制的计数器都有其对应的集成产品，因此在用到它们时，只能用已有的计数器经过外电路的不同连接方式得到。

假设已有的是 M 进制计数器，需要的是 N 进制计数器，在设计时会遇到以下两种情况：

1）当 $M > N$ 时，只需要一片 M 进制计数器，设计时使之跳越 $M-N$ 个状态，就可以得到 N 进制计数器。实现跳跃的方法有置零法（或称复位法）和置数法（或称置位法）两种。置零法适用于有异步置零输入端的计数器，置数法适用于有预置数功能的计数器。

2）当 $M < N$ 时，则需要多片 M 进制计数器，设计时将多片 M 进制计数器连接起来。连接方式有串行进位方式、并行进位方式、整体置零方式和整体置数方式四种。各种连接方式的应用要视具体情况而定。

下面通过例题具体讲述 N 进制计数器的设计方法。

【例 4-4】　试用同步十进制计数器 74160 设计六进制计数器。

解　本设计中 $M = 10$，$N = 6$，$M > N$，故采用一片 74160 即可完成。74160 兼有异步清零和预置数功能，因此可以采用置零法和置数法来实现。

1）采用置零法。图 4-15a 是采用置零法接成的六进制计数器。当第 6 个计数脉冲到来时，计数器计到 $Q_3 Q_2 Q_1 Q_0 = 0110$ 状态，此时与非门输出的低电平信号给 $\overline{R_D}$ 端，将计数器置零，回到 0000 状态。0110 状态只是一个过渡，不是计数状态。

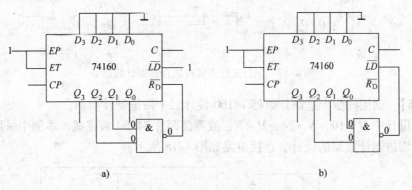

图 4-15　74160 实现六进制计数
a）置零法　b）置数法

2）采用置数法。图 4-15b 是采用置数法接成的六进制计数器。由于是同步预置数，所以当第 5 个计数脉冲到来时，计数器计到 $Q_3 Q_2 Q_1 Q_0 = 0101$ 状态，此时与非门输出低电平信号给 $\overline{LD}$ 端，置数功能有效，当第 6 个计数脉冲到来时，实现同步置数 $Q_3 Q_2 Q_1 Q_0 = D_3 D_2 D_1 D_0 = 0000$，完成一个计数周期。

【例 4-5】　试用同步十进制计数器 74160 设计百进制计数器。

解　本设计中 $M = 10$，$N = 100$，$M < N$，故需要两片 74160 来完成。两片 74160 的连接可以采用并行进位方式，也可以采用串行进位方式。

1）采用并行进位方式。图 4-16 是采用并行进位方式构成的百进制计数器。第一片 74160 的进位输出 C 作为第二片 74160 的 EP 和 ET 输入。每当第一片计到 9（1001）时 C 变为 1，在下一个计数脉冲到来时，第一片回到 0（0000），第二片计入 1，C 端回到低电平，如此往复，完成百进制计数。

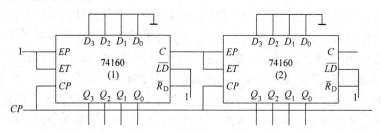

图 4-16 并行进位方式构成百进制计数器

2）采用串行进位方式。图 4-17 是采用串行进位方式构成的百进制计数器。两片 74160 的 EP 和 ET 恒为 1。每当第一片计到 9（1001）时 C 端输出高电平，经反相器后变为低电平接入第 2 片的 CP 端，在下一个计数脉冲到来时，第一片回到 0（0000），C 端回到低电平，经反相器后变为高电平，在此过程中产生一个正跳变，于是第 2 片计入 1，如此往复，完成百进制计数。串行进位方式连接的两个芯片不是同步工作的。

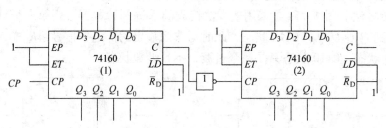

图 4-17 串行进位方式构成百进制计数器

【例 4-6】 试用同步十进制计数器 74160 设计二十四进制计数器。

解 本设计中 $M=10$，$N=24$，$M<N$，故需要两片 74160 来完成。本例中采用整体置数法构成二十四进制计数器的设计，连接电路如图 4-18 所示。

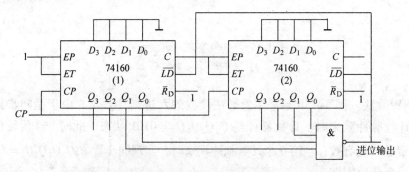

图 4-18 整体置数法构成二十四进制计数器

设计时先将两片 74160 接成并行进位方式的百进制计数器，然后将电路的第 23 个状态进行译码输出作为两个芯片的置数输入信号，当第 24 个计数脉冲到达时，将 0000 同时置入两片 74160 中，从而得到二十四进制计数器。进位信号直接由与非门的输出端引出。

4.3 实验五 计数、显示电路的构成

1. 实验目的
1）掌握集成计数器的功能和使用方法。
2）学习用集成计数器构成任意进制计数器的方法。
3）熟悉七段译码器和数码管的使用方法。

2. 实验仪器
数字电路学习机，万用表，双踪示波器，74LS160、74LS48 各两片，74LS20 一片。

3. 实验内容
1）74LS160 异步置"0"功能测试：接好电源和地，将清零端 $\overline{CR}$ 接低电平，无论其他各输入端的状态如何，测试计数器的输出端。如果操作无误 $Q_3 \sim Q_0$ 均为 0。

2）74LS160 计数功能测试：按图 4-19 连接电路，将 $\overline{CR}$、$\overline{LD}$、ET、EP 端均接高电平，CLK 端接单次脉冲源，记录输出端状态。如果操作准确，每输入一个 CP 脉冲，计数器就进行一次加法计数。将输出状态填入表 4-10。

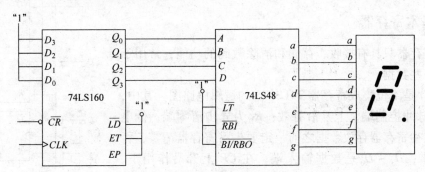

图 4-19 计数、译码、显示电路

表 4-10 计数、译码、显示电路输出状态表

计数脉冲个数	二进制码				译码器输出							数码管显示
	Q_3	Q_2	Q_1	Q_0	a	b	c	d	e	f	g	
1												
2												
3												
4												
5												
6												
7												
8												
9												
10												

将 CLK 端接 1kHz 时钟脉冲，用示波器观察输出信号波形，总结记录结果。

3）参照图4-18及图4-19，设计一个二十四进制计数、译码、显示电路，画出电路图，并验证其功能。

4. 问题讨论

1）计数器输入端悬空对电路输出的影响。

2）同步计数器与异步计数器有何不同？

3）如何应用74LS160及其他门电路构成八进制计数显示电路？

4.4 寄存器的功能及应用

寄存器是数字系统中用来存储代码或数据的逻辑部件。具有记忆功能的触发器是构成寄存器的基本单元。由于一个触发器只能存储 1 位二进制代码，所以要构成能够存储 n 位二进制代码的寄存器需要 n 个触发器。

寄存器输入、输出代码的方式有并行和串行两种。所谓并行就是各位代码能够同时从寄存器的对应端输入或输出；所谓串行就是各位代码能够逐个从寄存器的对应端输入或输出。

4.4.1 基本寄存器

基本寄存器只具有接收、存储和清除数码的功能，常用于暂时存放一些数据。

图4-20 是 4 位集成寄存器 74LS175 的逻辑电路图。其中，CP 为送数脉冲控制端，上升沿有效；R_D 为异步清零端，低电平有效，在往寄存器存放数据之前一定要先将寄存器清零，否则可能出错；$D_3 \sim D_0$ 是数据输入端，在 CP 上升沿作用下，$D_3 \sim D_0$ 端的数据被并行地存入寄存器；$Q_3 \sim Q_0$ 是原码输出端，$\overline{Q_3} \sim \overline{Q_0}$ 是反码输出端。

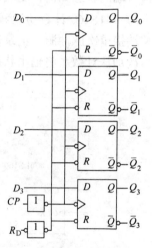

图4-20 74LS175 逻辑电路图

4.4.2 移位寄存器

移位寄存器除了具有基本的数据存储功能外，还具有移位功能，也就是在移位控制信号的作用下依次向高位或地位移动 1 位。因此，移位寄存器不但可以用于存储数据，还可以用来完成数据的串行—并行转换、数据的运算及数据处理等。

图4-21 是由 4 个边沿 D 触发器构成的 4 位移位寄存器。数据从串行输入端 D_1 输入，左边触发器的输出作为右邻触发器的输入，经过 4 个时钟脉冲后，4 个触发器的输出状态 $Q_3 Q_2 Q_1 Q_0$ 与输入数据 $D_3 D_2 D_1 D_0$ 相对应。数据可以从串行输出端 D_0 输出，同样需要经过 4 个时钟脉冲，也可以从并行输出端输出，即从 4 个触发器的 Q 端同时输出。

除了应用 D 触发器以外，还可以应用其他类型的触发器来组成移位寄存器，如主从 JK 触发器等。

常用 74 系列集成移位寄存器如表4-11 所示。

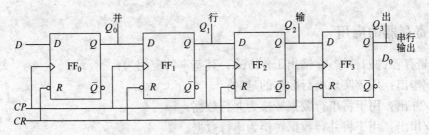

图 4-21　D 触发器构成的 4 位移位寄存器

表 4-11　常用 74 系列集成移位寄存器

型　号	功　能　描　述
7491A	8 位，串行输入，串行输出
7496	5 位，串行输入，串行/并行输出，异步清零，双拍预置
74165	8 位，串行输入，串行输出，时钟使能，异步预置
74179	4 位，串行输入，串行/并行输出，异步清零，同步预置，同步保持
74194	4 位，双向移位，串行输入，串行/并行输出，同步预置，时钟使能，异步清零

其中 74194 的引脚图如图 4-22 所示。$\overline{R_D}$ 为异步清零输入端，D_{SR}、D_{SL} 分别为数据右移、左移输入端，A、B、C、D 为并行数据输入端，S_1、S_0 为两个控制输入端，用于指定移位寄存器的工作状态，$Q_A \sim Q_D$ 为数据并行输出端，CP 为时钟脉冲输入端，GND 为接地端，U_{CC} 为正相电源输入端（通常取 + 5V）。表 4-12 时 74194 的功能表。

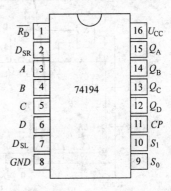

图 4-22　74194 引脚图

表 4-12　74194 功能表

序号	清零 $\overline{R_D}$	控制信号 S_1	S_0	串行输入 D_{SL}	D_{SR}	时钟脉冲 CP	并行输入 D	C	B	A	输出 Q_D	Q_C	Q_B	Q_A
1	L	×	×	×	×	×	×	×	×	×	L	L	L	L
2	H	×	×	×	×	H（L）	×	×	×	×	Q_D^n	Q_C^n	Q_B^n	Q_A^n
3	H	H	H	×	×	↑	D	C	B	A	D	C	B	A
4	H	H	L	H	×	↑	×	×	×	×	H	Q_D^n	Q_C^n	Q_B^n
5	H	H	L	L	×	↑	×	×	×	×	L	Q_D^n	Q_C^n	Q_B^n
6	H	L	H	×	H	↑	×	×	×	×	Q_C^n	Q_B^n	Q_A^n	H
7	H	L	H	×	L	↑	×	×	×	×	Q_C^n	Q_B^n	Q_A^n	L
8	H	L	L	×	×	×	×	×	×	×	Q_D^n	Q_C^n	Q_B^n	Q_A^n

4.4.3 寄存器的应用

移位寄存器的四种输入/输出工作方式，其基本的应用为：

串入/串出：用于实现串行数据的延时；

串入/并出：用于将串行数据转换为并行数据；

并入/串出：用于将并行数据转换为串行数据；

并入/并出：用于实现并行数据的存储。

【例4-7】 用74179构成3位数据并/串、串/并转换电路。

解 图4-23a是用74179构成的3位数据并/串转换电路。该电路可以连续不断地将并行输入的3位数据转换为串行数据输出。3位并行输入数据由74179的并行输入端 B、C、D 输入，串行数据由串行输出端 Q_D 输出。电路中的与非门输出信号 ready 是并行输入请求信号，当 ready 为低电平时，并行数据送至74179的并行输入端；当 ready 为高电平时，表示电路正在进行并/串转换。74179的串行输入端 SIR 的"1"和并行输入端 A 的"0"用于产生特定的检测码组，当一组数据串行输出结束时，使 ready 为低电平，继续数据的并/串转换。

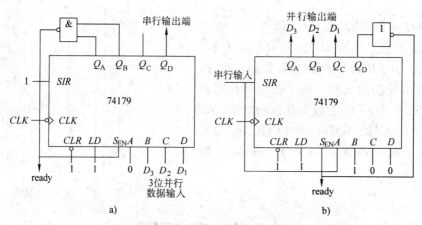

图4-23　3位数据串/并、并/串转换电路
a）串/并转换　b）并/串转换

图4-23b与图4-23a相对应，实现3位数据的串/并转换。ready 是低电平有效的并行输出请求信号，用于通知外部设备：一组数据已经转换完毕，可以在并行输出端提取。

除了以上基本应用外，移位寄存器还可用来实现多种时序功能，典型的应用有：序列检测器、串行加法器、序列发生器和移位型计数器等。

【例4-8】 用74194构成序列脉冲发生器电路。

解 连接电路及其波形如图4-24所示。先用并行置数预置寄存器为二进制码（本例中 $Q_D Q_C Q_B Q_A = 1000$ ）。设置 $S_1 S_0 = 10$，$\overline{R_D} = 1$，移位寄存器工作在左移状态。电路中将 Q_A 接至 D_{SL}，构成循环左移。在 CP 脉冲上升沿作用下，$Q_D Q_C Q_B Q_A$ 将依次变为 0100、0010、0001、1000、…，依此循环下去。各个输出端产生相同的序列脉冲，且相邻输出脉冲在时间上相差一个时钟周期。同时我们发现，它是一个具有四个有效状态的计数器，这种类型的计数器通常称为环形计数器。把移位寄存器的输出反馈到它的串行输入端，就可以进行循环移位，构成环形计数器。

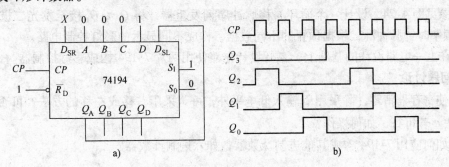

图 4-24　序列脉冲产生电路
a) 电路图　b) 波形图

【例 4-9】　用两片 74194 接成 8 位双向移位寄存器电路。

解　连接电路如图 4-25 所示。将第一片的 Q_D 接至第二片的 D_{SR}，第二片的 Q_A 接至第一片的 D_{SL}，同时把两片的 S_1、S_0、CP、$\overline{R}_D$ 分别并联即可。

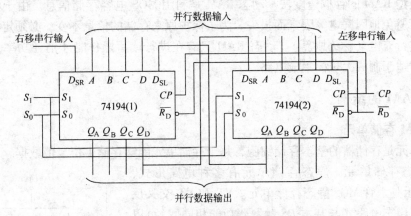

图 4-25　两片 74194 接成 8 位双向移位寄存器

4.5　实验六　寄存器构成彩灯控制器

1. 实验目的
1）掌握 4 位双向移位寄存器逻辑功能及测试方法。
2）熟悉移位寄存器的应用，应用移位寄存器构成彩灯控制器。

2. 实验仪器
数字电路学习机，万用表，74LS194 两片。

3. 实验内容
1）测试 74194 的逻辑功能：

74194 的引脚图如图 4-22 所示。将 $\overline{R}_D$、D_{SR}、D_{SL}、A、B、C、D、S_1、S_0 分别接至逻辑开关，$Q_A \sim Q_D$ 接至发光二极管，CP 接单次脉冲源，GND 接地，U_{CC} 接 +5V。按表 4-12 所规定的输入状态，逐项进行测试。

2）74194 构成彩灯控制器：

① 参见图 4-24，设计一个循环右移脉冲序列发生器，将 $Q_A \sim Q_D$ 接至发光二极管，CP 接固定频率时钟脉冲源，根据预置的不同数据，构成不同显示的彩灯控制电路。

② 在上一电路设计的基础上，自行设计电路使用两片 74194 构成彩灯控制器。

4. 问题讨论

1）使寄存器清零，除采用 $\overline{R_D}$ 输入低电平外，可否采用右移或左移的方法？可否使用并行送数法？若可行，如何操作？

2）如何应用 74194 构成其他进制计数器，如六进制计数器？

4.6 随机存取存储器

随机存取存储器是一种可以随时存入或读出信息的半导体存储器，简称 RAM。

按照存储机制的不同，RAM 可分为静态 RAM（SRAM）和动态 RAM（DRAM）两种。静态 RAM 的存储单元由静态 MOS 电路或双极型电路组成，MOS 型的 RAM 存储量大、功耗低，而双极型 RAM 的存取速度快。动态 RAM 是利用 MOS 电容存储信息。由于电容器上的电荷将不可避免地因漏电等因素而损失，为了保护原来存储的信息不变，必须定期对存储信息的电容进行充电（称为刷新）。动态 RAM 只有在进行读写操作时才消耗功率，因此功耗极低，非常适于制成大规模集成电路。

4.6.1 RAM 的结构

1. RAM 存储单元

存储单元是存储器的基本存储细胞，每个存储单元能够存储 1 位二值数据。

1）静态存储单元。静态存储单元有多种电路形式，图 4-26 所示是六管 MOS 静态存储单元。VT_1 和 VT_2 交叉反馈，构成双稳态电路（与基本 RS 触发器功能相同），可以存储一位二进制信息，VT_3 和 VT_4 分别为 VT_1、VT_2 的有源负载。VT_5 和 VT_6 是两个门控管，存储单元通过它们和数据位线相连。VT_5 和 VT_6 的栅极都接到字线选择线上，以控制存储单元是否被选中。

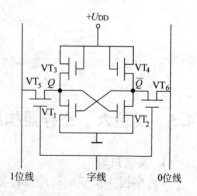

图 4-26 六管静态存储单元

维持状态：字线为低电平，VT_5 和 VT_6 截止，存储单元与位线断开，存储单元的状态保持不变。

选中状态：字线为高电平，VT_5 和 VT_6 导通。此时可以通过位线对该单元进行读/写操作。若单元存储的数据是 "0"（定义为 VT_1 导通、VT_2 截止的状态），则 1 位线是低电平，0 位线是高电平。根据位线电平的高低，即可知道存储的数据。

写入数据：首先使字线为高电平，选中该单元，然后通过在位线上设置一定的电平实现数据的写入。例如，写入 "0" 时，则 0 位线送入高电平，1 位线送入低电平，位线的电平送到 VT_1 和 VT_2 的栅极，强迫存储单元翻转到所需状态，从而实现数据的写入。

2）动态存储单元。动态存储单元也有多种电路形式，图 4-27 所示为结构最简单的单管动态存储单元，它占用芯片面积小，功耗低，常用于构造大容量动态存储器。

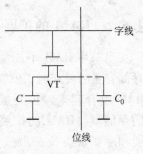

写入数据：字线为高电平，VT 导通，加到位线上的电平通过 VT 作用于电容 C（寄生电容），使 C 上的电位与位线电平一致，实现信息的存储。

读出数据：首先将位线预置到高、低电平的中间值上，然后将字线置为高电平，使 VT 导通，C 和 C_0 并联（C_0 是位线分布电容），并联电容上的电荷重新分配，使 C_0 上的电位发生变化，该电位变化经高灵敏度的读出放大器放大后，再送往存储器的数据

图 4-27　单管动态存储单元

输出端。由于读出时改变了 C 的电位，所以该读出操作是破坏性读出，为了保存原储存信息，必须将读出的数据再重新写入，这个回写任务是由读出放大器完成的。

定时刷新：动态存储单元的记忆原理是基于 MOS 管寄生电容的电荷存储效应，由于电容上的电荷会慢慢泄放，经过一定时间（一般是几毫秒），存储的数据就会丢失。所以动态存储单元必须及时给电容补充电荷，称作定时刷新。定时刷新是通过内部的读出和回写操作来实现的。为了实现该操作，各种动态 RAM 都必须配备复杂的刷新电路，因此，动态 RAM 通常只用于大规模存储器。

2. RAM 基本结构

RAM 的基本结构如图 4-28 所示，它主要由存储矩阵、地址译码器、读/写控制电路、片选制电路和输入/输出电路组成。

存储矩阵由许多个存储单元排列成 n 行、m 列的矩阵组成，共有 $n \times m$ 个存储单元，每个存储单元可以存储一位二进制信息（1 或 0）。存储器中存储单元的数量又称为存储容量。

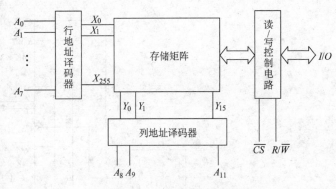

图 4-28　RAM 的结构框图

地址译码器分为行地址译码器和列地址译码器。在给定地址码后，行地址译码器输出线（称为行选线，用 X 表示，也称字线）中有一条为有效电平，它选中一行存储单元，同时，列地址译码器的输出线（称列选线，用 Y 表示，又称位线）中也有一条为有效电平，它选中一列（或几列）存储单元，这两条输出线交叉点处的存储单元便被选中（一位或几位），这些被选中的存储单元由读/写控制电路控制，与输入/输出端接通，实现对这些单元的读或写操作。

读/写控制电路用于对电路工作状态进行控制。当 $R/\overline{W} = 1$ 时，进行读出数据操作，即将通过地址译码器选中的存储单元中的数据送到输入/输出端上；当 $R/\overline{W} = 0$ 时，进行写入数据操作，即将加到输入/输出端上的数据写到存储单元中。

在读/写控制电路上设有片选信号输入端。当 $\overline{CS} = 0$ 时 RAM 为正常工作状态；当 $\overline{CS} = 1$ 时所有的输入/输出端均为高阻态，不能执行读/写操作。

4.6.2 RAM 的扩展

当一片 RAM 不能满足系统对存储容量的要求时，就需要将多片 RAM 组合起来，扩展成符合要求的存储器。RAM 的扩展包括位扩展和字扩展。位扩展适用于 RAM 芯片的字长小于系统要求的场合，而字扩展适用于 RAM 芯片的字数小于系统要求的场合。

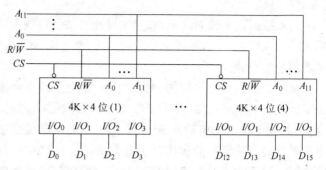

图 4-29　$4K \times 4$ 位 RAM 扩展成 $4K \times 16$ 位 RAM 的连接图

1. 位扩展

位扩展可以利用芯片并联的方式实现，即将各 RAM 的地址线、读/写控制线和片选信号线对应地并联在一起，各个芯片的数据输入/输出作为字的各个位线。

图 4-29 是用 4 片 $4K \times 4$ 位的 RAM 扩展成 $4K \times 16$ 位的 RAM 的连接图。

2. 字扩展

字扩展可以外加译码器来控制存储器芯片的片选输入端来实现。例如利用 2 线—4 线译码器 74139 将 4 个 $4K \times 8$ 位的 RAM 扩展成 $16K \times 8$ 位的 RAM，扩展连接如图 4-30 所示。图

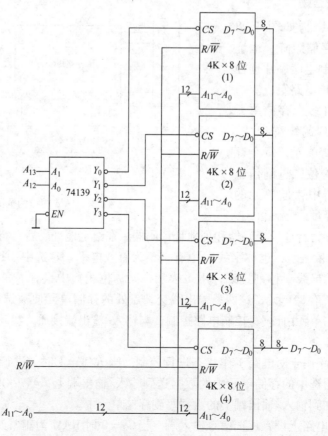

图 4-30　$4K \times 8$ 位 RAM 扩展成 $16K \times 8$ 位 RAM 的连接图

中存储器扩展需要增加的地址线 A_{12}、A_{13} 与译码器 74139 的输入相连，译码器的输出 $Y_0 \sim Y_3$ 分别接 4 片 RAM 的片选信号控制端 CS。当输入一个地址码（$A_{13} \sim A_0$）时，只有一片 RAM 被选中，从而实现了字的扩展。扩展后的芯片地址分配如表 4-13 所示。

表 4-13　16K×8 位 RAM 的地址分配表

RAM 编号	扩展地址输入端 A_{13}	扩展地址输入端 A_{12}	译码器有效输出端	4K×8 位 RAM 的地址输入端 A_{11}	A_{10}	A_9	A_8	A_7	A_6	A_5	A_4	A_3	A_2	A_1	A_0	对应的十六进制地址码
(1)	0	0	Y_0	0	0	0	0	0	0	0	0	0	0	0	0	0000H
				0	0	0	0	0	0	0	0	0	0	0	1	0001H
				0	0	0	0	0	0	0	0	0	0	1	0	0002H
									…							…
				1	1	1	1	1	1	1	1	1	1	1	1	1FFFH
(2)	0	1	Y_1	0	0	0	0	0	0	0	0	0	0	0	0	2000H
				0	0	0	0	0	0	0	0	0	0	0	1	2001H
				0	0	0	0	0	0	0	0	0	0	1	0	2002H
									…							…
				1	1	1	1	1	1	1	1	1	1	1	1	3FFFH
(3)	1	0	Y_2	0	0	0	0	0	0	0	0	0	0	0	0	4000H
				0	0	0	0	0	0	0	0	0	0	0	1	4001H
				0	0	0	0	0	0	0	0	0	0	1	0	4002H
									…							…
				1	1	1	1	1	1	1	1	1	1	1	1	5FFFH
(4)	1	1	Y_3	0	0	0	0	0	0	0	0	0	0	0	0	6000H
				0	0	0	0	0	0	0	0	0	0	0	1	6001H
				0	0	0	0	0	0	0	0	0	0	1	0	6002H
									…							…
				1	1	1	1	1	1	1	1	1	1	1	1	7FFFH

　　在实际应用中，往往将两种方法结合起来，以达到字和位同时扩展的目的，从而满足系统对存储容量的要求。

4.7　习题

1. 分析图 4-31 所示时序电路的逻辑功能，并画出状态转换图和时序图。

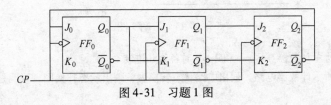

图 4-31　习题 1 图

2. 分析图 4-32a 所示时序电路的逻辑功能。根据 4-32b 所示输入信号波形画出输出 Q_0、Q_1 的波形。

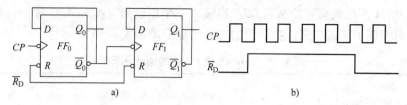

图 4-32　习题 2 图

3. 分析图 4-33 所示时序电路，写出它的驱动方程、状态方程、输出方程，画出状态表和状态转换图。

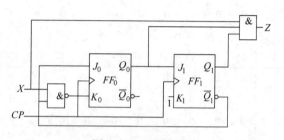

图 4-33　习题 3 图

4. 分析图 4-34 所示时序电路。

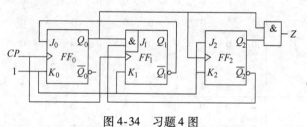

图 4-34　习题 4 图

1）写出各触发器的时钟信号方程和驱动方程；

2）写出电路的状态方程和输出方程；

3）画出电路的状态表、状态图和时序图。

5. 分析图 4-35 所示时序电路，画出电路的状态转换图，检查电路能否自启动，说明电路实现的功能。

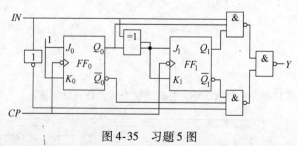

图 4-35　习题 5 图

6. 分析图 4-36 所示计数器在 $X=1$ 和 $X=0$ 时各为几进制。

7. 分析图 4-37 所示计数器电路，列出电路状态转换表，画出状态转换图，说明是几进制计数器。

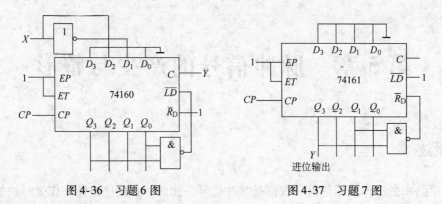

图 4-36 习题 6 图   图 4-37 习题 7 图

8. 分析图 4-38 所示计数器电路，说明是几进制计数器。

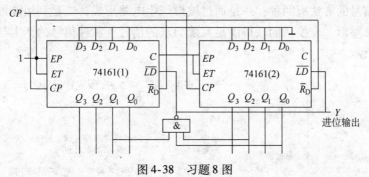

图 4-38 习题 8 图

9. 用同步十进制计数器芯片 74160 设计一个三百六十五进制计数器，允许附加必要的门电路。

10. 分析图 4-39 所示计数器电路，说明是几进制计数器。

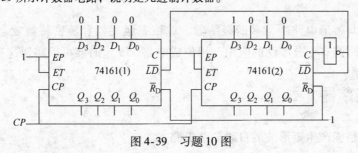

图 4-39 习题 10 图

11. 用 4 位双向移位寄存器 74194 构成的电路如图 4-40 所示，先并行输入数据 $Q_D Q_C Q_B Q_A = 1000$。试分别画出它们的状态图，并说明各自电路的功能。

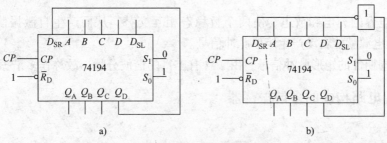

图 4-40 习题 11 图

12. 试画出由 4 片 74194 组成的 16 位双向移位寄存器的逻辑图。

第5章 脉冲信号的产生与整形

5.1 概述

数字电路中的工作波形信号一般都是脉冲信号。比如，在时序电路中作为时钟信号的矩形脉冲控制和协调整个电路系统，其性能对系统正常工作与否至关重要。

获得脉冲信号的方法有两种：一是通过波形产生电路形成；二是利用波形整形电路对已有信号进行波形整形、变换从而获得满足系统要求的信号。脉冲信号的产生与整形电路分类情况如图5-1所示。

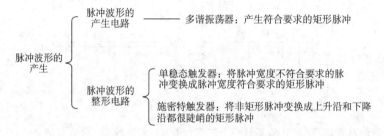

图5-1 脉冲信号的产生与整形电路

在波形产生与整形电路中，多谐振荡器、单稳态触发器和施密特触发器是三种基本电路。集成555定时器有十分广泛的应用，用集成电路555定时器可以实现这三种应用电路。

5.2 多谐振荡器

多谐振荡器是能产生矩形波的自激振荡电路。

多谐振荡器的特点：

1）多谐振荡器没有稳定状态，只有两个暂稳态。由于没有稳态，多谐振荡器也称无稳态电路。

2）通过电容的充电和放电，使两个暂稳态相互交替，从而产生自激振荡，无需外触发，只要接通电源就能自动产生矩形脉冲信号。

3）输出周期性的矩形脉冲信号，由于含有丰富的谐波分量，故称作多谐振荡器。

5.2.1 由门电路构成的多谐振荡器

1. 电路结构

由两个反相器 D_1、D_2 及 RC 网络构成的正反馈振荡电路，如图5-2所示为对称式多谐振荡器。

为了产生自激振荡，电路的静态不能是稳定状态。只有使反相器的静态工作点位于其电压传输特性的线性区或转折区，具有较强的放大能力，只要 D_1 和 D_2 的输入电压有极小的扰动，就会被正反馈回路放大引起振荡。

需要合理选取反馈电阻 R_1 和 R_2，使反相器的静态工作点位于电压传输特性的转折区。

2. 工作原理

【例 5-1】 由 CMOS 反相器组成的对称式多谐振荡器如图 5-2 所示。其中，$R_1 = R_2 = 10\text{k}\Omega$，$C_1 = C_2 = 0.01\mu\text{F}$。

1）分析电路的工作原理；

2）画出 u_{i1}、u_{o1}、u_{i2} 和 u_{o2} 的波形；

3）计算此多谐振荡器的振荡频率。

解 1）通常设定 CMOS 反相器的阈值电压

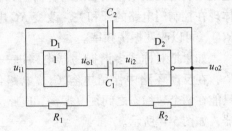

图 5-2 对称式多谐振荡器

$$U_{TH} \approx \frac{1}{2}U_{DD}。$$

CMOS 反相器作为电子开关，当 $u_{i1} > U_{TH}$，D_1 导通，u_{o1} 输出低电平（$\approx 0\text{V}$）；当 $u_{i1} < U_{TH}$，D_1 截止，u_{o1} 输出高电平（$\approx U_{DD}$）。D_2 输出 u_{o2} 与 D_1 输出 u_{o1} 反相，即 D_1 和 D_2 的工作状态相反。

接通电源后，设由于某种原因使 u_{i1} 有微小正跳变，经 D_1 放大后，输出 u_{o1} 产生负跳变，经 C_1 耦合使 u_{i2} 随之下降，D_2 输出 u_{o2} 产生较大的正跳变，通过 C_2 耦合，使 u_{i1} 又进一步增大。正反馈过程如下：

$$u_{i1}\uparrow \to u_{o1}\downarrow \to u_{i2}\downarrow \to u_{o2}\uparrow$$

正反馈使得 u_{o1} 迅速跳变为低电平，u_{o2} 迅速跳变为高电平，电路进入第一暂稳态。由于电容器两端的电压不能突变，u_{i2} 随 u_{o1} 向下跳 U_{DD} 到 $-(U_{DD} - U_{TH})$，u_{i1} 随 u_{o2} 向上跳 U_{DD} 到 $(U_{DD} + U_{TH})$。此后，u_{o2} 的高电平对电容 C_1 充电使 u_{i2} 升高，电容 C_2 放电使 u_{i1} 降低。

在电路参数对称的情况下，u_{i1}、u_{i2} 同时达到阈值电压 U_{TH}，并引起如下的正反馈过程：

$$u_{i2}\uparrow \to u_{o2}\downarrow \to u_{i1}\downarrow \to u_{o1}\uparrow$$

使 u_{o2} 迅速跳变为低电平，u_{o1} 迅速跳变为高电平，电路进入第二暂稳态。

此后，C_1 放电、C_2 充电，C_2 充电使 u_{i1} 上升，当 u_{i1} 上升到 U_{TH}，u_{i2} 下降到 U_{TH}，电路又回到第一暂稳态。

这样，由于电容 C_1、C_2 交替充放电，电路不停地在两个暂稳态之间振荡，输出端得到矩形脉冲。

2）电路各点电压波形如图 5-3 所示。

3）在 $R_1 = R_2 = R$、$C_1 = C_2 = C$、$U_{TH} = 1/2\ U_{DD}$ 时，由于电路的对称性，振荡周期等于第一个暂稳态的持续时间 t_W 的 2 倍。t_W 可根据 RC 电路过渡过程估算得出，见式（5-1）。

$$T = 2t_W = 2RC\ln\frac{u_C(\infty) - u_C(0^+)}{u_C(\infty) - u_C(t)} = 2RC\ln\frac{U_{DD} - (U_{TH} - U_{DD})}{U_{DD} - U_{TH}} \tag{5-1}$$

$$= 2RC\ln 3 \approx 2.2RC$$

代入式（5-1），得：
$$T \approx 2.2 \times 10^{-4} \text{s}$$
振荡频率 $f = 1/T = 4.55 \text{kHz}$

分析多谐振荡器工作的关键：两个暂稳态的转换过程是通过电容的充放电作用实现的，而电容的充、放电作用集中体现在控制门电路的开和关。改变 RC 电路的时间常数（$\tau = RC$），可以改变振荡频率。

如果把对称式多谐振荡器电路进一步简化，去掉 C_1 和 R_2，在反馈环路中保留电容 C_2，电路仍然没有稳定状态，只能在两个暂稳态之间往复振荡，电路为非对称式多谐振荡器，如图 5-4 所示。

在数字系统设计中控制信号频率不稳定会直接影响到系统的工作。显然，前面讨论的多谐振荡器是不能满足要求的，必须采用频率稳定度很高的石英晶体多谐振荡器。石英

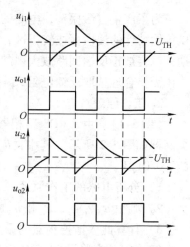

图 5-3　对称式多谐振荡器各点电压波形

晶体具有很好的选频特性。当振荡信号的频率和石英晶体的固有谐振频率相同时，石英晶体呈现很低的阻抗，信号很容易通过，而其他频率的信号则被衰减掉。因此，将石英晶体串接在多谐振荡器的回路中就可组成石英晶体振荡器，这时，振荡频率只取决于石英晶体的固有谐振频率 f_0，而与 RC 无关。如图 5-5 所示，在对称式多谐振荡器的电路上进行改造得到石英晶体振荡电路。

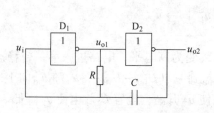

图 5-4　非对称式多谐振荡器

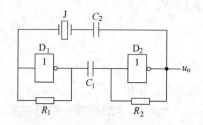

图 5-5　石英晶体振荡电路

5.2.2　555 定时器的结构和工作原理

555 定时器是一种模拟、数字混合的中规模集成电路，该电路使用灵活、方便，只需外接少量阻容元件就可以很方便地构成单稳态触发器、多谐振荡器和施密特触发器，广泛应用于信号的产生、变换及控制和检测等电路。

由于其内部有 3 个 $5 \text{k}\Omega$ 的电阻分压器，故称 555 定时器。

1. 555 定时器的电路结构

555 定时器有 TTL 和 CMOS 两种类型产品，其电路结构及工作原理基本相同。555 定时器的电路结构如图 5-6 所示。

其中：1——接地端；

2——触发输入端，比较器 C_2 的信号输入端；

3——输出端；

4——复位端 R_D；

5——控制电压端，可外接电压 u_{iC}；

6——阈值输入端，比较器 C_1 的信号输入端；

7——放电端；

8——U_{CC} 电源接入端。

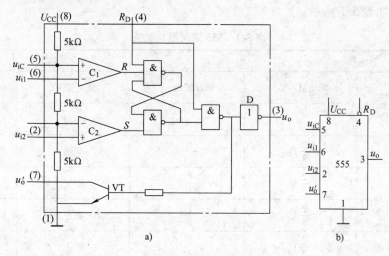

图 5-6 555 定时器

a) 电路结构　b) 外引线排列图

555 定时器内部电路由分压器、电压比较器 C_1 和 C_2、RS 锁存器、放电晶体管 VT 和输出缓冲器 D 组成。

分压器由 3 个 $5k\Omega$ 的电阻组成，为电压比较器 C_1 和 C_2 提供基准电压。当控制电压端（5）悬空时（可对地接 $0.01\mu F$ 左右的滤波电容），比较器 C_1 和 C_2 的基准电压分别为 $\frac{2}{3}U_{CC}$ 和 $\frac{1}{3}U_{CC}$。如果控制电压端外接电压 u_{iC}，则比较器 C_1 和 C_2 的基准电压发生变化，分别为 u_{iC} 和 $\frac{1}{2}u_{iC}$，电路相应的阈值、触发电平也将随之变化，进而影响电路的工作状态。

电压比较器的输入 $u_+ > u_-$ 时，u_o 为高电平；$u_+ < u_-$，u_o 为低电平。C_1 和 C_2 的输出控制 RS 锁存器和放电晶体管的状态。

2. 555 定时器的电路功能

1）当 $u_{i1} > \frac{2}{3}U_{CC}$，$u_{i2} > \frac{1}{3}U_{CC}$ 时，比较器 C_1 输出低电平，C_2 输出高电平，基本 RS 触发器被置 0，放电晶体管 VT 导通，输出端 u_o 为低电平。

2）当 $u_{i1} < \frac{2}{3}U_{CC}$，$u_{i2} > \frac{1}{3}U_{CC}$ 时，比较器 C_1 输出高电平，C_2 也输出高电平，即基本 RS 触发器 $R = 1$，$S = 1$，触发器状态不变，电路亦保持原状态不变。

3）当 $u_{i1} < \frac{2}{3}U_{CC}$，$u_{i2} < \frac{1}{3}U_{CC}$ 时，比较器 C_1 输出高电平，C_2 输出低电平，基本 RS 触发

器被置 1，放电晶体管 VT 截止，输出端 u_o 为高电平。

4）当 $u_{i1} > \frac{2}{3}U_{CC}$，$u_{i2} < \frac{1}{3}U_{CC}$ 时，比较器 C_1 输出低电平，C_2 也输出低电平，即基本 RS 触发器 $R = 0$，$S = 0$，触发器处于不确定状态，输出端 u_o 为高电平，放电晶体管 VT 截止。

综上分析，555 定时器的功能可以归纳为"同高出低，同低出高，不同保持"。555 定时器功能列表如表 5-1 所示。

表 5-1　555 定时器功能表

输　入			输　出	
复位端 R_D	阈值输入 u_{i1}	触发输入 u_{i2}	放电管 VT	输出 u_o
0	×	×	导通	0
1	$> \frac{2}{3}U_{CC}$	$> \frac{1}{3}U_{CC}$	导通	0
1	$< \frac{2}{3}U_{CC}$	$> \frac{1}{3}U_{CC}$	不变	不变
1	$< \frac{2}{3}U_{CC}$	$< \frac{1}{3}U_{CC}$	截止	1
1	$> \frac{2}{3}U_{CC}$	$< \frac{1}{3}U_{CC}$	截止	1

另外，R_D 为复位输入端，当 R_D 为低电平时，不管其他输入端的状态如何，输出 u_o 为低电平，即 R_D 的控制级别最高。正常工作时，一般应将其接高电平。

5.2.3　由 555 定时器构成的多谐振荡器

利用 555 定时器功能特点，将阈值输入 u_{i1} 和触发输入 u_{i2} 两端连接在一起，利用放电管 VT 作为受控电子开关使电容 C 两端的电压变化来控制输出的高低电平，可构成多谐振荡器。

【例 5-2】　如图 5-7a 所示，为 555 定时器构成的多谐振荡器，其中，$U_{CC} = 5V$，$R_1 = 15k\Omega$，$R_2 = 25k\Omega$，$C = 0.033\mu F$。

1）分析其工作过程，并画出 u_C 和 u_o 的工作波形图；

2）计算该多谐振荡器的振荡频率；

3）若将图 5-7a 电路中的 5 脚改接为 $u_{iC} = 4V$ 的参考电压，则输出的频率如何变化？

4）试改变电路设计，使输出脉宽可调。

解　1）接通电源 U_{CC} 后，电路处于第一暂稳态，此时 $u_C = 0$，由于 2、6 脚输入为低，则输出 u_o 为高电平，放电管 VT 截止。

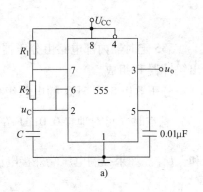

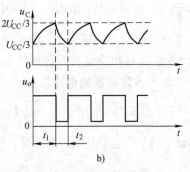

图 5-7　由 555 定时器构成
多谐振荡器

a）电路图　b）工作波形

U_{CC} 经 R_1 和 R_2 对 C 充电。则 u_c 上升，当 $u_c = \dfrac{2}{3}U_{CC}$ 时，2、6 脚输入为高，电路发生翻转，输出为低，即 $u_o = 0$，放电管 VT 导通，电路进入第二暂稳态。

C 通过 R_2 和 VT 放电，则 u_c 下降。当 u_c 下降到 $\dfrac{1}{3}U_{CC}$ 时，电路翻转，u_o 又由 0 变为 1，VT 截止，回到第一暂稳态，然后 U_{CC} 又经 R_1 和 R_2 对 C 充电。如此重复上述过程，在输出端 u_o 产生连续的矩形脉冲。

u_c 和 u_o 的工作波形如图 5-7b 所示。

2）输出矩形脉冲的脉宽取决于电容 C 的充放电时间。

充电时间：
$$t_1 = (R_1 + R_2)C\ln\frac{U_{CC} - \dfrac{1}{3}U_{CC}}{U_{CC} - \dfrac{2}{3}U_{CC}}$$

$$= (R_1 + R_2)C\ln2 \approx 0.7(R_1 + R_2)C \tag{5-2}$$

放电时间：
$$t_2 = R_2 C\ln\frac{0 - \dfrac{2}{3}U_{CC}}{0 - \dfrac{1}{3}U_{CC}} = R_2 C\ln2 \approx 0.7R_2 C \tag{5-3}$$

输出波形的振荡周期：
$$T = t_1 + t_2 = 0.7(R_1 + 2R_2)C \tag{5-4}$$

振荡频率：
$$f = \frac{1}{T} = \frac{1}{0.7(R_1 + 2R_2)C} \approx \frac{1.43}{(R_1 + 2R_2)C} \tag{5-5}$$

代入相关数值，得 $T = 1.49\text{s}$，$f = 671\text{Hz}$。

3）555 定时器的 5 脚接 4V 的参考电压，则 $t_1 \approx 0.7(R_1 + R_2)C\ln2$，$t_2 \approx 0.7R_2 C\ln2$ 在其他参考值不变的情况下，求出 $T = t_1 + t_2 = 2.02\text{ms}$，$f = 500\text{Hz}$。

即 5 脚所接参考电压大于 $\dfrac{2}{3}U_{CC}$ 时，电路的振荡频率将下降。

4）根据输出脉冲宽度取决于电容充放电时间，可将 R_2 改为可调电阻，电路修改为如图 5-8 所示。

【例 5-3】 用 555 定时器设计一个多谐振荡器，要求振荡周期 $T = 1 \sim 10\text{s}$，选择电阻、电容参数，并画出连线图。

解 设计电路如图 5-9 所示，其振荡周期 $T = 0.7(R_1 + 2R_2)C$。如果选择 $R_{1\min} = R_2 = 3.9\text{k}\Omega$，$C = 100\mu\text{F}$，则

振荡周期 T 计算公式为：
$$T = 0.7(R_1 + 2R_2)C$$
$$= 0.7 \times (3.9 \times 10^3 + R \times 10^3 + 2 \times 3.9 \times 10^3) \times 100 \times 10^{-6}$$
$$= 1 \sim 10\text{s}$$

解上式可得可变电位器的阻值范围为：
$$R = [(1 \sim 10\text{s})/0.07] - 11.7 = 14.3 \sim 143\text{k}\Omega$$

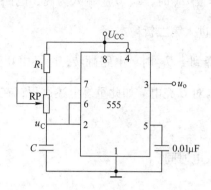

图 5-8　可调脉宽的多谐振荡器

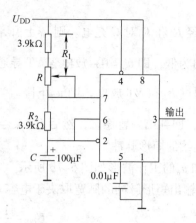

图 5-9　例 5-3 电路设计

故选择 $R = 150\text{k}\Omega$ 即可满足使用。最小振荡周期为：

$$T_{\min} = 0.7 \times (3.9 + 2 \times 3.9) \times 100\text{ms} = 819\text{ms}$$

【例 5-4】　图 5-10 所示是由一个 555 定时器和一个 4 位二进制加法计数器组成的可调式数字定时器原理示意图。试回答下列问题：

1）电路中 555 定时器接成何种电路？

2）若计数器的初态 $Q_4 Q_3 Q_2 Q_1 = 0000$，当开关 S 接通后大约经过多少时间发光二极管 VD 变亮（设电位器的阻值 $2\text{M}\Omega$ 全部接入电路）？

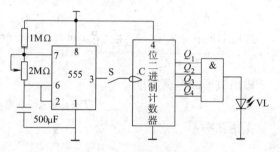

图 5-10　可调式数字定时器

解

1）555 定时器和两个电阻以及电容 C 接成多谐振荡电路。

2）定时器输出波形即是计数器输入脉冲波形，该波形的周期为：

$$T = \frac{(R_1 + 2R_2)C}{1.43}$$

$$= \frac{(1 \times 10^6 + 2 \times 2 \times 10^6)500 \times 10^{-6}}{1.43}\text{s}$$

$$= 1748\text{s} = 29.14\text{min}$$

当计数器输出为 1111 时，发光二极管变亮，计数器需加 15 个脉冲，故二极管变亮所需时间为：

$$t = 15T = 15 \times 1748\text{s} = 7.283\text{h}$$

5.2.4　多谐振荡器的应用

多谐振荡器能产生矩形波，常用作脉冲信号源。另外，利用多谐振荡器也可以进行控制输出。

（1）模拟声响发生器

如图 5-11 所示，将两个多谐振荡器连接起来，将振荡器 I 的输出电压 u_{o1}，接到振荡器

Ⅱ中555定时器的复位端（4脚），后一个振荡器的输出接到扬声器上。这样，只有当振荡器Ⅰ输出高电平时，才驱动振荡器Ⅱ振荡，扬声器发声；而振荡器Ⅰ输出低电平时，导致振荡器Ⅱ复位并停止震荡，此时扬声器无音频输出。因此从扬声器中听到间歇式的"鸣……鸣"声响。

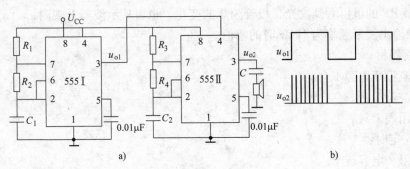

图 5-11　模拟声响发生器
a）电路结构　b）工作波形

（2）电压—频率转换器

由 555 定时器构成的多谐振荡器中，若定时器控制输入端（5脚）不经电容接地，而是外加一个可变的电压源，则通过调节该电压源的值，可以改变定时器触发电位和阈值电位的大小。外加电压越大，振荡器输出脉冲周期越大，即频率越低；外加电压越小，振荡器输出脉冲周期越小，即频率越高。这样，多谐振荡器就实现了将输入电压大小转换成输出频率高低的电压—频率转换器的功能。

5.3　实验七　用 555 定时器构成多谐振荡器

1. 实验目的

1）熟练掌握 555 定时器的功能及使用方法。
2）掌握用 555 定时器构成多谐振荡器的方法。

2. 实验原理及参考电路

555 定时器是一种中规模集成电路，只需外接少量的阻容元件就可以构成多谐振荡器、单稳态触发器、施密特触发器等脉冲产生和整形电路，广泛应用于工业自动控制、定时、仿真、防盗报警等方面。

该器件的电源电压为 4.5 ~ 18V，驱动电流一般在 200mA 左右，并能提供与 TTL、CMOS 电流相兼容的逻辑电平。

555 定时器的外引线排列如图 5-6b 所示。

由 555 定时器构成的脉宽可调的多谐振荡器如图 5-12所示。调节 RP 可产生脉宽可变的矩形波输出，其周期 $T \approx 0.7(R + R_{RP})C$。

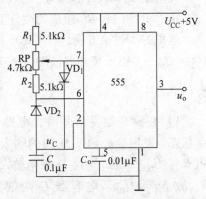

图 5-12　脉宽可调的多谐振荡器

3. 实验内容及步骤

1）静态测试 555 定时器功能。

2）用 555 定时器构成多谐振荡器。

① 按图 5-12 所示接线，输出端接发光二极管和示波器，检查无误后，接通电源。

② 调节 RP 的值可看到发光二极管闪烁的变化，也可从示波器上观测 u_C、u_o 脉冲波形的变化。记录输出波形频率为 1kHz 时的幅值。

4. 实验器材

1）直流稳压电源 1 台。

2）示波器 1 台。

3）万用表 1 只。

4）555 定时器 1 片。

5）电阻、电容若干。

6）发光二极管 2 只。

5. 实验报告要求

整理实验线路和实验数据，画出实验电路图和实验相关波形。

5.4 单稳态触发器

单稳态触发器只有一个稳态。单稳态触发器的特点是：

1）没有触发脉冲作用时电路处于一种稳定状态。

2）在触发脉冲作用下，电路由稳态翻转到暂稳态。

3）电路暂稳态在持续一段时间后自动回到稳态，暂稳态持续时间取决于电路中的 RC 参数值。

由于这些特性，单稳态触发器被广泛地应用于脉冲信号的整形、延时和定时等方面。

5.4.1 由门电路构成的单稳态触发器

根据 RC 电路连接方式不同，单稳态触发器有微分型和积分型两种电路形式，这里只分析微分型单稳态触发器。

1. 电路结构及工作原理

由 CMOS 门和 RC 组成的微分型单稳态触发器电路如图 5-13 所示。

这里为了讨论方便，将 CMOS 门电路的电压传输特性理想化，设 CMOS 门的 $U_{oL} \approx 0V$，$U_{oH} \approx U_{DD}$，CMOS 反相器的阈值电压 $U_{TH} \approx \frac{1}{2}U_{DD}$。

1）在没有触发信号时，电路处于稳定状态。此时，$u_i = 0$，D_2 门的输入端经电阻 R 接 U_{DD}，则 $u_o = 0$。D_1 门两输入端均为 0，故 $u_{o1} \approx U_{DD}$。电容器 C 两端上没有电压。

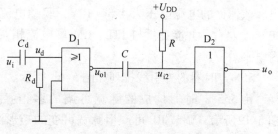

图 5-13 微分型单稳态触发器

2）外加触发信号时，电路由稳态翻转到暂稳态。在触发脉冲加到输入端时，在 R_d 和 C_d 组成的微分电路输出端得到正、负窄脉冲 u_d。当 u_d 上升到 D_1 门的阈值电压 U_TH 时，电路产生如下正反馈过程：

$$u_\mathrm{d}\uparrow \to u_\mathrm{o1}\downarrow \to u_\mathrm{i2}\downarrow \to u_\mathrm{o}\uparrow$$

正反馈使 D_1 门瞬间导通，u_o1 迅速跳变为低电平，电容 C 两端电压不可能突变，D_2 门截止，u_o 跳变为高电平，电路进入暂稳态。此时即使 u_d 回到低电平，u_o 仍维持高电平不变。暂稳态时 $u_\mathrm{o1}\approx0$，$u_\mathrm{o}\approx U_\mathrm{DD}$。

3）电容器充电，电路自动从暂稳态回到稳态。在暂稳态中，电源经 R 和 D_1 门的工作管对电容 C 充电。随充电进行 u_i2 逐渐升高，当 u_i2 上升到 D_2 门的阈值电压 U_TH 时，电路又产生如下正反馈过程：

$$C\ 充电 \to u_\mathrm{i2}\uparrow \to u_\mathrm{o}\downarrow \to u_\mathrm{o1}\uparrow$$

如果此时触发脉冲消失，该正反馈使得 D_1 门截止，D_2 门导通，u_o1、u_i2 跳变到高电平，u_o 返回到 0V 状态。

电容 C 通过电阻和 D_2 门的输入保护电路放电，当电容上的电压为 0 时，电路恢复到稳态。单稳态触发器的工作过程各点电压波形如图 5-14 所示。

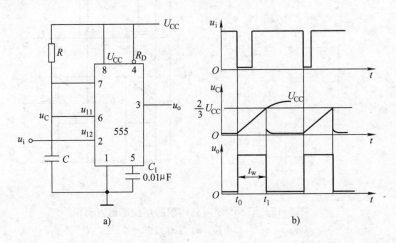

图 5-14　微分型单稳态触发器各点电压工作波形图

a）电路　b）工作波形

2. 电路参数计算

输出脉冲宽度即暂稳态维持的时间，用 t_w 表示。RC 充电过程决定暂稳态维持的时间，即 t_w 是 u_i2 从 0V 上升 U_TH 的时间，根据 RC 电路过渡过程的分析，得到：

$$t_\mathrm{w} = RC\ln\frac{u_\mathrm{C}(\infty) - u_\mathrm{C}(0)}{u_\mathrm{C}(\infty) - U_\mathrm{TH}} \tag{5-6}$$

将 $u_\mathrm{C}(\infty) = U_\mathrm{DD}$，$u_\mathrm{C}(0) = 0$ 代入式（5-6），得：

$$t_\mathrm{w} \approx RC\ln\frac{U_\mathrm{DD} - 0}{U_\mathrm{DD} - U_\mathrm{TH}} = RC\ln2 \approx 0.7RC \tag{5-7}$$

在使用微分型单稳态触发器时，输入触发脉冲 u_i 的宽度应小于输出脉冲的宽度 t_w，否则电路不能正常工作。

3. 集成单稳态触发器

集成单稳态触发器有 TTL 和 CMOS 系列产品。

常用 TTL 集成电路 74121 是不可重复触发的单稳态触发器，即在进入暂稳态期间，若再有触发脉冲不会影响到输出脉冲宽度。外接电阻取值为 $2 \sim 30 k\Omega$，电容取 $10pF \sim 10\mu F$，暂稳态为 $14ns \sim 40ms$。

常用 CMOS 集成器件 MC14528 是可重复触发的单稳态触发器，在暂稳态期间，若再有触发脉冲电路将被重新触发，使输出脉冲宽度延长。

5.4.2 由555定时器构成的单稳态触发器

1. 电路组成及其工作原理

由 555 定时器构成的单稳态触发器及工作波形如图 5-15 所示。电路中 555 定时器触发输入端 u_{i2} 作为外触发脉冲的输入端 u_i，阈值触发输入端 u_{i1} 与放电管相连，电容两端电压 u_C 作为 u_{i1} 的输入信号。

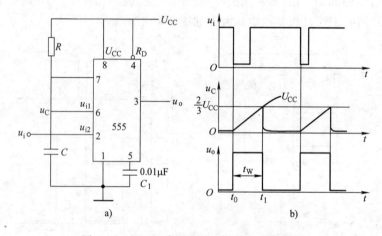

图 5-15 用 555 定时器构成的单稳态触发器

a）电路 b）工作波形

（1）无触发信号输入时电路工作在稳定状态

当电路无触发信号时，因为 $u_{i2} > \frac{1}{3}U_{CC}$，触发输入端保持高电平，电路工作在稳定状态，即输出端 u_o 保持低电平，555 定时器内放电晶体管 VT 饱和导通，引脚 7 "接地"，电容电压 $u_C \approx 0V$。

（2）u_i 下降沿触发

当 u_i 下降沿到达时，由于 $u_i < \frac{1}{3}U_{CC}$，触发输入端 u_{i2} 由高电平跳变为低电平，电路被触发，u_o 由低电平跳变为高电平，电路由稳态转入暂稳态。

（3）暂稳态的维持时间

在暂稳态期间，放电晶体管 VT 截止，U_{CC} 经 R 开始向 C 充电。其充电回路为 $U_{CC} \rightarrow R \rightarrow$

C→地，电容电压 u_C 由 0 开始增大，在电容电压 u_C 上升到阈值电压 $\frac{2}{3}U_{CC}$ 之前，电路将保持暂稳态不变。

（4）自动返回稳态过程

当 u_C 上升至阈值电压 $\frac{2}{3}U_{CC}$ 时，输出 u_o 由高电平跳变为低电平，放电晶体管 VT 由截止转为饱和导通，引脚 7 "接地"，电容 C 经放电晶体管对地迅速放电，电路由暂稳态重新转入稳态。

2. 输出脉冲宽度 t_W 估算

由分析和图 5-15b 可知，输出脉冲宽度 t_W 就是 u_C 从 0 上升到 $\frac{2}{3}U_{CC}$ 的时间。对于 C 充电过程，有：$u_C(0) \approx 0V$，$u_C(\infty) = U_{CC}$，$u_C(t_W) = \frac{2}{3}U_{CC}$，代入 RC 过渡过程计算公式，可得：

$$t_W = RC\ln\frac{u_C(\infty) - u_C(0)}{u_C(\infty) - u_C(t_W)} = RC \cdot \ln\frac{U_{CC} - 0}{U_{CC} - \frac{2}{3}U_{CC}}$$

$$= RC\ln3 \approx 1.1RC \tag{5-8}$$

上式说明，单稳态触发器输出脉冲宽度 t_W 仅决定于定时元件 R、C 的取值，调节 R、C 的取值，即可方便地调节 t_W。通常 R 取值在几百欧姆到几兆欧姆之间，C 取值范围为几百皮法到几百微法，t_W 从几微秒到数分钟。由于在电路的暂稳态持续期间，加入新的触发脉冲对电路没有影响，该电路为不可重复触发单稳态触发器。

5.4.3 单稳态触发器的应用

1. 定时

用单稳态触发器的输出脉冲 t_W 控制某一电路，使其在 t_W 时间内动作或不动作时，通过改变外接电阻或电容的大小以调整定时时间 t_W 的长短。

2. 延时

单稳态触发器输出脉冲的下降沿比输入信号的下降沿至少延迟 t_W 时间，单稳态触发器的这种延时作用常被应用于时序控制中。

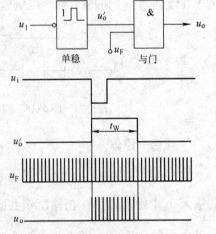

图 5-16　单稳态触发器用于脉冲的
延时与定时选通

如图 5-16 所示，u_o 的下降沿比 u_i 的下降沿滞后了时间 t_W，即延迟了时间 t_W。单稳态触发器的输出电压 u_o'，用做与门的输入定时控制信号，当 u_o' 为高电平时，与门打开，$u_o = u_F$，当 u_o' 为低电平时，与门关闭，u_o 为低电平。与门打开的时间是恒定不变的，就是单稳态触发器输出脉冲 u_o' 的宽度 t_W。

3. 整形

脉冲信号在经过长距离传输后其边沿会变差或在波形上叠加了某些干扰。将不规则的输入脉冲（例如带有干扰）变换为具有一定宽度和幅度的矩形波，可利用单稳态触发器进行整形。

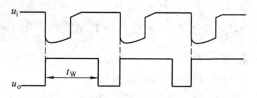

单稳态触发器能够把不规则的输入信号 u_i，整形成为幅度和宽度都相同的标准矩形脉冲 u_o。u_o 的幅度取决于单稳态电路输出的高、低电平，宽度 t_W 决定于暂稳态时间。图 5-17 是单稳态触发器用于波形整形的例子。

图 5-17　单稳态触发器用于波形的整形

5.5　施密特触发器

施密特触发器是一种常用的脉冲波形变换电路，可以将正弦波、三角波或其他不规则波形变换成矩形波。施密特触发器具有如下特点：

1）电路有两个稳定状态，其维持和转换完全取决于输入电压的大小。

2）电路属于电平触发方式。当输入达到某一定值时，输出电压发生跳变，并且正反馈的作用使输出电压波形的边沿很陡。

3）输入信号增加或减少时，输出状态转换所对应的输入电压不同。即输入信号从低电平上升的过程中，电路状态转换时对应的输入电平，与输入信号从高电平下降过程中对应的输入转换电平不同。

5.5.1　由门电路构成的施密特触发器

1. 电路组成及其工作原理

如图 5-18 所示，两个 CMOS 反相器 D_1 门和 D_2 门串接，通过分压电阻 R_1 和 R_2 把输出端的电压反馈到 D_1 门的输入端，组成施密特触发器。

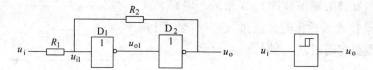

图 5-18　门电路组成的施密特触发器及符号

（1）第一稳态

设 CMOS 反相器的阈值电压 $U_{TH} = \dfrac{1}{2}U_{DD}$，输入信号 u_i 为三角波。根据叠加定理，D_1 门的输入 u_{il} 由输入 u_i 和 D_2 门输出 u_o 共同作用：

$$u_{il} = \frac{R_2}{R_1 + R_2}u_i + \frac{R_1}{R_1 + R_2}u_o \tag{5-9}$$

当 $u_i = 0$ 时，$u_{il} \approx 0$，D_1 截止，$u_{ol} = U_{oH} \approx U_{DD}$，$D_2$ 导通，输出 $u_o = U_{oL} \approx 0V$。输入信号 u_i 从 0 逐渐增加，只要 u_{il} 小于 U_{TH}，输出 u_o 仍为低电平（0V），电路处于第一稳态。

（2）当输入达到正向阈值电压 U_{T+}，电路翻转，进入第二稳态

当 u_{i1} 增加到 U_{TH}，D_1 门进入电压传输特性的转折区，电路产生如下正反馈：

$$u_i \uparrow \rightarrow u_{i1} \uparrow \rightarrow u_{o1} \downarrow \rightarrow u_o \uparrow$$

输出 u_o 迅速跳变为高电平 $u_o = U_{oH} \approx U_{DD}$。根据 $u_{i1} = U_{TH}$ 和式（5-9）可得，u_i 上升过程中电路状态转换对应的正向阈值电压 U_{T+} 为：

$$U_{T+} = \frac{R_1 + R_2}{R_2} U_{TH} = \left(1 + \frac{R_1}{R_2}\right) U_{TH} \tag{5-10}$$

（3）第二稳态的维持过程

如果 u_i 继续增加，则在 $u_{i1} > U_{TH}$ 后，电路输出状态 u_o 维持高电平不变。

（4）当输入达到负向阈值电压 U_{T-}，电路再次发生翻转

如果 u_i 从高电平开始逐渐下降，当降到 $u_{i1} = U_{TH}$ 时，D_1 门又进入电压传输特性的转折区，电路产生如下正反馈：

$$u_i \downarrow \rightarrow u_{i1} \downarrow \rightarrow u_{o1} \uparrow \rightarrow u_o \downarrow$$

输出 u_o 迅速跳变为低电平 $u_o = U_{oL} \approx 0$。根据 $u_{i1} = U_{TH} = \frac{R_2}{R_1 + R_2} U_{T-} + \frac{R_1}{R_1 + R_2} U_{DD}$ 可得，u_i 下降过程中电路状态转换对应的负向阈值电压 U_{T-} 为：

$$U_{T-} \approx \left(1 - \frac{R_1}{R_2}\right) U_{TH} \tag{5-11}$$

如果 u_i 继续下降，电路输出状态保持不变。

2. 工作波形及电压传输特性

根据对施密特触发器工作原理分析，可画出电路工作波形（如图 5-19 所示）和电压传输特性（如图 5-20 所示）。

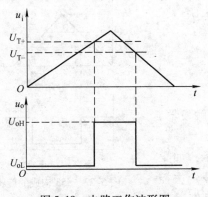

图 5-19　电路工作波形图

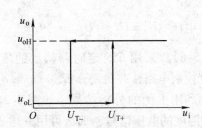

图 5-20　施密特触发器的电压
传输特性

将 U_{T+} 和 U_{T-} 之差定义为回差电压 ΔU_T，即：

$$\Delta U_T = U_{T+} - U_{T-} \approx 2\frac{R_1}{R_2} U_{TH} = \frac{R_1}{R_2} U_{DD} \tag{5-12}$$

式（5-12）表明，电路的回差电压与 R_1、R_2 比值成正比，改变电阻比值可调节回差电

压的大小。

3. 集成施密特触发器

集成施密特触发器有 TTL 和 CMOS 系列，应用较广泛，但不同厂家产品的参数差异性较大，不同器件或不同 U_{DD} 有不同的 U_{T+} 和 U_{T-} 值。

5.5.2 由 555 定时器构成的施密特触发器

由 555 定时器构成的施密特触发器如图 5-21 所示。将 555 定时器的 2 脚和 6 脚接在一起作为信号输入端，外部复位端接直流电源 U_{CC}（即接高电平），控制电压端（5 脚）通过滤波电容接地，就可以构成施密特触发器。

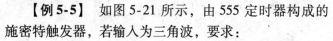

图 5-21　用 555 构成的施密特触发器

【例 5-5】 如图 5-21 所示，由 555 定时器构成的施密特触发器，若输入为三角波，要求：

1）试分析其工作过程，画出工作波形图；

2）该施密特触发器的正、负阈值电压的大小，回差电压的大小。

解 1）当输入信号 $u_i = 0V$ 时，触发输入端和阈值输入端均为低电平，根据 555 定时器功能"同低出高"，输出 u_o 为高电平。

u_i 从 0 逐渐增加，当输入 u_i 上升到 $\frac{2}{3}U_{CC}$ 时，输入为高，输出跳变为低电平。当 u_i 从 $\frac{2}{3}U_{CC}$ 继续上升时，输出保持不变，只有当 u_i 从高电平逐渐减小到 $\frac{1}{3}U_{CC}$ 时，电路输出发生翻转，输出跳变为高电平。工作波形如图 5-22 所示。

2）该施密特触发器输入信号的上升和下降时电路发生变化的阈值电压不同，正向阈值电压为 $U_{T+} = \frac{2}{3}U_{CC}$，负向阈值电压为 $U_{T-} = \frac{1}{3}U_{CC}$。

回差电压 $\Delta U_T = U_{T+} - U_{T-} = \frac{1}{3}U_{CC}$

【例 5-6】 采用 555 定时器构成的施密特触发器，设计温度控制电路，并简要分析。

解 利用上例的分析结果，如图 5-21 所示，如果 u_i 为被测温度的电压信号，那么可用其输出信号 u_o 去控制加温电路。当温度过高时，停止加温；当温度过低时，启动加温电路。这样就实现了温度的自动控制，U_{T+} 为上限温度的电压值，U_{T-} 为下限温度的电压值，温度在限定范围内波动。

如果在 555 定时器的电压控制端外加控制电压，就可以改变其正向和负向阈值电压的值，即改变温度控制的上、下限。

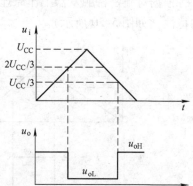

图 5-22　555 构成的施密特触发器工作波形

5.5.3 施密特触发器的应用

1. 波形变换

利用施密特触发器状态转换过程中的正反馈作用，把边沿变化缓慢的周期性信号变换为边沿很陡的矩形脉冲信号。例如，可以将正弦波、三角波等边沿变化缓慢的信号，在满足输入信号幅度大于 U_{T+} 的条件下，变换成同频率的矩形波见图 5-23。另外，改变施密特触发器的正、负向阈值电压来调节脉宽。

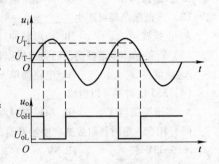

图 5-23　用施密特触发器实现波形交换

2. 波形的整形

矩形波经传输后，往往发生波形畸变或边沿产生振荡。施密特触发器可以对这种波形进行整形，只要正、负向阈值电压 U_{T+} 和 U_{T-} 设置合适，就可获得理想的整形效果，如图 5-24 所示。

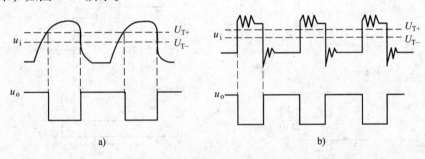

a)　　　　　　　　　　　　　b)

图 5-24　用施密特触发器实现波形整形
a）对波形畸变的整形　b）对边沿振荡的整形

3. 幅度的鉴别

施密特触发器可以剔除脉冲幅度没有达到要求的输入信号，用作脉冲幅度的鉴别。由于施密特触发器的触发方式是电平触发，只有幅度大于 U_{T+} 的脉冲才会在输出端产生输出信号，这样施密特触发器能将大于 U_{T+} 的脉冲选出，如图 5-25 所示。

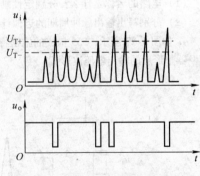

图 5-25　用施密特触发器实现鉴幅

5.6　习题

1. 填空题

（1）多谐振荡器有_____个稳态，_____个暂态；

（2）施密特触发器有_____个稳态，_____个暂态；

（3）单稳态触发器有_____个稳态，_____个暂态。

（4）555 定时器电路的复位端④脚在不使用时应_____接电平。

2. 选择题

（1）脉冲整形电路有_____。

A. 多谐振荡器   B. 单稳态触发器   C. 施密特触发器   D. 555 定时器

（2）多谐振荡器可产生_____。

A. 正弦波   B. 矩形脉冲   C. 三角波   D. 锯齿波

（3）石英晶体多谐振荡器的突出优点是_____。

A. 速度高   B. 电路简单   C. 振荡频率稳定   D. 输出波形边沿陡峭

（4）555 定时器可以组成_____。

A. 多谐振荡器   B. 单稳态触发器   C. 施密特触发器   D. JK 触发器

（5）用 555 定时器组成施密特触发器，当输入控制端 CO 外接 10V 电压时，回差电压为_____。

A. 3.33V   B. 5V   C. 6.66V   D. 10V

（6）以下各电路中，_____可以产生脉冲定时。

A. 多谐振荡器   B. 单稳态触发器   C. 施密特触发器   D. 石英晶体多谐振荡器

3. 如图 5-26 所示的两个电路，求：

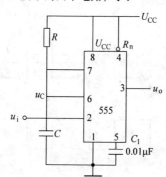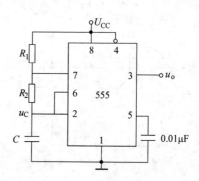

图 5-26 习题 3 图

（1）电路的名称是什么？分别定性画出其工作波形。

（2）分别写出输出脉冲周期的近似计算公式。

4. 如图 5-27 所示，555 构成的施密特触发器，当输入信号为图示周期性心电波形时，试画出经施密特触发器整形后的输出电压波形。

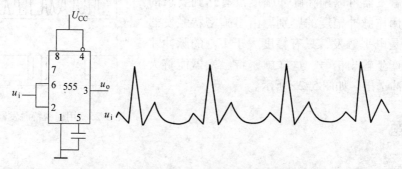

图 5-27 习题 4 图

5. 如图 5-28 所示电路为一个回差可调的施密特触发电路，它是利用射极跟随器的发射极电阻来调节回差的。试求：

（1）分析电路的工作原理；

(2) 当 R_{e1} 在 $50 \sim 100\Omega$ 的范围内变动时，回差电压的变化范围。

6. 用 555 定时器构成一多谐振荡器，要求输出信号频率为 4kHz，占空比为 60%，试画出电路、确定各元件参数值。

7. 由 555 定时器构成单稳态触发器，电源电压为 10V，定时电阻 $R = 11k\Omega$，要求单稳态触发器输出脉冲宽度为 1s，试计算定时电容 C 的数值。

8. 由 CMOS 反相器及电阻构成的施密特触发器电路如图 5-18 所示，已知 $R_1 = 10k\Omega$，$R_2 = 30k\Omega$，D_1、D_2 门为 CMOS 反相器，$U_{DD} = 15V$。试计算其回差电压 ΔU_T。

9. 如图 5-29 所示电路是由两个 555 定时器构成的频率可调而脉宽不变的方波发生器。

(1) 试说明其工作原理；

(2) 确定频率变化的范围和输出脉宽；

(3) 解释二极管 VD 在电路中的作用。

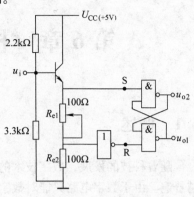

图 5-28　习题 5 图

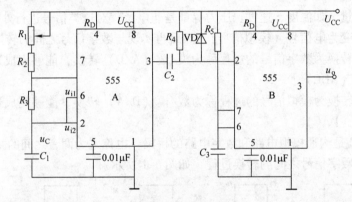

图 5-29　习题 9 图

10. 如图 5-30 所示为 555 定时器构成的施密特触发器用作光控路灯开关的电路图。分析其工作原理。其中，R_L 是硫化镉（CdS）光敏电阻，有光照射时，阻值在几十千欧左右；无光照射时阻值在几十兆欧左右。VD 是续流二极管，起保护 555 的作用。KA 是继电器，由线圈和触点组成，线圈中有电流流过时，继电器吸合，否则不吸合。

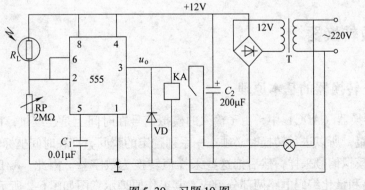

图 5-30　习题 10 图

第6章 模/数和数/模转换电路

6.1 概述

随着科技的发展，数字技术的应用越来越广泛，利用数字电路处理模拟信号的情况越来越普遍。由于数字电路只能对数字信号进行处理，因此需要在模拟信号和数字信号之间进行转换。例如，用电子计算机对生产过程进行控制时，必须先将模拟量转换成数字量，才能送到计算机中进行运算与处理，然后又要将处理结果转换为模拟量，才能实现对被控制量的控制作用。

有许多模拟量，如温度、速度、压力等都是非电量，对这类信号进行处理时，需要首先利用传感器将其变为电信号（模拟信号），然后再实现与数字信号之间的转换。

将模拟信号转换为数字信号的过程称为模/数（A/D）转换，能够完成这种转换的电路称为模数转换器（ADC）。

将数字信号转换为模拟信号的过程称为数/模（D/A）转换，能够完成这种转换的电路称为数模转换器（DAC）。

ADC 和 DAC 是沟通模拟电路和数字电路的桥梁，也称之为两者之间的接口。

模拟信号与数字信号之间的转换过程，如图 6-1 所示。

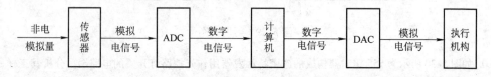

图 6-1 模拟信号与数字信号的转换

6.2 模/数转换器

6.2.1 A/D 转换器的基本原理

在 A/D 转换器（ADC）中，由于输入的模拟信号在时间上是连续量，而输出的数字信号代码是离散量，所以进行转换时必须在一系列选定的瞬间，即在时间坐标轴上一些规定点上，对输入的模拟信号采样，然后把这些采样值转换为数字量。因此，A/D 转换器一般由采样-保持电路和量化编码电路两部分组成。其工作原理示意图如图 6-2 所示。

模拟开关 S 在采样脉冲 *CP* 的控制下重复接通、断开的过程。S 接通时，输入模拟电压 $u_i(t)$ 对电容 *C* 充电，这就是采样过程；S 断开时，电容 *C* 上的电压保持不变，这就是保持

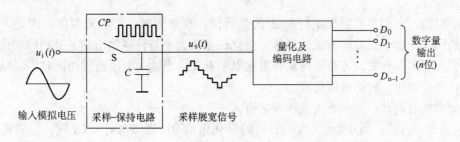

图 6-2　A/D 转换器的工作原理示意图

过程。在保持过程中，采样得到的模拟电压经 A/D 转换器的数字编码电路转换成一组 n 位二进制数输出。随着 S 的不断接通、断开，就将输入的模拟电压转换成一组组 n 位的二进制数输出。

1. 采样-保持电路

采样是将模拟信号进行周期性地抽取样值的过程，就是把随时间连续变化的信号转换为在时间上断续、在幅度上等于采样时间内模拟信号大小的一串脉冲。采样的原理波形如图 6-3 所示。

由于 A/D 转换需要一定的时间，所以在每次采样结束后，应保持采样电压值在一段时间内不变，只到下一次采样开始。这就需要在采样后加上保持电路。

图 6-4a 是采样-保持电路的基本形式。它由输入放大器 A_1、输出放大器 A_2、保持电容 C_H 和模拟开关 S 组成。两个放大器的增益都为 1。为了使电路不影响输入信号源，要求 A_1 具有很高的输入阻抗。为使保持阶段 C_H 电荷不易泄放，要求 A_2 也有很高的输入阻抗。同时，A_2 作为输出级，应具有很低的输出阻抗。

现在分析其工作原理：在采样脉冲 CP 为高电平期间，S 闭合，电容 C_H 被迅速充电，电路处于采样阶段。由于两

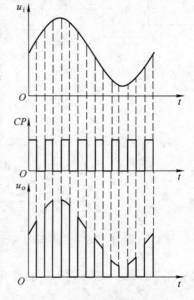

图 6-3　采样原理波形图

个放大器的增益都为 1，因此，u_o 跟随 u_i 变化，即 $u_o = u_i$。在 CP 为低电平阶段，开关 S 断开，采样阶段结束，电路处于保持阶段。若 A_2 的输入阻抗为无穷大，S 为理想开关，则可以认为电容 C_H 没有放电回路，因而其两端保持充电时的最终电压值不变，从而保证电路输出端的电压 u_o 不变。采样-保持电路的输出波形如图 6-4b 所示。

2. 量化和编码

对于采样-保持电路输出的阶梯电压，要将不同的高度对应的值用数字量来表示，它只能是某个规定的最小单位的整数倍。因此，要进行 A/D 转换，首先要确定一个单位电压值，把各个阶梯电压的值转化为这个最小电压的整数倍，这个过程就是量化。

将量化后的信号数值用二进制码表示，即为编码。经编码后的结果就是 A/D 转换器的输出。

这里所取的单位电压值叫做量化单位，用 Δ 表示。显然，Δ 的大小就表示数字信号中最低位为 1 时所对应的模拟电压的大小。由于采样所得到的样值脉冲的幅度是模拟信号某些

时刻的瞬时值，它们不可能都正好是 Δ 的整数倍，在量化时，要取近似值，因此，必然产生一定的误差，这个误差称为量化误差。量化误差的大小与转换输出的二进制码的位数和基准电压 V_{REF} 的大小有关，还和如何划分量化电平有关。当输入电压范围相同时，编码位数越多，量化电位越小，转换精度越高。

量化方法有两种：只舍不入法和有舍有入法。

1）只舍不入法。当 $0 \leqslant u_o < \Delta$ 时，u_o 的量化值取 0；当 $\Delta \leqslant u_o < 2\Delta$ 时，u_o 的量化值取 Δ；当 $2\Delta \leqslant u_o < 3\Delta$ 时，u_o 的量化值取 2Δ……依次类推。

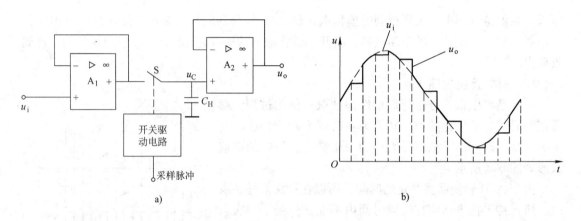

图 6-4　采样-保持电路及波形图
a）电路图　b）波形图

2）有舍有入法。当 $0 \leqslant u_o < \frac{1}{2}\Delta$ 时，u_o 的量化值取 0；当 $\frac{1}{2}\Delta \leqslant u_o < \frac{3}{2}\Delta$ 时，u_o 的量化值取 Δ；当 $\frac{3}{2}\Delta \leqslant u_o < \frac{5}{2}\Delta$ 时，u_o 的量化值取 2Δ……依次类推。

例如，将 $0 \sim 1V$ 之间的模拟电压转换为 3 位二进制代码。

利用只舍不入法。取 $\Delta = \frac{1}{8}V$，$0 \sim \frac{1}{8}V$ 之间的模拟电压用二进制代码 000 表示；$\frac{1}{8} \sim \frac{2}{8}V$ 之间的模拟电压用二进制代码 001 表示……它们之间的对应关系如图 6-5a 所示。这种量化方法存在的最大量化误差为 $\Delta = \frac{1}{8}V$。

利用有舍有入法。取 $\Delta = \frac{2}{15}V$，$0 \sim \frac{1}{15}V$ 之间的模拟电压用二进制代码 000 表示；$\frac{1}{15} \sim \frac{3}{15}V$ 之间的模拟电压用二进制代码 001 表示……它们之间的对应关系如图 6-5b 所示。这种量化方法存在的最大量化误差为 $\frac{1}{2}\Delta = \frac{1}{15}V$。

量化和编码电路是 A/D 转换器的核心。常用的 A/D 转换方法有并行比较型 A/D 转换、逐次逼近型 A/D 转换、双积分型 A/D 转换。

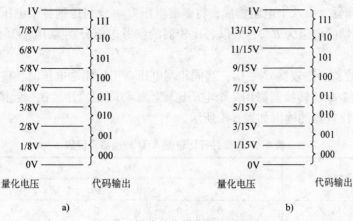

图 6-5　划分量化单位的两种方法

a）只舍不入法　b)有舍有入法

6.2.2　常用 A/D 转换电路

1. 并行比较型 A/D 转换器

如图 6-6 所示是一个 3 位并行比较型 A/D 转换器的电路原理图。它主要由三部分组成：

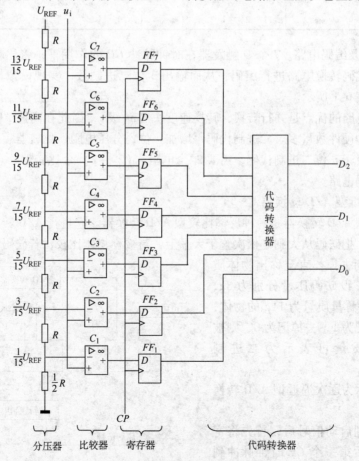

图 6-6　3 位并行比较型 A/D 转换器

1）电阻分压器。由八个电阻构成，将基准电压 U_{REF} 分别送到各个电压比较器的反相输入端。由于最下端的电阻为 $R/2$，所以各比较器的参考电压分别为 $U_{\text{REF}}/15$，$3U_{\text{REF}}/15$，…，$13U_{\text{REF}}/15$。

2）电压比较器。比较器 $C_1 \sim C_7$，当同相端电压高于反相端电压时，输出高电平，反之输出低电平。3 位 A/D 转换器需用 7 个电压比较器，将同相端并接在一起接输入电压 u_i，u_i 取不同值时，各比较器的输出如表 6-1 所示。

表 6-1　3 位并行比较型 A/D 转换器真值表

输入模拟电压	寄存器状态							代码输出		
	Q_7	Q_6	Q_5	Q_4	Q_3	Q_2	Q_1	D_2	D_1	D_0
$0 \leqslant u_i \leqslant (1/15)U_{\text{REF}}$	0	0	0	0	0	0	0	0	0	0
$(1/15)U_{\text{REF}} < u_i \leqslant (3/15)U_{\text{REF}}$	0	0	0	0	0	0	1	0	0	1
$(3/15)U_{\text{REF}} < u_i \leqslant (5/15)U_{\text{REF}}$	0	0	0	0	0	1	1	0	1	0
$(5/15)U_{\text{REF}} < u_i \leqslant (7/15)U_{\text{REF}}$	0	0	0	0	1	1	1	0	1	1
$(7/15)U_{\text{REF}} < u_i \leqslant (9/15)U_{\text{REF}}$	0	0	0	1	1	1	1	1	0	0
$(9/15)U_{\text{REF}} < u_i \leqslant (11/15)U_{\text{REF}}$	0	0	1	1	1	1	1	1	0	1
$(11/15)U_{\text{REF}} < u_i \leqslant (13/15)U_{\text{REF}}$	0	1	1	1	1	1	1	1	1	0
$(13/15)U_{\text{REF}} < u_i \leqslant U_{\text{REF}}$	1	1	1	1	1	1	1	1	1	1

3）寄存器及编码电路。7 个 D 触发器在时钟脉冲 CP 的作用下，将比较器的输出结果暂存，提供给代码转换电路进行编码，从而输出 3 位二进制数，实现模拟量到数字量的转换。真值表如表 6-1 所示。

这种转换电路的优点是并行转换，转换速度快（ns 级），因此在高速 ADC 中应用广泛。其缺点是所用的硬件数量多。二进制代码每增加一位，分压电阻、比较器、寄存器的数量都要成倍增加。对于 n 位二进制代码，需要 2^n 个电阻，$(2^n - 1)$ 个比较器、$(2^n - 1)$ 个寄存器和复杂的编码电路。

2. 逐次逼近型 A/D 转换器

逐次逼近型 A/D 转换器是一种反馈比较型 A/D 转换器。它进行 A/D 转换的过程类似于用天平称质量。把砝码从大到小依次置于天平上，与被称物体比较，若砝码比物体轻，则保留该砝码，否则去掉，直至称出物体质量为止。例如，设砝码质量分别为 8g、4g、2g、1g，要称量质量为 11g 的物体，如果砝码保留记为 1，去掉记为 0，则被称量物体的质量可表示为二进制数 1011。

图 6-7 所示为逐次逼近型 A/D 转换器的原理图。

当电路收到启动信号后，首先将寄存器置零，之后第一个 CP 时钟脉冲到来时，逻辑控制电路先将寄存器的最高

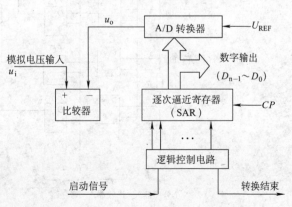

图 6-7　逐次逼近型 A/D 转换器电路

位 D_{n-1} 置1，送入 D/A 转换器，此时，D/A 转换器输出模拟电压 u_o，该电压与 u_i 进行比较，若 $u_i \geqslant u_o$，则保留这一位，否则将该位置0；第二个 CP 到来时，逻辑控制电路使寄存器的次高位 D_{n-2} 置1，并与 D_{n-1} 一起送入 D/A 转换器，再次转换成模拟电压 u_o，该电压再与 u_i 进行比较，若 $u_i \geqslant u_o$，则保留该位，否则将该位置0。此过程依次进行下去，直到最后一位 D_0 比较完毕。

此时寄存器中的 n 位数字量即为模拟输入电压所对应的数字量。通常，从清0到输出数据完成 n 位转换，需要 $n+2$ 个 CP 脉冲。

此电路的工作速度比并行比较型慢，属于中速 ADC，但由于转换精度高，电路简单，因而被广泛使用。

3. 双积分型 A/D 转换器

双积分型 A/D 转换器是一种间接型 A/D 转换器。它首先将输入模拟信号变换成与其成正比的时间间隔，在此时间间隔内对固定频率的时钟脉冲信号进行计数，所获得的计数值正比于输入模拟信号的数字量。

图6-8是双积分型 A/D 转换器的原理框图。它由积分器、比较器、计数器、逻辑控制、CP 信号等部分组成。其工作波形如图6-9所示。

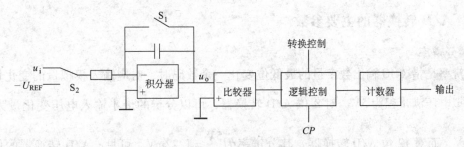

图6-8　双积分型 A/D 转换器原理框图

电路开始工作时，开关 S_1 闭合，电容 C 放电，积分器输出电压 $u_o = 0$。计数器同时清0。

第一次积分：开关 S_1 断开，S_2 接模拟信号 u_i，积分器开始第一次对 u_i 积分。u_i 通过 R 对 C 充电，充电电流为 u_i / R，积分器输出 u_o 由0变负，比较器输出为1，控制电路允许计数器从0开始对周期为 T_C 的时钟脉冲 CP 计数。在此期间，由于输入信号 u_i 是一个常数，所以 t_1 时刻积分器的输出电压为：

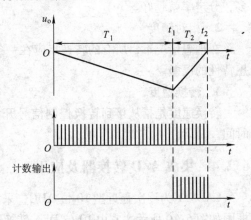

$$u_o(t_1) = -\frac{1}{RC} \int_0^{t_1} u_i \mathrm{d}t = -\frac{u_i}{RC} T_1$$

图6-9　双积分型 A/D 转换器波形图

当计数器计到满量程值 $N = 2^n$ 时，计数器复位到初始的0状态，同时通过逻辑控制电路使 S_2 打到 $-U_{REF}$ 位置。到此第一次积分结束，对应的时间为 $T_1 = N \times T_C$。

第二次积分：第一次积分结束后，S_2 打到 $-U_{REF}$ 位置，开始第二次对 $-U_{REF}$ 的积分，同时计数器重新由 0 开始计数。因 U_{REF} 与 u_i 相反，故第二次为反向积分，电容以恒定电流 $-\dfrac{U_{REF}}{R}$ 放电，积分器输出从负值开始上升，当积分器输出上升到 $u_i = 0$ 时，第二次积分结束，积分时间 $T_2 = T_C \times D$。因此有：

$$u_o(t_1) = u_o(t) - \frac{1}{C}\int_{t_1}^{t_2} -\frac{U_{REF}}{R}dt = -\frac{u_i}{RC}T_1 + \frac{U_{REF}}{RC}T_2 = 0$$

由此得：$\dfrac{U_{REF}}{RC}T_2 = \dfrac{u_i}{RC}T$，$T_2 = \dfrac{u_i}{U_{REF}}T_1$

又因为 $T_1 = NT_C$，$T_2 = T_C \times D$，而 $N = 2^n$，所以：

$$D = \frac{u_i}{U_{REF}}2^n$$

可见，计数值与输入电压 u_i 成正比，从而实现了从模拟量到数字量的转换。

双积分型 A/D 转换器的优点是工作性能稳定，抗干扰能力较强，电路结构简单。其主要缺点是转换速度较低。在对转换精度要求较高，而对转换速度要求较低的场合，如数字万用表等检测仪器中应用非常广泛。

6.2.3　A/D 转换器的主要参数

1. 分辨率

分辨率是指 ADC 输出数字量的最低位变化一个数码时，对应输入模拟量的变化量。如输入模拟电压满量程为 5V，对 8 位 A/D 转换器，可以分辨的最小输入电压变化量为 $\dfrac{5V}{2^8} = 19.53mV$，而对 12 位 A/D 转换器，其分辨率为 $\dfrac{5V}{2^{12}} = 1.22mV$，可见，A/D 转换器的位数越多，分辨率就越好。

2. 相对精度

在理想情况下，所有的转换点应在一条直线上，相对精度是指实际的各个转换点偏离理想特性的误差。

3. 转换速度

转换速度是指从接到转换控制信号开始，到输出端得到稳定的数字输出信号所经过的时间。

6.2.4　集成 A/D 转换器及应用

CAD571 为逐次逼近型 10 位 ADC，采用双极型工艺，具有较高的转换精度，内部原理框图如图 6-10 所示。它由 10 位 D/A 转换器、10 位逐次逼近寄存器及时钟发生器、比较器、三态输出缓冲器、基准电压和控制逻辑等电路组成。它的特点是内部有时钟发生器和基准电压电路，故不需外接时钟脉冲和基准电压 U_{REF}，并能与计算机接口，使用非常方便。

CAD571 由 +5V 电源和 -5V 电源供电。允许输入单极性模拟电压 0～10V 和双极性模拟电压 -5～+5V，并通过 BOF 端的电平进行控制，当 BOF 接地时，为单极性输入，当 BOF 接高电平或悬空时，为双极性输入。当转换控制信号 $B/\overline{C}$ 由高电平变为低电平时，转

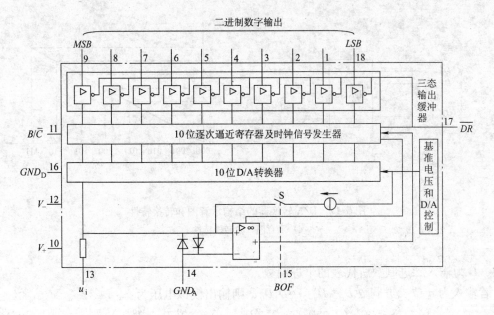

图 6-10　CAD571 原理框图

换开始。10 位逐次逼近寄存器在内部时钟脉冲作用下，从高位到低位逐次改变权码，10 位 D/A 转换器依次转换，并提供输出电流，该电流与输入电流通过 $5k\Omega$ 的电阻相平衡。根据对应于每个逐次加上的权码，D/A 转换器产生的输出电流是大于还是小于输入电流，来确定比较结果，并经比较器输出端反馈到 10 位逐次逼近寄存器，控制权码的去留。若 D/A 转换器输出电流大于输入电流，则该位权码消除，反之该位权码保留，转换结果存放于 10 位逐次逼近寄存器中，等所有位比较结束后，一次转换操作就完成了，此时 $\overline{DR}$（数据准备控制端）由高电平变为低电平，使转换结果通过 10 位三态缓冲器输出二进制数字信号。当 $B/\overline{C}$ 端再次变为高电平时，电路转为休止状态，输出三态缓冲器变为高阻态，同时 10 位逐次逼近寄存器被清零，为下一次的转换做好准备。

6.3　数/模转换器

6.3.1　D/A 转换器的基本原理

数字量是用二进制代码按数位组合起来表示的，D/A 转换器（DAC）是将一组输入的二进制数转换成相应数量的模拟电压或电流输出的电路。对于有权码，每位代码都有一定的权，因此，要把数字量转换为模拟量，必须将每一位代码按其权的大小转换成相应的模拟量，然后将代表各位的模拟量相加，其和就是与该数字量成正比的模拟量。

D/A 转换器的结构示意图如图 6-11a 所示，图中 $D_0 \sim D_{n-1}$ 是输入的 n 位二进制数，u_0 或 i_0 是与输入二进制数成正比的输出电压或电流。

图 6-11b 是输入为 3 位二进制数时 D/A 转换器的转换特性。所谓转换特性，是指输出模拟量和输入数字量之间的转换关系。理想的 D/A 转换器的转换特性，是输出模拟量与输入数字量成正比。即输出模拟电压 $u_0 = k_u D$ 或 $i_0 = k_i D$，其中 k_u 和 k_i 为电压、电流转换比例

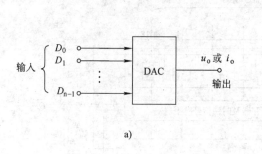 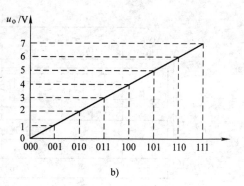

a)

b)

图 6-11　D/A 转换器的结构示意图和转换特性

a）示意图　b）转换特性

系数，D 为输入二进制数所代表的十进制数。

若输入为 n 位二进制数 $D_{n-1}D_{n-2}\cdots D_1D_0$，则输出模拟电压为：

$$u_o = k_u(2^{n-1}D_{n-1} + 2^{n-2}D_{n-2} + \cdots + 2^1 D_1 + 2^0 D_0) \tag{6-1}$$

根据这一基本思想，能实现 D/A 转换的电路很多，目前主要采用两种：权电阻网络型和倒 T 型电阻网络型。

6.3.2　常用 D/A 转换器

1. 权电阻网络 D/A 转换器

图 6-12 所示是 4 位二进制数的二进制权电阻网络 D/A 转换器的原理图。其中 $D_3D_2D_1D_0$ 是输入的 4 位二进制数。

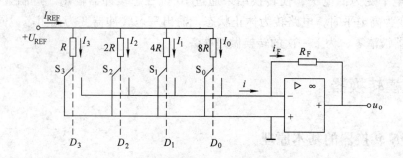

图 6-12　权电阻网络 D/A 转换器原理图

电路由四部分组成：

1）参考电压 U_{REF} 也叫基准电压，要求精度高，稳定性好。

2）电子模拟开关 S_0、S_1、S_2、S_3 由电子器件构成，分别受 D_0、D_1、D_2、D_3 控制。其对应关系是：当 $D_i = 1(i = 0，1，2，3)$，即为高电平时，相应的被控开关 S_i 接通运放的反相输入端，电流 I_i 流入放大器；当 $D_i = 0$，即为低电平时，相应的被控开关接地，电流 I_i 流入地。

3）权电阻 R、$2R$、$4R$、$8R$ 权电阻的数量与输入数字量的位数相同，其取值与二进制数各位的权成反比，每降低一位，电阻值增加一倍，使流过权电阻的电流与对应的位的位权成正比。

4）求和放大器由运算放大器构成。将各权电阻支路电流在运放中相加，通过反馈电阻 R_F 在输出端得到与输入数字信号成正比的模拟电压。

由图 6-12，根据运算放大器虚地的概念，可求出流入放大器的总电流 i 为：

$$i = I_3 + I_2 + I_1 + I_0 = \frac{U_{REF}}{2^0 R} D_3 + \frac{U_{REF}}{2^1 R} D_2 + \frac{U_{REF}}{2^2 R} D_1 + \frac{U_{REF}}{2^3 R} D_0$$

$$= \frac{U_{REF}}{2^3 R} (2^3 D_3 + 2^2 D_2 + 2^1 D_1 + 2^0 D_0) \tag{6-2}$$

通常取 $R_F = R/2$，对应的求和放大器输出电压为：

$$u_o = -i_F R_F = -i \frac{R}{2}$$

$$= -\frac{U_{REF}}{2^4} (2^3 D_3 + 2^2 D_2 + 2^1 D_1 + 2^0 D_0) \tag{6-3}$$

由式（6-3）可知，输出模拟电压 u_o 与输入的数字信号成正比。当输入信号 $D_3 D_2 D_1 D_0 = 0000$ 时，输出电压 $u_o = 0$；当输入信号 $D_3 D_2 D_1 D_0 = 0001$ 时，输出电压 $u_o = -U_{REF}/16$……当输入信号 $D_3 D_2 D_1 D_0 = 1111$ 时，输出电压 $u_o = -15 U_{REF}/16$。

如果输入的是 n 位二进制数，则输出电压为：

$$u_o = -\frac{U_{REF}}{2^n} \sum_{i=0}^{n-1} 2^i D_i \tag{6-4}$$

权电阻网络 D/A 转换器的优点是结构简单，适用于各种有权码。缺点是电阻值范围太宽。如输入信号为 8 位二进制数时，若 $R = 10\text{k}\Omega$，则权电阻网络 D/A 转换器中，最小电阻为 $5\text{k}\Omega$，最大电阻为 $2^7 \times 10\text{k}\Omega = 1.28\text{M}\Omega$，要在这样广的阻值范围内保证每个电阻都有很高的精度是非常困难的，因此在集成 D/A 转换器中很少使用。

2. 倒 T 型电阻网络 D/A 转换器

图 6-13 所示是一个 4 位二进制数倒 T 型电阻网络 D/A 转换器的原理图。

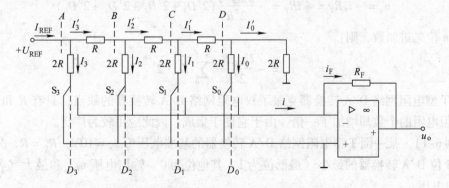

图 6-13 倒 T 型电阻网络 D/A 转换器原理图

该电路也由 4 部分组成：

1）基准电压 U_{REF}。

2）电子模拟开关 S_0、S_1、S_2、S_3 由输入数字量控制，当二进制数码为 1 时，对应的开

关将电阻 $2R$ 接运放反相输入端，为 0 时接地。

3）R-$2R$ 电阻解码网络。

4）求和运算放大器。

根据运算放大器"虚地"的概念可知：

① 分别从虚线 A、B、C、D 处向右看的二端网络的等效电阻都等于 R，因此电路中由 A 到 D 各节点电位逐渐减半，即：

$$U_A = U_{REF}, \quad U_B = U_A/2, \quad U_C = U_B/2, \quad U_D = U_C/2 \tag{6-5}$$

每节 $2R$ 支路中的电流也逐位减半，即：

$$I_3 = U_{REF}/2, \quad I_2 = I_3/2, \quad I_1 = I_2/2, \quad I_0 = I_1/2 \tag{6-6}$$

② 不论模拟开关接到运放的反相输入端（虚地）还是接到地，即不论输入数字信号是 1 还是 0，各支路电流都不变。

由图 6-13 可知，从参考电压输入的电流为 $I_{REF} = \dfrac{U_{REF}}{R}$，所以每节 $2R$ 支路的电流分别为：

$$I_3 = \frac{1}{2}I_{REF} = \frac{U_{REF}}{2R} \qquad I_2 = \frac{1}{4}I_{REF} = \frac{U_{REF}}{4R}$$

$$I_1 = \frac{1}{8}I_{REF} = \frac{U_{REF}}{8R} \qquad I_0 = \frac{1}{16}I_{REF} = \frac{U_{REF}}{16R}$$

流入运算放大器的电流为：

$$\begin{aligned} i &= I_0 D_0 + I_1 D_1 + I_2 D_2 + I_3 D_3 \\ &= \left(\frac{1}{16}D_0 + \frac{1}{8}D_1 + \frac{1}{4}D_2 + \frac{1}{2}D_3 \right) \frac{U_{REF}}{R} \\ &= \frac{U_{REF}}{2^4 R}(2^3 D_3 + 2^2 D_2 + 2^1 D_1 + 2^0 D_0) \end{aligned}$$

运算放大器输出的模拟电压为：

$$u_o = -i_F R_F = -i R_F = -\frac{U_{REF} R_F}{2^4 R}(2^3 D_3 + 2^2 D_2 + 2^1 D_1 + 2^0 D_0) \tag{6-7}$$

若输入 n 位二进制数，则：

$$u_o = -\frac{U_{REF} R_F}{2^n R} \sum_{i=0}^{n-1} D_i \cdot 2^i \tag{6-8}$$

倒 T 型电阻网络 D/A 转换器克服了权电阻网络 D/A 转换器的缺点，只有 R 和 $2R$ 两种电阻，但电阻的个数却增加了一倍。由于它便于集成，因此应用较为广泛。

【例 6-1】 某一倒 T 型电阻网络 D/A 转换器的基准电压 $U_{REF} = 10V$，$R_F = R$，分别求出 4 位和 8 位 D/A 转换器的最小（最低位为 1，其他位为 0）输出电压 u_{omin} 和最大（各位全为 1）输出电压 u_{omax}。

解 4 位 D/A 转换器的最小输出电压为：

$$u_{omin} = -\frac{U_{REF} R_F}{2^4 R} \times 1 \times 2^0 = -\frac{10}{2^4} \times 1 \times 2^0 V = -0.625V$$

8 位 D/A 转换器的最小输出电压为：

$$u_{omin} = -\frac{U_{REF}R_F}{2^8 R} \times 1 \times 2^0 = -\frac{10}{2^8} \times 1 \times 2^0 \text{V} = -0.04\text{V}$$

4 位 D/A 转换器的最大输出电压为：

$$u_{omax} = -\frac{U_{REF}R_F}{2^4 R} \times (2^4 - 1) = -\frac{10}{2^4} \times (2^4 - 1)\text{V} = -9.375\text{V}$$

8 位 D/A 转换器的最大输出电压为：

$$u_{omax} = -\frac{U_{REF}R_F}{2^8 R} \times (2^8 - 1) = -\frac{10}{2^8} \times (2^8 - 1)\text{V} = -9.96\text{V}$$

6.3.3 D/A 转换器的主要参数

1. 分辨率

分辨率是指 D/A 转换器所能产生的最小输出电压与最大输出电压（满刻度输出电压）的比值。最小输出电压就是对应于输入数字量最低位（LSB）为 1，其余各位为 0 时的输出电压，记为 U_{LSB}；满度输出电压就是对应于输入数字量的各位全是 1 时的输出电压，记为 U_{FSR}。对于一个 n 位的 D/A 转换器，分辨率可表示为：$\dfrac{U_{LSB}}{U_{FSR}} = \dfrac{1}{2^n - 1}$。

分辨率与 D/A 转换器的位数有关，位数越多，能够分辨的最小输出电压变化量就越小。例如一个 10 位的 D/A 转换器，其分辨率为：$\dfrac{1}{2^{10} - 1} = \dfrac{1}{1023} \approx 0.001$。

2. 转换精度

D/A 转换器的转换精度是指输出模拟电压的实际值与理想值之差，即最大静态转换误差。该误差是由于参考电压偏离标准值、运算放大器的零点漂移、模拟开关的压降、电阻阻值的偏差以及转换器的位数引起的，是一个综合指标。通常要求 D/A 转换器的误差小于 $U_{LSB}/2$。

3. 输出建立时间

从输入数字信号起，到输出电压或电流达到稳定值时所需要的时间，称为输出建立时间。它是反映 D/A 转换器工作速度的指标。目前，在不包含参考电压源和运算放大器的单片集成 D/A 转换器中，建立时间一般不超过 $1\mu\text{s}$。

6.3.4 集成 D/A 转换器及应用

集成 D/A 转换器的种类很多。按输入的二进制的位数分类，有 8 位、10 位、12 位和 16 位等。按器件内部电路的组成部分又可分为两大类：一类器件的内部只包含电阻网络和模拟开关两部分，常用于一般的电子电路中；另一类内部不仅具有电阻网络和模拟开关，还具有数据锁存器，另外还有片选控制和数据输入控制端，便于和微机处理器进行接口，多用于微机控制系统中。

1. DAC0808

DAC0808 是 8 位并行 D/A 转换器，属于第一类。它的引脚排列如图 6-14a 所示，其典型实用 D/A 转换电路如图 6-14b 所示。DAC0808 使用方便，只要给芯片提供 +5V 和 -5V 电源，并加上一定的参考电压 U_{REF}，在各输入端上加上对应的 8 位二进制数字量，电路的输出端即可获得相应的模拟量。

DAC0808 以电流的形式输出，一般输出电流可达 2mA。当负载阻抗较高时，可直接将负载接到 DAC0808 的输出端，如图 6-14b 中的 R_L，在 R_L 上得到负向输出电压。为了增强 DAC0808 的带负载能力，可在输出端接一个运算放大器。

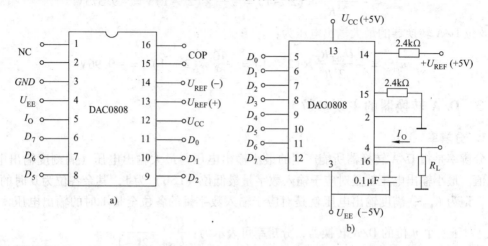

图 6-14 集成 D/A 转换器 DAC0808 的引脚图和实用转换电路

a) 引脚排列图 b) D/A 转换电路

2. CDA7524

CDA7524 是 CMOS8 位并行 D/A 转换器，属于第二类。此电路采用 CMOS 工艺，电源电压 U_{DD} 适用范围宽，可在 +5 ~ +15V 之间选择，其内部电路如图 6-15 所示。

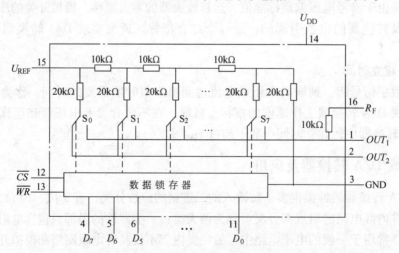

图 6-15 CDA7524 的内部结构

它包含倒 T 型电阻网络、CMOS 模拟开关和一个数据锁存器。其基准电压 U_{REF} 可正可负，当 U_{REF} 为正时，输出电压为负；反之当 U_{REF} 为负时，输出电压为正。$\overline{CS}$ 为片选信号，$\overline{WR}$ 为写信号，均为低电平有效。$D_0 \sim D_7$ 为 8 位数据输入端，其电平与 TTL 电平兼容。OUT_1 和 OUT_2 为输出端，内部已包含了反馈电阻 R_F。一般的集成 DAC 都不包含求和运算放大器，使用时需外接求和运算放大器。

1）CDA7524 的单极性输出应用。图 6-16 所示为 CDA7524 的单极性输出应用电路，图中的电位器 RP 用于调整求和运算放大器 A_1 的增益，电容 C 用以消除放大器的自激，其值一般取 10 ~ 15pF。

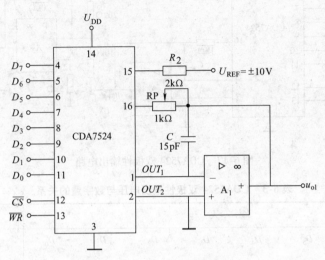

图 6-16　CDA7524 单极性输出电路

表 6-2 给出了输入 8 位数字量与对应输出模拟电压之间的关系，输出电压的极性取决于 U_{REF} 的极性。

表 6-2　CDA7524 单极性输出电压与数字量的关系

输　入								输　出
D_7	D_6	D_5	D_4	D_3	D_2	D_1	D_0	u_{ol}
1	1	1	1	1	1	1	1	$\pm 255/256 U_{REF}$
1	0	0	0	0	0	0	1	$\pm 129/256 U_{REF}$
1	0	0	0	0	0	0	0	$\pm 128/256 U_{REF}$
0	1	1	1	1	1	1	1	$\pm 127/256 U_{REF}$
0	0	0	0	0	0	0	1	$\pm 1/256 U_{REF}$
0	0	0	0	0	0	0	0	0

2）CDA7524 的双极性输出应用。图 6-17 所示为 CDA7524 双极性输出应用电路。它是在单极性输出电路的基础上增加了一个运算放大器 A_2。

由图可知，电阻 R_3、R_4、R_5 和运算放大器 A_2 构成一个反向比例加法电路，对应的输入电压是基准电压 U_{REF} 和求和运算放大器 A_1 的输出电压 u_{ol}，根据图中电阻的参数 $R_5 = R_3 = 2R_4$，且 U_{REF} 为正，可得到输出电压为：

$$u_o = -U_{REF}\frac{R_5}{R_3} - u_{ol}\frac{R_5}{R_4} = -U_{REF} - 2u_{ol}$$

将表 6-2 中对应输入数字量的输出电压 u_{ol} 代入上式，可依次计算出图 6-17 的输出电压，如表 6-3 所示。由计算结果可知，该电路实现了双极性输出。

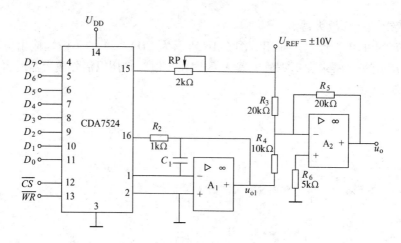

图 6-17　CDA7524 双极性输出电路

表 6-3　CDA7524 双极性输出电压与数字量的关系

输　　　入								输　　　出
D_7	D_6	D_5	D_4	D_3	D_2	D_1	D_0	u_o
1	1	1	1	1	1	1	1	$+127/128 U_{REF}$
1	0	0	0	0	0	0	1	$+1/128 U_{REF}$
1	0	0	0	0	0	0	0	0
0	1	1	1	1	1	1	1	$-1/128 U_{REF}$
0	0	0	0	0	0	0	1	$-127/128 U_{REF}$
0	0	0	0	0	0	0	0	$-128/128 U_{REF}$

6.4　实验八　A/D-D/A 转换实验

1. 实验目的

1）了解模/数转换器（ADC）与数/模转换器（DAC）的基本工作原理；

2）熟悉集成 ADC0804、DAC0832 的功能及引脚引线，掌握正确使用方法。

2. 实验仪器

1）数字电路实验箱；

2）万用表；

3）集成器件：ADC0804、DAC0832、运放 μA741；

4）元件：10kΩ 电阻、47kΩ 电位器、10μF 电容、150pF 电容。

3. 实验内容

1）查阅集成电路手册，在图 6-18 中标出 ADC0804、DAC0832、μA741 的引脚序号。

2）按图 6-18 连接电路。

3）调节电位器使输入电压 U_i 分别为表 6-4 中的数值（使用万用表测试），记录相应的

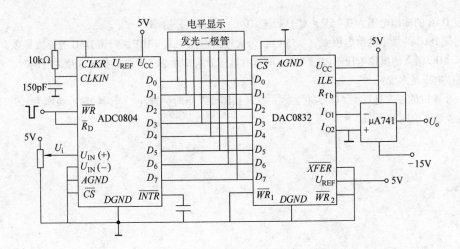

图 6-18　实验电路

ADC0804 输出数字信号和 DAC0832 输出的模拟信号，填入表中相应的位置。

表 6-4　实验数据记录表

输入电压 U_i/V	ADC0804 输出数字信号	DAC0832 输出模拟信号
	$D_7 D_6 D_5 D_4 D_3 D_2 D_1 D_0$	U_0/V
1.0		
1.5		
2.0		
2.5		
3.0		
3.5		
4.0		
4.5		

4. 实验报告

1）记录实验结果。

2）列表说明 ADC0804 和 DAC0832 各引脚的功能。

3）比较输入和输出电压值。

4）简述实验原理。

6.5　习题

1. 查找资料，了解 ADC0804 芯片的工作原理及使用方法。

2. 在双积分 ADC 中，对基准电压 U_{REF} 有什么要求？

3. 一个 8 位的倒 T 型 DAC，若 $R_F = 3R$，$U_{REF} = 6V$，试求输入数字为 00101010、01011011、11010110 时的输出电压值。

4. 设 DAC 的输出电压为 0 ~5V，对于 12 位 DAC，求它的分辨率。

5. 已知 DAC 的最小输出电压 $U_{LSB} = 55\text{mV}$，最大输出电压 $U_{FSR} = 10\text{V}$，问该 DAC 的位数是多少？

6. 若 ADC 输入的模拟电压不超过 10V，问基准电压 U_{REF} 应取多少？如转换成 8 位二进制时，它能分辨的最小模拟电压是多少？

7. 一个 8 位的逐次逼近型 ADC，它完成一次转换需要几个时钟脉冲？若时钟脉冲频率为 800kHz，则完成一次转换要多少时间？

第7章 CPLD/FPGA系统设计初步

7.1 CPLD/FPGA系统设计概述

可编程逻辑器件随着微电子制造工艺的发展取得了长足进步，从最初只能存储少量数据、完成简单逻辑功能的 PROM、EPROM、E^2PROM 到中大规模的具有数字逻辑功能 PAL、GAL，再到可以完成超大规模的复杂组合逻辑和时序逻辑的 CPLD（复杂可编程逻辑器件）和 FPGA（现场可编程逻辑器件）。

CPLD/FPGA 具有大规模、高集成度、高可靠性的优点，同时克服了普通 ASIC（全定制芯片）设计周期长、投资大、灵活性差的缺点，逐步成为复杂数字硬件电路设计的理想首选。

7.1.1 CPLD/FPGA的基本结构和特点

CPLD/FPGA 具有以下特点：

芯片规模越来越大。随着 VLSI（超大规模集成电路）工艺的提高，FPGA 芯片单片逻辑门数达到千万。芯片的规模越大，实现的功能就越强，同时也更适合实现片上系统开发。

开发过程投资小。CPLD/FPGA 芯片开发设计灵活，可直接修改错误，减少了风险投资。许多复杂系统使用 FPGA 完成，设置设计 ASIC 也把实现 FPGA 功能样机作为必要步骤。

开发工具智能化，功能强大。CPLD/FPGA 开发工具可以完成从输入、综合、实现到配置芯片一系列功能，有些工具还可进行仿真、优化、约束、在线调试等功能，且这些工具易学易用。

新一代的 FPGA 甚至集成了 CPU 或 DSP 内核，在一片 FPGA 上进行软硬协同设计，为实现 SOPC（片上可编程系统）提供了强大的硬件支持。

1. CPLD的基本结构

CPLD 一般都是基于乘积项结构，其结构相对比较简单，主要由可编程 I/O 单元、基本逻辑单元、布线池和其他辅助功能模块构成，如图 7-1 所示。

（1）可编程 I/O 单元

输入/输出单元简称 I/O 单元，是芯片与外界电路的接口部分，完成不同电气特性下对输入输出信号的驱动与匹配需求。可编程 I/O 单元可以通过软件的灵活配置，适配不同的电气标准和 I/O 物理特性，或调整匹配阻抗特性，上下拉电阻等。但是 CPLD 应用范围局限性较大，I/O 的性能和复杂度与 FPGA 相比有一定的差距，支撑的 I/O 标准较少，频率也较低。

（2）基本逻辑单元

CPLD 中基本逻辑单元是宏单元。宏单元就是由一些与、或阵列加上触发器构成的，其中"与或"阵列完成组合逻辑功能，触发器用以完成时序逻辑。

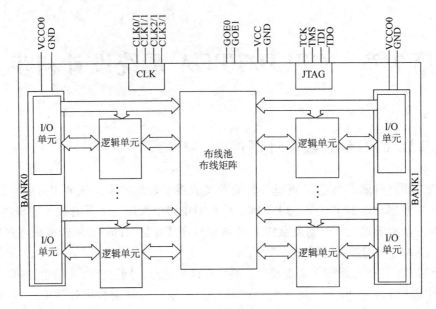

图 7-1 CPLD 结构示意图

与 CPLD 基本逻辑单元相关的一个重要概念是乘积项。所谓乘积项就是宏单元中与或阵列的输出，其数量标志了 CPLD 容量。乘积项阵列实际上就是一个"与或"阵列，每一个交叉点都是一个可编程熔丝，如果导通就是实现"与"逻辑，在"与"阵列后一般还有一个"或"阵列，用以完成最小逻辑表达式中"或"的关系。

（3）布线池、布线矩阵

CPLD 中的布线资源相对 FPGA 要简单、有限，一般采用集中式布线池结构。布线池其本质就是一个开关矩阵，通过打结点可以完成不同宏单元的输入与输出项之间的连接。由于 CPLD 器件内部互联资源比较缺乏，所以在某些情况下器件布线时会遇到一定的困难。CPLD 的布线池结构固定，故 CPLD 的输入引脚到输出引脚的标准延时固定，被称为 Pin to Pin 延时，用 Tpd 表示，Tpd 延时反映了 CPLD 器件可以实现的最高频率和 CPLD 器件的速度等级。

（4）其他辅助功能模块

如 JTAG 编程模块，一些全局时钟、全局使能、全局复位/置位单元等。

2. FPGA 的基本结构

FPGA 一般都是 SRAM 工艺，其结构基于查找表加寄存器结构。主要由可编程输入/输出单元、基本可编程逻辑单元、嵌入式块 RAM、布线资源、底层嵌入功能单元和内嵌专用硬核等，FPGA 结构示意图如图 7-2 所示。

（1）可编程输入/输出单元（I/O 单元）

FPGA 的可编程 I/O 单元与 CPLD 的可编程 I/O 单元功能一致。但 FPGA 的可编程 I/O 的性能和复杂度比 CPLD 要高。一些高端 FPGA 的可编程 I/O 单元支持高达 2Gbit/s 的数据速率。

（2）基本可编程逻辑单元

FPGA 的基本可编程逻辑单元是由查找表（LUT）和寄存器（Register）组成的，查找表

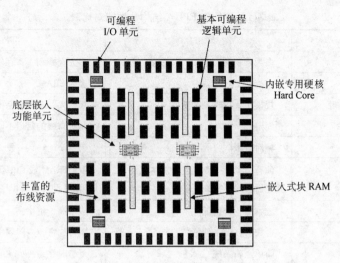

图 7-2　FPGA 结构示意图

完成纯组合逻辑功能。FPGA 内部寄存器可配置为带同步/异步复位和置位、时钟使能的触发器，也可以配置成为锁存器。基本可编程单元的配置是一个寄存器加一个查找表，但不同厂商的寄存器和查找表的内部结构有一定的差异，且寄存器和查找表的组合模式不同。

器件选型和规模估算可用器件的 Register 或 LUT 的数量衡量。

（3）嵌入式块 RAM

目前大多数 FPGA 都有内嵌的块 RAM，大大拓展了 FPGA 的应用范围和使用灵活性。嵌入式块 RAM 可以灵活配置为单端口 RAM、双端口 RAM、伪双端口 RAM、CAM、FIFO 等常用存储结构。不同器件系列的内嵌块 RAM 的结构不同。根据设计需求，块 RAM 的数量和配置方式也是器件选型的一个重要标准。

（4）布线资源

布线资源连通 FPGA 内部所有单元，连线的长度和工艺决定着信号在连线上的驱动能力和传输速度。按照工艺、长度、宽度和分布位置可将这些布线资源划分为：全局性的专用布线资源（用来完成器件内部的全局时钟和全局复位/置位的布线）、长线资源、短线资源和其他资源。

由于在设计过程中，往往由布局布线器自动根据输入的逻辑网表的拓扑结构和约束条件选择可用的布线资源连通所用的底层单元模块，所以常常忽略布线资源。其实布线资源的优化与使用和实现结果有直接关系。

（5）底层嵌入功能单元

底层嵌入功能单元指通用程度较高的嵌入式功能模块，如 PLL、DSP、CPU 等。随着FPGA 的发展，这些模块越来越多地嵌入到 FPGA 内部，以满足不同设计需求。

（6）内嵌专用硬核

内嵌专用硬核主要指那些通用性相对较弱，不是所有 FPGA 器件都包含的硬核，与前面"底层嵌入功能单元"有区别。

3. CPLD/FPGA 的对比

CPLD/FPGA 的结构、性能对照表如表 7-1 所示。

表 7-1　CPLD/FPGA 结构、性能对比表

项目	CPLD	FPGA
结构	多为乘积项	多为查找表＋寄存器结构
工艺	多为 E^2PROM	多为 SRAM
规模与逻辑复杂度	规模小，逻辑复杂度低	规模大，逻辑复杂度高
布线的延迟	固定	每次布线的延迟不同
布线资源	相对有限	丰富
编程与配置	编程器烧写 ROM 或 ISP 在线编程，掉电后程序不丢失	BOOTRAM 或 CPU/DSP 在线编程，多数属 RAM 型掉电后程序丢失
成本与价格	成本低，价格低	成本高，价格高
保密性能	可加密，保密性好	不可加密，一般保密性较差
适用设计类型	简单逻辑系统	复杂时序系统

7.1.2　CPLD/FPGA 的设计方法

　　完整的 CPLD/FPGA 设计流程包括电路设计与输入、功能仿真、综合、综合后仿真、设计实现、布线后仿真与验证、编程与配置、硬件调试等主要步骤，如图 7-3 所示。

7.1.3　CPLD/FPGA 的编程语言和开发工具

1. 可编程逻辑器件编程语言

　　硬件描述语言（Hardware Description Language，HDL）是描述数字电路系统硬件的功能和行为的语言，不同于一般意义上的计算机高级语

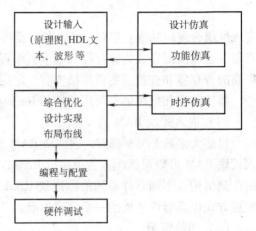

图 7-3　基于 CPLD/FPGA 的基本设计流程

言，不是经过 CPU 单步执行的。硬件描述语言主要包括 ABEL-HDL、Verilog-HDL、VHDL和 AHDL。

　　ABEL-HDL 是美国 DATA I/O 公司开发的硬件描述语言，是在早期的简单可编程逻辑器件（如 GAL）基础上发展起来的。ABEL-HDL 支持布尔表达式、真值表、状态图等逻辑描述方式，在 GAL 开发方面仍具有明显优势，但与 VHDL、Verilog-HDL 相比，在描述复杂的大规模逻辑设计时显得逊色。

　　Verilog-HDL 是目前最广泛应用的硬件描述语言之一。1983 年由美国 GDA 公司首创，1990 年由 Cadence 公司公开 Verilog-HDL 语言并成立专门组织负责发展，1995 年 IEEE 制定了 Verilog-HDL 的 IEEE 标准。Verilog-HDL 适合于 RTL 级和门电路的描述。Verilog-HDL 把一个数字系统当做一组模块进行描述，每个模块具有模块的接口以及关于模块内容的描述。一个模块代表一个逻辑单元，模块间用网络互相连接，相互通信。

　　VHDL（超高速集成硬件描述语言）是美国国防部于 20 世纪 80 年代出于军工需要开发的，1984 年被 IEEE 确定为标准化硬件描述语言。VHDL 语言适合数字电路系统行为级和

RTL 级的描述，由于 VHDL 语言的抽象描述能力最强，故在运用 VHDL 进行复杂电路设计时，往往采用自顶向下分层设计的方法。

Verilog- HDL 和 VHDL 各有所长，市场占有量相差不多。

AHDL 语言是 Altera 公司为开发自己的产品而专门设计的语言，目前尚没有成为国际通用标准。

2. 可编程逻辑器件开发工具

目前支持 CPLD/FPGA 设计的软件有多种，有的是由芯片制造商提供的，如 Altera 公司开发的 MAX + Plus Ⅱ 软件包和 Quartus Ⅱ 软件包，Xilinx 公司开发的 Foundation 软件包和 ISE 软件包，Lattice 开发的适用于 ispLSI 器件的 ispEXPERT system、ispDesign EXPERT 软件包；有的是由专业的 EDA 软件商提供的，成为第三方设计软件，如 Cadence、Mental、DATA I/O、Viewlogic、Synopsys 公司设计的软件。第三方设计软件往往能开发多家公司的器件，在利用第三方软件设计具体型号的器件时，需要器件制造商提供器件库和适配器软件。

7.2　Quartus Ⅱ软件平台简介

7.2.1　Quartus Ⅱ软件简介

Quartus Ⅱ 软件是 Altera 公司新一代 EDA 设计工具，由该公司最初的 MAX + Plus Ⅱ 演变而来。不仅继承了 MAX + Plus Ⅱ 工具的优点，更提供了对新器件和新技术的支持，集成了 Altera 的 CPLD/FPGA 开发流程中所涉及的所有工具和第三方软件接口。通过使用此综合开发工具，设计者可以创建、组织和管理自己的设计。

Quartus Ⅱ 支持多种编辑输入法，包括图形编辑输入法、VHDL、Verilog HDL 的文本编辑输入法、符号编辑输入法以及内存编辑输入法。Quartus Ⅱ 与 MATLAB 和 DSP Builder 结合可进行基于 FPGA 的 DSP 系统开发，是 DSP 硬件系统实现的关键 EDA 工具，与 SOPC Builder 结合，可实现 SOPC 系统开发。

Quartus Ⅱ 开发系统具有以下主要特点：

1）支持多时钟定时分析、LogicLock™基于块的设计、SOPC（可编程片上系统）、内嵌 SignalTap Ⅱ 逻辑分析器和功率估计器等高级工具。

2）易于引脚分配和时序约束。

3）具有强大的 HDL 综合能力。

4）支持的器件种类众多，主要有 Straix 系列、Cyclone 系列、Cyclone Ⅱ 系列、HardCopy 系列、APES Ⅱ 系列、FLEX10K 系列、FLEX6000 系列、MAX Ⅱ 系列等。

5）包含 MAX + Plus Ⅱ 的 GUI，且容易使 MAX + Plus Ⅱ 的工程平稳过渡到 Quartus Ⅱ 的开发环境。

6）对于 Fmax 的设计具有很好的效果。

7）支持 Windows、Linux、Solaris 等多种操作系统。

8）提供第三方工具（如综合、仿真等）链接。

Quartus Ⅱ 软件默认的启动界面如图 7-4 所示，由标题栏、菜单栏、工具栏、资源管理窗口、编译状态显示窗口、信息显示窗口和工程工作区等组成。

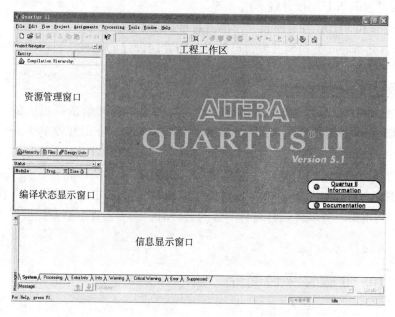

图 7-4　Quartus Ⅱ软件默认的启动界面

7.2.2　Quartus Ⅱ软件设计流程

利用 Quartus Ⅱ软件进行开发设计可分为设计输入、工程编译、仿真分析、编程下载四个步骤，Quartus Ⅱ软件设计的一般开发流程如图7-5 所示。

1. 设计输入

用户的电路系统设计构思通过 Quartus Ⅱ软件输入的方式常用方法为：原理图输入和文本输入。使用分配编辑器（Assignment Editor）设定初始约束条件：引脚分配、时序约束等，一般引脚分配可在编程下载环节前完成，然后进行全编译。

2. 工程编译

工程编译包括了综合、布局布线、时序分析几个环节。综合就是将 HDL 语言、原理图等设计输入翻译成由与门、或门、非门、RAM 和触发器等基本逻辑单元组成的逻辑链接（网络表），并根据目标与要求（约束条件）优化所生成的逻辑链接，输出 edf 或 vqm 等标准格式的网络表文件，供布局布线器实现。可使用 Quar-

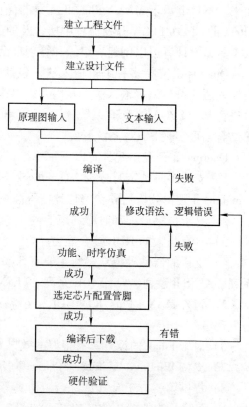

图 7-5　Quartus Ⅱ软件设计的一般开发流程

tus Ⅱ的综合工具，也可使用第三方工具进行综合，如 Synplify、SynplifyPro 等。

布局布线的输入文件是综合后的网络表文件，Quartus Ⅱ软件中布局布线包含分析布局布线结果、优化布局布线、增量布局布线和通过反向标注分配等。

时序分析是允许用户分析设计中所有逻辑的时序性能，并协助引导布局布线满足设计中的时序分析要求。默认情况下，时序分析作为全编译的一部分自动运行，并观察和报告时序信息，可使用时序分析生成的信息分析、调试或验证设计的时序性能。

3. 仿真分析

仿真分为功能仿真和时序仿真。功能仿真主要验证电路功能是否符号设计要求，时序仿真包含延时信息，能较好地反映芯片设计的实际工作情况。可使用 Quartus Ⅱ集成的仿真工具，也可使用第三方工具进行仿真，如 ModelSim、Aldec HDL 等。

4. 编程下载

在全编译成功后，对 Altera 器件进行编程或配置，包括 Assemble（生成编程文件）、Programmer（建立包含设计所用器件名称和选项的链式文件）和转换编程文件等。

7.3 VHDL 语言编程基础

VHDL 的英文全称是 VHSIC（Very High Speed Integrated Circuit）Hardware Description Language，于 1983 年由美国国防部（DOD）发起创建，由 IEEE 进一步发展并在 1987 年作为"IEEE 标准 1076"发布。从此，VHDL 成为硬件描述语言的业界标准之一，并在电子设计领域得到广泛应用。

1993 年，IEEE 对 VHDL 进行了修订，从更高的抽象层次和系统描述能力上扩展 VHDL 的内容，公布了新版本 VHDL，即"IEEE 标准 1076-1993"。目前最新 VHDL 标准版本是 IEEE1076-2002。

VHDL 语言具有很强的电路描述和建模能力，能从多个层次对数字系统进行建模和描述，大大简化了硬件设计任务，提高了设计效率和可靠性。

VHDL 支持各种模式的设计方法：自顶向下与自底向上或混合方法，在面对当今许多电子产品生命周期缩短，需要多次重新设计以融入最新技术、改变工艺等方面，具有良好的适应性。

7.3.1 VHDL 程序设计基本结构

一个相对完整的 VHDL 程序通常包含实体（ENTITY）、结构体（ARCHITECTURE）、配置（CONFIGURATION）、程序包（PACKAGE）和库（LIBRARY）5 部分，如图 7-6 所示。

先通过一个 VHDL 程序来了解 VHDL 程序的基本结构。

【例 7-1】 2 输入与非门 VHDL 设计。

2 输入与非门的逻辑图如图 7-7 所示，该电路有两个输入端 a、b，一个输出端 y。

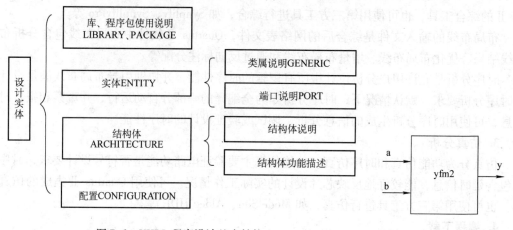

图 7-6　VHDL 程序设计基本结构　　　　图 7-7　2 输入与非门

```
LIBRARY IEEE;                          --调用 IEEE 库
USE IEEE. STD_LOGIC_1164. ALL;         --调用 IEEE 库的程序包 STD_LOGIC_1164
ENTITY yfm2 IS                         --实体说明
    PORT(a,b:IN STD_LOGIC;             --端口说明
            c:OUT STD_LOGIC);
END yfm2;
ARCHITECTURE one OF yfm2 IS            --结构体 one,用数据流描述方式
BEGIN
    c < = NOT(a AND b);
END one;

ARCHITECTURE two OF yfm2 IS            --结构体 two,用行为描述方式
BEGIN
    c < = '1 'WHEN(a = '0 ')AND(b = '0 ')ELSE
        '1 'WHEN(a = '0 ')AND(b = '1 ')ELSE
        '1 'WHEN(a = '1 ')AND(b = '0 ')ELSE
        '0 'WHEN(a = '1 ')AND(b = '1 ')ELSE
        '0 ';
END two;
CONFIGURATION sel OF yfm2 IS           --配置语句,指明用哪个结构体
FOR one;
END FOR;
END sel;
```

一个完整的 VHDL 程序是对一个元件的功能描述,上面例子给出的是一个 2 输入与非门的 VHDL 程序设计。

1) 库、程序包使用说明用于调用该设计实体需要用到的库、程序包。其中,程序包存放各个设计模块共享的数据类型、常数和子程序等,库是专门存放预编译程序包的地方。

例7-1的库、程序包说明部分表示打开 IEEE 标准库中的 STD_LOGIC_1164 程序包，这个程序包描述了标准的端口数据类型。

2）实体用于描述所设计的系统外观，是可视部分，在例 7-1 实体说明部分定义了两个输入信号（a、b）和一个输出信号（y），同时指出它们的数据类型都是 STD_LOGIC。

3）结构体用于描述系统内部的结构和功能，建立输入和输出之间的关系，是不可视部分。在一个实体中，可以含有一个或一个以上的结构体。

4）配置说明语句主要用于为实体选定某个特定的结构体，或者用于以层次化的方式对特定设计实体进行元件例化的情况。当实体只有一个结构体时，程序不需要配置说明。

5）VHDL 程序不区分大小写，本例为了阅读方便，将 VHDL 关键词用大写字母表示，用户自定义的标识符用小写字母表示。

1. 库 LIBRARY

通常，库中放置了不同数量的程序包，在程序包中又放置了不同数量的程序模块，包括函数、过程等基础设计单元。库可以看成用来存放预先完成的各种数据类型、子程序以及元件的仓库。库的好处就是设计者可以共享已经编译的设计结果。

在使用库之前，一定要进行库说明和程序包说明，从而在设计中可随时使用其中的内容。库和程序包说明总是放在实体说明的前面。

库说明语句的基本格式如下：

LIBRARY　　库名；

USE　库名. 程序包名. 项目名；

例如：

LIBRARY IEEE；

USE IEEE. STD_LOGIC_1164. ALL；

该例说明要使用 IEEE 库中的 STD_LOGIC_1164 程序包，关键词 ALL 代表程序包的所有项目。

VHDL 程序设计中常用的库有以下几种：

1）IEEE 库。这是 VHDL 设计中最常用的库，包括符合 IEEE 标准的程序包 STD_LOGIC_1164，大部分数字系统设计都是以此程序包中设定的标准为基础。另外 IEEE 库还包括一些虽非 IEEE 标准，但已成为事实的工业标准的程序包。一般基于 CPLD/FPGA 的数字系统设计调用这 4 个程序包已足够使用：STD_LOGIC_1164、STD_LOGIC_ARITH、STD_LOGIC_SIGNED、STD_LOGIC_UNSIGNED。

2）STD 库。STD 库中包含了 VHDL 语言定义的两个标准程序包，即 STANDARD 和 TEXTIO 程序包。在 VHDL 的每项设计中都自动打开 STD 库，不必像使用 IEEE 库那样用显式表达出来。

3）WORK 库。WORK 库是 VHDL 设计的现行工作库，用于存放用户设计和定义的一些设计单元和程序包，是用户的临时仓库。VHDL 标准规定 WORK 库总是可见的，在实际使用时也不需要显示说明。VHDL 综合器将设计项目所在文件夹默认为 WORK 库。

2. 程序包 PACKAGE

库由程序包组成，程序包是库结构中的一个层次。程序包包含预定义的一些常数、通用的数据类型、元件定义、子程序等。程序包中的内容应具有良好的适用性和独立性，提供给不同的设计实体访问或共享。使用包时可以用 USE 语句说明，例如：

USE IEEE. STD_LOGIC_1164. ALL；

除标准的程序包外，也可自定义程序包。程序包由程序包说明部分（程序包头）和程序包内容（程序包体）两部分组成。

在程序包结构中，程序包头可单独定义和使用；程序包体根据需要定义和使用。如果需要有元件或函数说明时，则必须有对应的程序包体。

3. 实体 ENTITY

用 VHDL 进行设计，无论是一个非门，或者一个 CPU 系统，都可以看作是一个"元件"。实体可以看作定义该元件的引脚，描述这个元件与外部电路之间的接口。

实体说明部分结构：

ENTITY 实体名 IS

［GENERIC(类属表)；］　　－－［］表示可选项

［PORT(端口表)；］

END 实体名；

其中，实体名是设计者给该设计电路的命名，最好根据电路的功能命名，如：4 位二进制计数器可命名为 counter4b，但必须遵守 VHDL 语言的标识符有关规则。另外注意不要用 EDA 工具库中定义好的器件名作为实体名，如：or2、nand2 等，以免混淆。中间方括号内的语句是实体的说明部分，包括类属（GENERIC）说明部分和端口（PORT）说明部分，这些内容在特定情况下非必需。

（1）类属说明语句

类属是一种端口界面常数，一般放在实体的说明部分，为所说明的环境提供一种静态信息。通过设置类属参数，设计者可以方便地修改电路的结构和规模。

类属语句的格式：

GENERIC(常数名:数据类型［:=设定值］)；

【例 7-2】　异步清零的 4 位计数器的设计。

LIBRARY IEEE；

USE IEEE. STD_LOGIC_1164. ALL；

USE IEEE. STD_LOGIC_UNSIGNED. ALL；

ENTITY cnt16 IS

GENERIC(cntwidth:integer:=4)；　　－－类属语句(将计数器的计数宽度设定为 4 位)

PORT(reset:IN STD_LOGIC；

　　　clk:IN STD_LOGIC；

　　　co:OUT STD_LOGIC；

　　　q:BUFFER STD_LOGIC_VECTOR(cntwidth－1　DOWNTO　0))

END cnt16；

ARCHITECTURE behav OF cnt16 IS

BEGIN

```
PROCESS(clk,reset)
BEGIN
    IF reset = '0 'THEN
        q < = (other = >'0 ');
    ELSIF clk 'EVENT AND clk = '1 'THEN
        IF q = "1111" THEN q < = "0000";co < = '1 ';
        ELSE   q < = q +1;
        END IF;
        END IF;
    END PROCESS;
END behav;
```

在本例中，改变 GENERIC 类属语句中的参数值可轻易改变计数器的模值，如：将 GENERIC（cntwidth：integer：=4）改为 GENERIC（cntwidth：integer：=3），计数器的模值就改为8。

（2）端口说明语句

关键词 PORT 引导的端口表是对设计实体外部端口的说明，定义了端口的名称、端口模式和数据类型。

端口说明的格式：

PORT（端口名：端口模式 数据类型；

　　　　端口名：端口模式 数据类型）；

端口名是设计者给实体的每个对外通道取的名字；端口模式指这些通道上数据流动的方向和方式，端口常用模式有4种，说明如表7-2所示；数据类型指端口上流动的数据的表达格式，端口数据类型常用的有 INTEGER、STD_LOGIC、STD_LOGIC_VECTOR 等。VHDL 要求只有相同数据类型的端口信号和操作数才能相互作用。

表7-2　端口模式说明

端口模式	说　明	符号示意图	备　注
IN	输入端口：通过此端口将数据读入设计实体	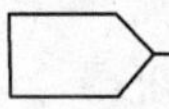	只可输入
OUT	输出端口：通过此端口将数据输出	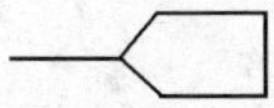	只可输出
INOUT	双向 I/O 口：通过该端口既可以输入信息，也可以输出信息	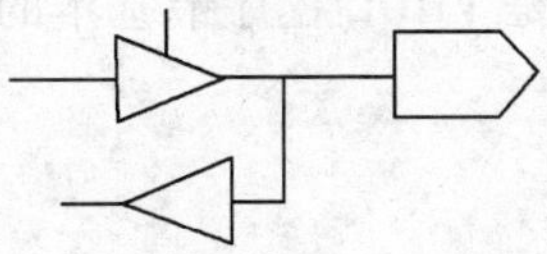	普通输出端口加入三态缓冲器和输入缓冲器构成
BUFFER	缓冲端口：具有数据读入功能的输出端口，即将信号输出到实体外部，同时也可在实体内部反馈	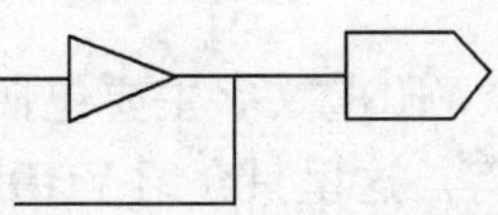	区别于 INOUT 端口模式的是回读信号不是从外部输入而是由内部产生并保存

4. 结构体 ARCHITECTURE

结构体是设计实体的具体实现，是 VHDL 设计中核心部分。结构体通过某种形式描述实体的行为和结构，即描述元件内部的结构和逻辑功能。一个实体可以有多个结构体，每个结构体代表实现该实体功能的不同方案，但必须用配置语句指明用于综合和仿真的结构体，在最终的硬件实现中，一个实体只能对应一个结构体。

结构体由两个基本层次组成：

1）对常数、数据类型、信号、元件和子程序等元素的说明部分；

2）描述实体逻辑行为的功能描述语句。

结构体的语句格式：

ARCHITECTURE 结构体名 OF　实体名 IS

【说明语句】

BEGIN

【功能描述语句】

END 结构体名；

其中，"实体名"必须是该结构体所对应的实体的名字，"结构体名"由设计者自定义。说明语句必须放在 BEGIN 之前，在一个结构体中说明的常数、数据类型、元件等只在该结构体中有效，如想用于其他实体和结构体，需要将其作为程序包处理，然后调用。但说明部分不是必须的。

结构体"功能描述部分"可以用 5 种不同类型的以并行方式工作的语句描述，分别是块结构、进程语句、信号赋值语句、子程序调用语句和元件例化语句。

5. 配置 CONFIGURATION

配置是 VHDL 程序的基本单元，用配置语句为一个设计实体配置不同的结构体，从而使设计者能够比较不同结构体的性能差别。另外，用配置语句为例化的元件实体指定结构体，也可配置语句对元件端口重新安排连接等。

配置语句只能在顶层设计文件中使用。通常配置是用来为较大规模的系统设计提供管理和组织的，主要用于 VHDL 仿真。

配置语句格式：

CONFIGURATION 配置名 OF 实体名 IS

配置说明语句；

END 配置名；

综上所述，实体和结构体是 VHDL 程序最基本的两个部分，其余各部分在特定情况下不是必需的。

7.3.2　VHDL 语言要素

1. VHDL 文字规则

VHDL 有自己的文字规则。VHDL 文字主要包括数值型文字和标识符。数值型文字包括数字型、字符串型、数位串型等。这里只介绍 VHDL 常用几种文字的规则和表达方式。

（1）标识符

VHDL 标识符的用法规定了 VHDL 语言中符号书写的一般规则，为电子系统设计的表示提供了约束和书写规范，避免产生歧义。VHDL 的标识符有关键字和自定义标识符两类。

自定义标识符是设计者在程序中给信号、变量、常数、端口等起的名字。

VHDL 的标识符不区分大小写，应遵守如下规定：

● 必须以英文字母开头。

● 可以使用 26 个大、小写英文字母、数字 0~9、下划线 "_"。

● 下划线不能连续使用，下划线前后必须有英文字母或数字，不能以下划线结尾。

● 不能使用 VHDL 的关键词。

【例 7-3】 判断下列哪些是合法标识符。

2FFT   coder3_8   adder-23 RST_   state0   RETURN

解 合法标识符有：coder3_8、state0。

非法标识符有：

2FFT：开头不是英文字母；

adder – 23：不能用符号 " – "；

RST_：不能用下划线结尾；

RETURN：是关键词。

在 VHDL 程序中用 " – – " 来加注释，对程序没有影响。

（2）下标名和段名

下标名用于表示数组型变量或信号的某一元素，格式为：标识符（表达式），如 A（1）、A（2）等，表示数组型信号或变量 A 的下标为 1 或 2 的元素。

段名是多个下标名的组合，用来指示数组型变量或信号的某一段元素，格式为：

标识符（表达式方向表达式）

标识符必须是数组型信号或变量的名字，表达式所代表的值必须在数组下标范围内。方向用 TO 或 DOWNTO 来表示，TO 表示下标序列由低到高，DOWNTO 表示下标序列由高到低。

【例 7-4】 下标名和段名表达示例。

SIGNAL A:STD_LOGIC_VECTOR（3DOWNTO 0）；

SIGNAL B:STD_LOGIC_VECTOR(0 TO 3)；

SIGNAL C:STD_LOGIC；

C < = B(3)；

在例 7-4 中，定义了信号 A 和 B，它们都是标准逻辑矢量数据类型 STD_LOGIC_VEC-TOR，根据 A、B 的段名表达可知，信号 A 从左到右（从高位到低位）的 4 个元素分别是 A（3）、A（2）、A（1）、A（0）；信号 B 从左到右的 4 个元素分别是 B（0）、B（1）、B（2）、B（3）。B（3）表示信号 B 中的最低位。

（3）字符和字符串型文字

字符是用单引号引起来的 ASCⅡ字符，如"R"；字符串是用双引号引起来的 ASCⅡ字符，如："X"、"ERROR" 等。

注意，字符和字符串文字是区分大小写的。例如：在 STD_LOGIC 数据类型的取值中 "X" 表示未知值，用"x" 则是错误的。

（4）数位串型文字

数位串型字符又称位矢量，表示二进制、八进制或十六进制的数组。数位串型字符的表示通常前面是数制基数，后面把要表示的数放在双引号中。数制基数用 B、O、X 分别代表二进制数、八进制数和十六进制数。

例如：B "1001_1011"：二进制数组，矢量长度是 8 位；

O "15"：八进制数组，矢量长度是 6 位（八进制的每个数字代表 3 位）。

注意，在语句中整数型 INTEGER 的数据表示不加引号，如 2、0 等；逻辑位的数据必须加引号，并且单个位的数据用单引号，多位数据用双引号，如 " 1 "、" 0 "、" 001 "、"11001" 等。

2. 数据对象

数据对象指可以接受赋值的目标。在 VHDL 中，数据对象就像一个容器，接受不同数据类型的赋值。数据对象主要有 3 种，即常量（CONSTANT）、信号（SIGNAL）、变量（VARIABLE）。

（1）常量

常量在程序中是个不变的值，相当于电路中的恒定值，如 V_{CC}、GND 等。常量的定义和设置是为了程序可读性强，程序修改方便快捷。如在程序中多次使用同一数值，就可用常量来代替它，这样修改这个数值时，只要改常量即可。

常量的使用范围取决于它被定义的位置，如表 7-3 所示。

表7-3 常量、信号和变量定义位置和对应使用范围表

数 据 对 象	定 义 位 置	使 用 范 围
常量	程序包	调用该程序包的所有设计实体
	实体	该实体的所有结构体
	结构体	只用于此结构体
	进程	只用于该进程
信号	程序包	调用该程序包的所有设计实体
	实体	该实体的所有结构体
	结构体	只用于此结构体
	进程	只用于该进程
变量	只能定义在进程语句、过程语句和函数语句中	只能用在该进程、过程、函数区域

定义常量的语法格式：

CONSTANT 常量名：数据类型：= 初始值；

如语句" CONSTANT FBUS：BIT_VECTOR：= "0101" 是定义了一个名为 FBUS 的常量，数据类型是位矢量 BIT_VECTOR，值为二进制"0101"。

（2）信号

从硬件角度看，信号相当于电路的连线，信号可作为设计实体中并行语句模块之间的信息交流通道。信号作为一种数字容器，可容纳当前值，也可保持历史值，与触发器的记忆功能对应。

定义信号的语法格式：

SIGNAL 信号名：数据类型：= 初始值；

如语句"SIGNAL S1：STD_LOGIC；"定义了一个名为 S1 的信号，数据类型是标准逻辑位 STD_LOGIC。一般不赋信号初始值，器件上电时会自动将上电初始值赋给该信号。在设计实体中可以被连续赋值。

信号的赋值语句格式：

目标信号名 < = 表达式；

如语句"S1 < = x AND y；"，表示把 x 和 y 与运算的结果赋值给信号 S1。信号使用范围见表 7-3。

（3）变量

变量是局部量，其作用是对暂时数据进行局部存储。变量只能用在进程语句、过程语句、函数语句中。变量的赋值是一种理想化数据传输，立即发生没有延时。

定义变量的语法格式：

VARIABLE 变量名：数据类型：= 初始值；

如语句"VARIABLE A：INTEGER：= 2；"中定义了一个变量 A，数据类型为整数型 INTE-GER，初始值为 2。一般可不赋初始值。

变量数值的改变通过变量赋值实现，变量的赋值语句格式：

目标变量名：= 表达式；

如语句"A：= A-1；"表示把 A-1 的值赋值给变量 A。这里注意变量和信号赋值符号的不同。变量使用范围见表 7-3。

信号和变量在使用时，要注意二者的区别，具体比较见表 7-4。

表 7-4 信号和变量对比表

项　　目	信　　号	变　　量
定义的形式和位置	信号为全局量，可定义在程序包、实体、结构体、进程中	变量只能用在进程、过程、函数语句顺序域中
赋值的方式	有延迟，如果在一进程中多次赋值给同一信号，只有最后一个值起作用	直接赋值，没有延迟
赋值符	< =	: =
与进程的联系	进程对信号敏感	进程对变量不敏感
对应于硬件	可看作硬件的一根连线	无对应关系

3. 数据类型

VHDL 语言要求设计实体中的常数、信号、变量、函数以及设定的各种参量都必须指定数据类型，并且相同数据类型的量才能互相传递和作用。

（1）VHDL 的预定义数据类型

VHDL 标准定义的数据类型都在 VHDL 标准程序包 STANDARD 中定义，自动包含在 VHDL 源文件中，实际使用时无需显式调用。

位（BIT）数据类型：取值只能是 0 或 1。可参与逻辑运算，运算结果仍是位数据类型。

位矢量（BIT_VECTOR）数据类型：是基于 BIT 数据类型的数组，使用位矢量必须注明宽度，即数组中位的个数和排列。例如：

SIGNAL A：BIT_VECTOR（3 DOWNTO 0）；

将信号 A 定义为一个 4 位的矢量，最高位是 A（3），最低位是 A（0）。

整数（INTEGER）数据类型：取值范围是-2147483547 ~ +2147483646。使用整数时，用 RANGE 子句定义取值范围，以便综合器决定表示此信号或变量的二进制数的位数。例如：

SIGNAL A：INTEGER RANGE 0 TO 15；

定义信号 A 位整数型信号，取值范围 0 ~ 15，可用 4 位二进制数表示。

实数（REAL）数据类型：类似于数学上的实数，一般只在仿真器中使用，综合器不支持实数，实数在电路中实现非常复杂。

布尔（BOOLEAN）数据类型：只有 TRUE 和 FALSE 两个状态，用于关系运算。

字符（CHARACTER）数据类型：字符在编程中要用单引号括起来，如'A'。字符数据类型区分大小写，如'A'和'a'不同。注意区别标识符不区分大小写。

字符串（STRING）数据类型：是字符数据类型的一个非约束型数组，要用双引号括起来，如:"lmnop"。

时间（TIME）数据类型：是物理类型，包括整数和单位两部分，中间至少留一个空格，如：10ns。时间类型只能用于仿真，综合器不支持。

（2）IEEE 预定义标准逻辑位和矢量

在 IEEE 库的程序包 STD_LOGIC_1164 中定义了两个非常重要的数据类型，即标准逻辑位 STD_LOGIC 和标准逻辑矢量 STD_LOGIC_VECTOR。

标准逻辑位（STD_LOGIC）数据类型：是 BIT 数据类型的扩展，共定义了 9 种取值：

'0'：强 0

'1'：强 1

'X'：强未知

'Z'：高阻态

'U'：未初始化的

'W'：弱未知的

'L'：弱 0

'H'：弱 1

'-'：忽略

其中前 4 种（'0'、'1'、'X'、'Z'）取值具有实际物理意义，其他的是为了与仿真环境相容才保留的。

标准逻辑位矢量（STD_LOGIC_VECTOR）数据类型：是 STD_LOGIC_1164 程序包中的一维数组，数组中的每个元素的数据类型都是标准逻辑位 STD_LOGIC。在使用时，只有位宽相同的矢量才能进行赋值。

注意：在使用 STD_LOGIC 和 STD_LOGIC_VECTOR 数据类型时，必须在程序中声明 IEEE 库和所在程序包 STD_LOGIC_1164。

（3）用户自定义数据类型

VDHL 允许用户自定义新的数据类型，用类型定义语句 TYPE 和子类型定义语句 SUBTYPE 实现。

4. 操作符

VHDL 的表达式由操作数和操作符组成，操作数是各种运算的对象，操作符则规定运算的方式。VHDL 要求进行运算的操作数必须数据类型相同，而且必须与操作符所要求的数据类型一致。

VHDL 的操作符有 4 类：逻辑操作符、关系操作符、算术操作符和符号操作符。

（1）逻辑操作符

VHDL 有 7 种基本逻辑操作符，逻辑操作符以及操作数数据类型关系，见表 7-5。

表 7-5　VHDL 逻辑操作符列表

逻辑操作符	逻辑功能	对应操作数数据类型
NOT	非	
AND	与	
OR	或	
NAND	与非	BIT、BOOLEAN、STD_LOGIC
NOR	或非	
XOR	异或	
XNOR	异或非（同或）	

（2）关系操作符

关系操作符用来比较或排序相同的数据类型的操作数，并将比较结果用布尔 BOOLEAN 类型的值表示出来。VHDL 有 6 种关系操作符，如表 7-6 所示。

表 7-6　VHDL 关系操作符列表

关系操作符	功　能	对应操作数数据类型
=	等于	任何数据类型
/ =	不等于	
<	小于	
>	大于	枚举、整数类型及
< =	小于等于	对应的一维数组
> =	大于等于	

其中，" < =" 关系操作符要区别于信号的赋值符号" < =" （从上下文区别）。

（3）算术操作符

VHDL 的运算操作符见表 7-7。加减运算同常规加减法则，在使用乘法运算符时，应该慎重，因为它会使逻辑门数大大增加。

其中，并置运算符 "&" 用于位连接。例如：信号 a、b 是 4 位长度的矢量，当

y < = b & a;

信号 y 的位长是 8 位。

表 7-7　VHDL 算术运算符列表

算术运算符	功　能	对应操作数数据类型
+	加	整数
−	减	整数
×	乘	整数、实数
/	除	整数、实数
&	并置	一维数组
* *	乘方	整数
MOD	取模	整数
ABS	取绝对值	整数
RED	取余	整数
SLL	逻辑左移	BIT、布尔型一位数组
SRL	逻辑右移	BIT、布尔型一位数组
SLA	算术左移	BIT、布尔型一位数组
SRA	算术右移	BIT、布尔型一位数组
ROL	逻辑循环左移	BIT、布尔型一位数组
ROR	逻辑循环右移	BIT、布尔型一位数组

（4）符号操作符

VHDL 的符号操作符包括正（" + "）和负（" − "），其对应操作数的数据类型为整数数据类型。

VHDL 操作符是有优先级的，NOT、ABS、* * 的级别最高，在算式中最先执行，除 NOT 外的逻辑运算级别最低，如表 7-8 所示。

表 7-8　VHDL 操作符优先级列表

操　作　符	优　先　级
NOT、ABS、* *	最高
*、/、MOD、REM	
+（正）、−（负）	
+、−'、&	
SLL、SLA、SRL、SRA、ROL、ROR	
=、\ =、<、< =、>、> =	
AND、OR、NAND、NOR、XOR、XNOR	最低

7.3.3　VHDL 基本描述语句

顺序语句和并行语句是 VHDL 程序设计中两大基本描述语句系列。它们可从多侧面完整描述数字系统的硬件结构和基本逻辑功能。

1. 顺序语句

顺序语句相对于并行语句而言，其特点是只能用在进程、子程序中，按照语句出现的顺序执行（指仿真执行，综合后形成的硬件电路行为并非如此）。

VHDL 基本顺序语句包括：流程控制语句、空操作语句、等待语句、子程序调用语句、返回语句等。

（1）流程控制语句（IF、CASE、LOOP、NEXT、EXIT）

流程控制语句的功能是根据满足何种条件决定相应语句的执行顺序。流程控制语句有 IF 语句、CASE 语句、LOOP 语句、NEXT 语句和 EXIT 语句。

1）IF 语句。

IF 语句是条件语句，根据是否满足语句所设置的一种或多种条件，有选择地执行指定的顺序语句。IF 语句的语句结构有以下几种：

① IF 语句的门闩控制。

语句格式：

IF 条件句 THEN

　　顺序语句；

END IF；

这时 IF 语句的最简化表达形式。当执行到此语句时，首先检测关键词 IF 后的条件表达式的布尔值，如果为真（TRUE），将顺序执行条件句中列出的各条语句，直到"END IF"；如果为假（FALSE），则跳过后面的顺序语句，直接结束 IF 语句的执行。

【例 7-5】 IF 门闩语句的使用（无法单独编译）。

IF(a = '1')THEN

　　output < = b；

END IF；

如果条件句（a = '1'）为 TRUE 则把 b 的值赋值给信号 output，否则此信号维持原值。

② IF 语句的选择控制。

IF 语句的选择控制有两种语句格式。

语句格式一（2 选 1 控制）：

IF 条件句 THEN

　　顺序语句 1；

ELSE

　　顺序语句 2；

END IF；

2 选 1 控制语句格式表明，若条件满足就执行顺序语句 1，否则执行顺序语句 2。与 IF 门闩语句的区别在于，当检测条件句为 FALSE 时，将执行 ELSE 后的顺序语句。故 2 选 1 的 IF 语句具有条件分支功能，即通过检测条件的真伪决定执行哪一组顺序语句，在执行完其中的一组语句后，再结束 IF 语句。

【例 7-6】 设计一个带高电平有效的三态门。使能端为 en，数据输入端为 data，输出端为 output。

LIBRARY IEEE；

USE IEEE. STD_LOGIC_1164. ALL；

ENTITY tri IS

```
        PORT(data,en:IN STD_LOGIC;
              output:OUT STD_LOGIC );
END tri;
ARCHITECTURE behave OF tri IS
BEGIN
    PROCESS(en,data)
    BEGIN
        IF en = '0 'THEN
            output < = 'Z ';               ――高阻态字符 Z 必须用大写
        ELSE
            output < = data;
        END IF;
    END PROCESS;
END behave;
```

注意：在【例7-6】中，由于 IF 语句是顺序语句，放在了进程语句中。

语句格式二（多选择控制）：

IF　条件句1　THEN　顺序语句1；

ELSIF　条件句2　THEN　顺序语句2；

ELSIF　条件句3　THEN　顺序语句3；

……

ELSE 顺序语句 n；

END IF；

IF 多选择控制语句通过 ELSIF 可设定多个判定条件，使得顺序语句的执行分支可以超过两个。在多选择控制格式中，若条件1满足，就执行顺序语句1；否则若条件2满足，就执行顺序语句2；以此类推往后执行，当所有条件都不满足时，执行最后一个顺序语句。注意，在 IF- THEN- ELSIF 语句中，顺序语句的执行条件具有向上相与的功能。

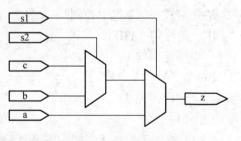

【例7-7】 如图7-8所示，由两个2选1多路选择器构成的逻辑电路，用 IF 语句描述两个多路选择器的通道选择控制信号 s1 和 s2，当它们为高电平时接通下端的通道。

图 7-8　例 7-7 对应的电路图

……

```
PROCESS(a,b,c,s1,s2)
BEGIN
    IF( s1 = '1 ')THEN             ――满足该句的执行条件是( s1 = '1 ')
        z < = a;
    ELSIF( s2 = '0 ')THEN          ――满足该句的执行条件是( s1 = '0 '并且 s2 = '0 ')
        z < = b;
```

ELSE   – –满足该句的执行条件是(s1 = '0 '并且 s2 = '1 ')

      z < = c;

END IF;

END PROCESS;

IF 语句中必须至少有一个条件句,也可以出现多重条件,IF 语句可以嵌套使用,但嵌套层数不宜过多。在使用多重 IF 语句的嵌套结构时,要注意 END IF 结束句必须与 IF 条件句的数量一致,即有一个 IF 就要有一个 END IF 对应。

2) CASE 语句。

CASE 语句根据满足的条件直接选择多项顺序语句中的一项执行。当含有多个互不相关的信号条件时,采用 CASE 语句会使程序可读性更好些。

CASE 语句格式:

CASE 表达式 IS

WHEN 选择值 1 = >顺序语句 1;

WHEN 选择值 2 = >顺序语句 2;

……

END CASE;

CASE 语句执行时,首先计算表达式的值,然后根据条件句中与之相同的选择值,执行对应的顺序语句,最后结束 CASE 语句。条件中的" = >" 不是操作符,相当于"THEN" 的作用。条件句没有优先级,它的书写次序不是重要的,它的语句执行接近于并行方式。

使用 CASE 语句应注意以下几点:

① 条件句中的选择值必须在表达式的取值范围中;

② 除非所有条件句中的选择值能完整覆盖 CASE 语句中表达式的取值,否则最后一个条件句中的选择必须用" OTHERS" 表示,以免在综合时插入不必要的寄存器(对于 STD_LOGIC 或 STD_LOGIC_VECTOR 数据类型尤为重要,因为除'1 '或'0 '外,这些数据对象的值还有其他取值,如'X '、'Z '。);

③ 条件句中的每个选择值只能出现一次,即可执行条件不能有重叠;

④ CASE 语句执行中必须选中且只能选中所列条件句中的一条。

【例 7-8】 用 CASE 语句描述四选一多路选择器。

```
LIBRARY IEEE;
USE IEEE. STD_LOGIC_1164. ALL;
ENTITY mux4to1 IS
    PORT(s:IN STD_LOGIC_VECTOR(1 DOWNTO 0);
            w:IN STD_LOGIC_VECTOR(3 DOWNTO 0);
            y:OUT STD_LOGIC);
END mux4to1;


ARCHITECTURE behave OF mux4to1 IS
BEGIN
    PROCESS(s,w);
```

```
BEGIN
    CASE s IS
    WHEN '00 ' = > y < = w(0);
    WHEN '01 ' = > y < = w(1);
    WHEN '10 ' = > y < = w(2);
    WHEN '11 ' = > y < = w(3);
    WHEN OTHERS  = > y < = 'X ';
    END CASE;
  END PROCESS;
END behave;
```

3）LOOP 语句。

LOOP 语句是循环语句，它可以使一组顺序语句循环执行，执行次数由设定的循环变量和循环次数范围决定，循环的方式由 NEXT 和 EXIT 语句来控制，常用来描述迭代电路的行为。

【例7-9】 单个 LOOP 语句的使用。

······

```
11:LOOP
  a: = a + 1;
  EXIT 11 WHEN a > 10;          －－当 a > 10 时跳出循环
END LOOP12;
```

这是最简单的 LOOP 语句，其循环方式需要引入其他控制语句（如 EXIT 语句）后才能确定，LOOP 的"标号"可自定义。

LOOP 语句常用重复模式有:FOR 模式和 WHILE 模式。

FOR_LOOP 语句格式:

［LOOP 标号:］FOR 循环变量　IN　循环次数范围　LOOP
　　　　　　　　顺序语句;

END LOOP;

在 FOR_LOOP 语句中"循环变量"是临时变量，不必事先定义。该变量只能作赋值源，不能被赋值，是 LOOP 语句的局部变量，在 LOOP 语句范围内不能使用与此循环变量同名的标识符。

"循环次数范围"规定 LOOP 语句中的顺序语句被执行的次数。循环变量从循环次数范围的初值开始，每执行完一次顺序语句就递增 1，直至循环次数范围的最大值。LOOP 语句的循环次数范围最好用常数表示。

【例7-10】 8 位奇偶校验逻辑电路设计。

```
LIBRARY IEEE;
USE IEEE. STD_LOGIC_1164. ALL;

ENTITY check8 IS
  PORT(x:IN STD_LOGIC_VECTOR(7 DOWNTO 0);
```

```
                    y:OUT STD_LOGIC);
END check8;

ARCHITECTURE behave OF check8 IS
  SIGNAL y_tmp:STD_LOGIC;
BEGIN
  PROCESS(x)
  BEGIN
    y_tmp < ='0';
    FOR  n  IN  0 TO 7  LOOP
    y_tmp < =y_tmp XOR x(n);
END LOOP;
y < =y_tmp;
END  PROCESS;
END behave;
```

WHILE_LOOP 语句格式:

[LOOP 标号:]WHILE 循环控制条件   LOOP
        顺序语句;

END LOOP [LOOP 标号];

【例 7-11】   WHILE_LOOP 语句使用。

……

a: =1;

12:WHILE   a < 20   LOOP

  a: =a+2;

END LOOP 12;

与 FOR_LOOP 不同的是 WHILE_LOOP 没有给出循环次数范围, 只给出循环执行顺序语句的条件。当条件为 TRUE 时, 继续循环, 为 FALSE 时, 跳出循环, 执行"END LOOP" 后的语句。

4) NEXT 语句。

NEXT 语句主要用于 LOOP 语句内的有条件或无条件的循环控制。

NEXT 语句格式:

NEXT;

NEXT   LOOP 标号;

NEXT   LOOP 标号   WHEN   条件表达式;

在第一种格式和第二种格式中, 当 LOOP 内的顺序语句执行到 NEXT 语句时, 即刻无条件终止当前循环, 跳回到本次循环 LOOP 语句处, 开始新的循环。"LOOP 标号" 是用来指定某个 LOOP 语句, 常用在多个 LOOP 语句嵌套时。

第三种格式中 "WHEN 表达式" 是执行 NEXT 语句的条件, 如果条件为真, 执行 NEXT

语句跳转到 LOOP 语句开始处，否则继续向下执行。

5）EXIT 语句。

EXIT 语句与 NEXT 语句格式和跳转功能相似，也是用于 LOOP 语句内的循环控制语句，二者的区别是 NEXT 语句是跳向 LOOP 语句的起始点，而 EXIT 语句则是跳向 LOOP 语句的终点。

EXIT 语句格式：

EXIT；

EXIT　LOOP　标号；

EXIT　LOOP　标号　WHEN　表达式；

（2）空操作语句（NULL）

NULL 语句是一个空语句，执行该语句只是使程序走到下一个语句。NULL 语句用来排除一些不用条件，使程序向下执行。

NULL 语句格式：

NULL；

以上为几种常用 VHDL 顺序语句，还有等待语句（WAIT）、返回语句（RUTURN）、子程序调用语句等，这里不再一一细述，可参考 VHDL 语言相关书籍。

2. 并行语句

并行语句是硬件描述语句与一般计算机语言最大的区别所在，所有并行语句在结构体中同时执行，执行顺序与语句书写顺序无关。VHDL 基本并行语句有 6 类：进程语句、块语句、并行信号赋值语句、元件例化语句、生成语句、并行调用语句。本书只介绍其中常用的几种并行语句。

（1）进程语句（PROCESS）

进程语句是 VHDL 程序中最频繁使用，最具 VHDL 语言特色的语句。原因在于进程语句虽由顺序语句组成，但其本身却是并行语句。一个结构体中可以有多个并行运行的进程结构，进程却是由一系列顺序语句来构成。进程语句与结构体其他部分通过信号完成信息交流，在进程语句中有一个敏感信号表，表中列出的任何信号的改变，都将启动进程，并执行进程内的相应顺序语句。一个进程可以看做是设计实体中的一部分功能相对独立的电路模块。

PROCESS 语句格式：

［进程标号］:PROCESS［（敏感信号表）］［IS］

　［进程说明语句］

BEGIN

　顺序语句；

END PROCESS［进程标号］;

这里，进程的标号和 IS 不是必需的。PROCESS 语句主要由 3 部分组成：敏感信号表、进程说明部分、顺序语句描述部分。

敏感信号表需列出启动本进程的敏感信号名，一旦有敏感信号发生变化，进程进入执行状态，遇到 END PROCESS 语句即停止执行。

在进程说明部分可定义局部量，包括数据类型、变量、常数、属性、子程序等，局部量只在本进程有效。由于信号是全局量，是各进程通信的主要途径，在进程说明部分不允许定义信号。

在顺序语句部分使用顺序语句进行电路功能的描述。

（2）块语句（BLOCK）

块语句提供一种划分机制，允许设计者将一个大的设计实体划分成若干个功能模块，每个功能模块都能对其局部信号、数据类型和常量加以描述和定义。这种划分只是形式上的，目的是改善程序的可读性，有助于对程序的移植、排错和仿真。

BLOCK 语句格式：

块标号：BLOCK[（块保护表达式）]

接口说明

类属说明

BEGIN

并行语句

END BLOCK 块标号；

块语句的说明部分对 BLOCK 的接口设置以及与外界信号的连接状况加以说明，说明部分可定义的项目有：USE 语句、子程序、数据类型、子类型、常数、信号和元件。块说明部分的适用范围仅限于当前 BLOCK。

VHDL 综合器一般不支持含有块保护表达式的 BLOCK 语句，故不再讨论。

实际上，将结构体以模块方式划分有多种方法，元件例化语句也是常用的方法之一。

（3）并行信号赋值语句

VHDL 并行语句中最基本的语句就是并行信号代入语句：

赋值目标 < = 表达式；

一条并行信号代入语句可理解为就是一个进程语句，其赋值源表达式的任何信号都是此进程语句的敏感信号。

① 条件信号赋值语句。

条件信号赋值语句格式：

赋值目标信号 < = 表达式 1WHEN 　赋值条件 1　 ELSE

　　　　　　　　　表达式 2WHEN 　赋值条件 2　 ELSE

　　　　　　　　　……

　　　　　　　　　表达式 n；

条件信号赋值语句的功能同 IF 语句相似，但不能在进程中使用。执行时按书写的先后顺序逐条测定赋值条件，当赋值条件成立时，立即将表达式的值赋给赋值目标，若所有赋值条件都不满足时，将最后一个表达式的值赋给赋值目标信号。

注意：条件信号赋值语句每一子句的结尾没有标点，只有最后一句有分号。

【例 7-12】　用条件信号赋值语句描述 4 选 1 数据选择器。

LIBRARY IEEE;

USE IEEE. STD_LOGIC_1164. ALL;

ENTITY mux4to1 IS

　　PORT(a,b,c,d,s0,s1:IN STD_LOGIC;

```
          y:OUT STD_LOGIC);
END mux4to1;
ARCHITECTURE behave OF mux4to1 IS
SIGNAL sel:STD_LOGIC_VECTOR(1 DOWNTO 0);
BEGIN
    sel < = s1 & s0;
    y < = a    WHEN sel = "00" ELSE
         b    WHEN sel = "01" ELSE
         c    WHEN sel = "10" ELSE
         d    WHEN sel = "11" ELSE
         'X';
END behave;
```

② 选择信号赋值语句。

选择信号赋值语句格式：

WITH   选择表达式 SELECT

赋值目标信号 < = 表达式 1 WHEN   选择值 1，

　　　　　　　表达式 2 WHEN   选择值 2，

　　　　　　　……

　　　　　　　表达式 n WHEN   选择值 n；

选择信号赋值语句也不能在进程中使用，其功能与进程中的 CASE 语句相似，即各子句的选择值不能有重叠，且必须包含所有条件。选择信号赋值语句的敏感量就是 WITH 旁的选择表达式，当选择表达式的值发生变化就启动语句执行，对比选择表达式的值和各子句选择值，一旦符合就将对应表达式的值赋给赋值目标信号。

如果例 7-12 结构体部分用选择信号赋值语句描述，则改为：

```
…
sel < = s1 & s0;
WITH    sel   SELECT
y < = a   WHEN   "00",
     b   WHEN   "01",
     c   WHEN   "10",
     d   WHEN   "11",
     'X'   WHEN   OTHRES;
END behave;
```

注意：选择信号赋值语句的每个子句的结尾是逗号，最后一句是分号。与条件信号赋值语句不同，对选择值（赋值条件）的测试不是顺序进行，而是同时进行。

（4）元件例化语句

元件例化为自上而下层次化设计提供了一种重要途径。元件例化是将预先设计好的设计实体作为一个元件，用元件例化语句将此元件与当前设计实体中指定的端口或信号相连接，从而为当前设计实体引入一个低一级的设计层次。所要例化的元件可以是一个已设计好的 VHDL 程序、其他硬件描述语言设计的实体、来自元件库中的元件或 FPGA 的 IP 核。

元件例化语句由两部分组成，一是定义元件部分，即将设计好的实体定义为一个元件，相当于封装一个现成的设计实体，只留出外面的接口界面；二是元件例化部分，即定义此元件与当前设计实体的连接关系。

元件声明语句格式：

COMPONENT 元件名　IS；

GENERIC(类属表)；

PORT(端口名表)；

END COMPONENT 元件名；

元件例化语句格式：

元件名

　　　　PORT MAP[端口名 = >]连接端口名,…)；

这里，PORT MAP 是端口映射，端口名是元件声明语句端口名表中列出的元件端口名，连接端口名则是当前系统与准备接入的例化元件对应端口相连的通信端口。二者的关联方式有三种：位置关联方式、名字关联方式和混合关联方式，见【例 7-13】。

【例 7-13】　元件例化语句应用实例，如图 7-9 所示。

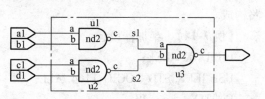

图 7-9　例 7-13 对应的电路

```
LIBRARY IEEE;
USE IEEE. STD_LOGIC_1164. ALL;
ENTITY nd2 IS
    PORT(a,b:IN STD_LOGIC;
        c:OUT STD_LOGIC);
END nd2;
ARCHITECTURE behave OF nd2 IS
BEGIN
    c < = a NAND b;
END behave;                 -- 以上为元件 nd2 的设计部分
LIBRARY IEEE;
USE IEEE. STD_LOGIC_1164. ALL;
ENTITY ord41 IS
    PORT(a1,b1,c1,d1:IN STD_LOGIC;
        y:OUT STD_LOGIC);
END ord41;
ARCHITECTURE behave OF ord41 IS
COMPONENT nd2
    PORT(a,b:IN STD_LOGIC;
        c:OUT STD_LOGIC);
END COMPONENT nd2;         -- 要例化的元件 nd2 的元件声明部分
```

```
SIGNAL s1,s2:STD_LOGIC;
BEGIN
    u1:nd2 PORT MAP(a1,b1,s1);              --位置关联方式
    u2:nd2 PORT MAP(a = >c1,c = >s2,b = >d1);    --名字关联方式
    u3:nd2 PORT MAP(s1,s2,c = >y);         --混合关联方式
END behave;
```

在【例7-13】 中，首先设计完成一个2输入与非门，然后利用元件例化产生了由3个相同的与非门连接而成的电路，如图7-9所示。

并行语句和顺序语句并不是相互对立的语句，往往互相包含、互为依存。例如，相对其他并行语句，进程语句属并行语句，而进程语句内运行的是顺序语句。

7.4 基本逻辑电路的 VHDL 设计

7.4.1 组合逻辑电路设计举例

组合逻辑电路的输出只与当前输入有关，与历史无关，没有记忆功能。通常由基本门电路构成。

【例7-14】 半加器设计。

```
LIBRARY IEEE;
USE IEEE. STD_LOGIC_1164. ALL;
ENTITY  bjq  IS
    PORT(a,b:IN   STD_LOGIC;
            sum, co:OUT STD_LOGIC);
END  bjq;
ARCHITECTURE  behave  OF  bjq  IS
SIGNAL c,d:STD_LOGIC;
BEGIN
    c < = a   OR   b;
    d < = a   NAND   b;
    co < = NOT d;
    sum < = c   AND   d;
END   behave;
```

【例7-15】 8-3线优先编码器设计（真值表见表7-9）。

表7-9 8-3线优先编码器的真值表

输　　入								输　出		
$data_7$	$data_6$	$data_5$	$data_4$	$data_3$	$data_2$	$data_1$	$data_0$	y_2	y_1	y_0
0	×	×	×	×	×	×	×	1	1	1
1	0	×	×	×	×	×	×	1	1	0

输　　入								输　　出		
$data_7$	$data_6$	$data_5$	$data_4$	$data_3$	$data_2$	$data_1$	$data_0$	y_2	y_1	y_0
1	1	0	×	×	×	×	×	1	0	1
1	1	1	0	×	×	×	×	1	0	0
1	1	1	1	0	×	×	×	0	1	1
1	1	1	1	1	0	×	×	0	1	0
1	1	1	1	1	1	0	×	0	0	1
1	1	1	1	1	1	1	0	0	0	0

```
LIBRARY IEEE;
USE IEEE. STD_LOGIC_1164. ALL;
ENTITY  bjq83  IS
    PORT(data:IN  STD_LOGIC_VECTOR(7 DOWNTO 0);
            y:OUT  STD_LOGIC_VECTOR(2 DOWNTO 0));
END  bjq83;
ARCHITECTURE  behave  OF  bjq83  IS
BEGIN
  PROCESS(data)
  BEGIN
  IF data(7) = '0 'THEN   y < = '111 ';
  ELSIF data(6) = '0 'THEN   y < = '110 ';
  ELSIF data(5) = '0 'THEN   y < = '101 ';
  ELSIF data(4) = '0 'THEN   y < = '100 ';
  ELSIF data(3) = '0 'THEN   y < = '011 ';
  ELSIF data(2) = '0 'THEN   y < = '010 ';
  ELSIF data(1) = '0 'THEN   y < = '001 ';
  ELSIF data(0) = '0 'THEN   y < = '000 ';
  END IF;
  END  PROCESS;
END behave;
```

【例7-16】 4位数据比较器设计。

```
LIBRARY IEEE;
USE IEEE. STD_LOGIC_1164. ALL;
ENTITY bjq IS
    PORT(a,b:IN  STD_LOGIC_VECTOR(3 DOWNTO 0);
          y:OUT  STD_LOGIC_VECTOR(2 DOWNTO 0));
END bjq;
ARCHITECTURE behave  OF  bjq  IS
```

```
BEGIN
  PROCESS(a,b)
  BEGIN
  IF a > b THEN y < = '100 ';
  ELSIF a = b THEN y < = '010 ';
  ELSE y < = '001 ';
  END IF;
  END PROCESS;
END behave;
```

7.4.2 时序逻辑电路设计举例

时序逻辑电路的输出和当前输入以及历史状态都有关系，具有"记忆"功能，而记忆功能是由触发器构成的。

在一个时序电路系统中，复位信号、时钟信号是两个重要的信号，复位信号保证了系统初始状态的确定性，时钟信号则是时序系统工作的必要条件。时序电路系统通常在复位信号到来时回复初始状态，每个时钟到来时，内部状态则发生改变。

在对时钟沿进行说明时，要指定上升沿还是下降沿。时钟边沿常用检测上升沿的描述方法如下表示，其中 clk 是时钟信号名：

IF clk 'EVENT AND clk = '1 'THEN

含义为当 clk 的值发生变化且 clk 的值为高电平时，即一个上升沿来临。检测下降沿的描述方法如下表示：

IF clk 'EVENT AND clk = '0 'THEN

含义为当 clk 的值发生变化且 clk 的值为低电平时，即一个下降沿来临。

根据复位信号触发器复位的操作可分为同步复位和异步复位。这里"同步"和"异步"是相对于时钟信号而言。同步复位指当复位信号有效且在给定的时钟边沿到来时触发器才复位；异步复位则是只要复位信号有效，触发器就被复位，与时钟沿无关。

【例 7-17】 异步复位的 D 触发器设计。

```
LIBRARY IEEE;
USE IEEE. STD_LOGIC_1164. ALL;
ENTITY dcf  IS
    PORT(clk,d,res:IN  STD_LOGIC;
         q:OUT  STD_LOGIC);
END dcf;
ARCHITECTURE behave  OF  dcf  IS
BEGIN
  PROCESS(clk,res,d)
  BEGIN
      IF res = "1"  THEN q < = "0";    ——异步复位
      ELSIF clk 'EVENT AND clk = "1"  THEN    q < = d;
```

```
        END IF;
    END PROCESS;
END behave;
```

【例 7-18】 同步复位的 D 触发器设计。

```
LIBRARY IEEE;
USE IEEE. STD_LOGIC_1164. ALL;
ENTITY dcf  IS
    PORT(clk,d,res:IN   STD_LOGIC;
         q:OUT   STD_LOGIC);
END dcf;
ARCHITECTURE behave   OF   dcf  IS
BEGIN
  PROCESS(clk,res,d)
  BEGIN
    IF   clk 'EVENT AND clk = '1 '   THEN
    IF   res = '1 '   THEN q < = '0 ';        --同步复位
    ELSE q < = d;
    END IF;
  END PROCESS;
END behav;
```

【例 7-19】 RS 触发器设计。

```
LIBRARY IEEE;
USE IEEE. STD_LOGIC_1164. ALL;
ENTITY  rscfq  IS
    PORT(r,s:IN   STD_LOGIC;
         q,qb:OUT   STD_LOGIC);
END rscfq;
ARCHITECTURE   behave   OF   rscfq  IS
SIGNAL q_temp,qb_temp:STD_LOGIC;
BEGIN
  PROCESS(r,s)
  BEGIN
    IF s = '1 'AND r = '0 '   THEN   q_temp < = '0 ';qb_temp < = '1 ';
    ELSIF s = '0 'AND r = '1 '   THEN
      q_temp < = '1 ';qb_temp < = '0 ';
    ELSE   q_temp < = q_temp;qb_temp < = qb_temp;
    END IF;
  END PROCESS;
    q  < = q_temp;qb  < = qb_temp;
```

END behave;

【例7-20】 可预置8位右移寄存器设计（在每个时钟信号的上升沿，移位寄存器将预置数据逻辑右移1位传输最低位到输出端）。

```
LIBRARY IEEE;
USE IEEE. STD_LOGIC_1164. ALL;
ENTITY jcq8 IS
    PORT(clk,load:IN   STD_LOGIC;
            d:IN STD_LOGIC_VECTOR(7 DOWNTO 0);
            q:OUT   STD_LOGIC);
END jcq8;
ARCHITECTURE  behave  OF  jcq8  IS
BEGIN
  PROCESS(clk,load)
  VARIABLE reg8:STD_LOGIC_VECTOR (7 DOWNTO 0);
  BEGIN
    IF   clk 'EVENT AND clk = '1 '   THEN
      IF load = '1 '   THEN
      reg8：= d;
      ELSE  reg8 (6 DOWNTO 0)：= reg8 (7 DOWNTO 1);
      END IF;
      END IF;
      q < = reg8 (0);
  END PROCESS;
END behave;
```

【例7-21】 4位同步复位的可逆计数器设计。

```
LIBRARY IEEE;
USE IEEE. STD_LOGIC_1164. ALL;
USE IEEE. STD_LOGIC_UNSIGNED. ALL;
ENTITY  jsq4  IS
    PORT(clk,clr,updown:IN   STD_LOGIC;
            q:BUFFER   STD_LOGIC_VECTOR(3 DOWNTO 0));
END jsq4;
ARCHITECTURE  behave  OF  jsq4  IS
BEGIN
  PROCESS(clk)
  BEGIN
    IF clk 'EVENT AND clk = '1 '   THEN
        IF clr = '0 '   THEN    q < = "0000";
        ELSIF updown = '1 '   THEN   q < = q + 1;
```

```
        ELSE   q < = q-1;
        END IF;
      END IF;
    END PROCESS;
END behave;
```

【例7-22】 十分频器设计。

```
LIBRARY IEEE;
USE IEEE. STD_LOGIC_1164. ALL;
USE IEEE. STD_LOGIC_UNSIGNED. ALL;
ENTITY  fpq10  IS
   PORT(clk:IN   STD_LOGIC;
        div10:OUT   STD_LOGIC);
END  fpq10;
ARCHITECTURE  behave  OF  fpq10  IS
BEGIN
  PROCESS(clk)
  VARIABLE cnt:INTEGER RANGE 0 TO 4;
  VARIABLE div_temp:STD_LOGIC;
  BEGIN
    IF  clk 'EVENT AND clk = '1 '  THEN
      IF cnt = 4  THEN  div_temp < = NOT div_temp;cnt: =0;
      ELSE   cnt: = cnt +1;
      END IF;
    END IF;
    div10 < = div_temp;
  END PROCESS;
END behave;
```

7.5 实验九 基本逻辑电路的 VHDL 设计

1. 实验目的

设计一个十进制计数器，掌握用 VHDL 语言设计此类计数器的一般性编程思路和方法。

2. 实验设备

电脑 GW48-CK 型 EDA 实验教学系统（浙江康芯电子）。

3. 设计原理

（1）计数器功能

可以异步清零，实现逢十进位的计数功能。

（2）计数器端口说明

如图 7-10 所示，clk 为计数脉冲输入端，rst 为异步清零端，q [3..0] 为计数结果输出端，co 为进位端。

4. 设计步骤

（1）建立工程和文件

1）建立工程 cnt10；

2）建立文本文件 cnt10。

（2）输入 VHDL 设计源程序，并保存文件

（3）编译，修改错误

·（4）功能与时序仿真

1）建立波形文件 cnt10；

2）编辑波形文件；

3）功能与时序仿真（功能仿真结果图见图 7-11）。

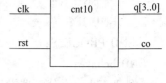

图 7-10　十进制计数器框图

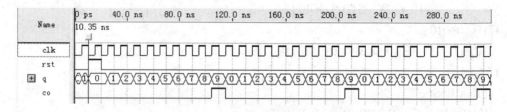

图 7-11　十进制计数器功能仿真结果图

（5）选定器件，配置引脚

本实验选择实验箱 NO.5 结构进行配置。

1）根据实验系统选择实际下载器件：Cyclone 系列 EP1C3T144C8 器件。

2）配置引脚。

3）重新编译，保存。

（6）器件编程/配置

（7）功能验证

7.6　习题

1. 简述 CPLD/FPGA 器件的开发流程。

2. 简述实体、结构体的概念和用法。

3. 画出与下列实体描述对应的元件符号：

```
ENTITY  qjq  IS
    PORT(a,b,cin:IN STD_LOGIC;
         s,co:OUT STD_LOGIC);
END qjq;


ENTITY  mux41  IS
    PORT(w:IN STD_LOGIC_VCTOR(3 DOWNTO 0);
         sel:IN STD_LOGIC_VCTOR(1 DOWNTO 0);
         y:OUT STD_LOGIC);
```

END mux41;

4. 说明端口模式 INOUT 和 BUFFER 有何异同点。

5. VHDL 中有哪三种基本的数据对象？说明它们的特点和使用方法。

6. 判断下列标识符是否合法，错在哪里：

3adder_,in,74LS,my-vhdl,hm_3,cfq/jk

7. 编写一个 VHDL 的完整程序,实现如图 7-12 所示电路的功能。

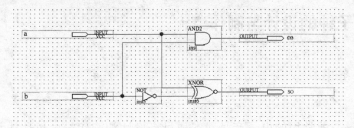

图 7-12　第 7 题图

8. 讲述进程语句的概念和用法。

9. 将下列程序转换为 WHEN_ELSE 语句：

PROCESS(a,b,c,d)

BEGIN

IF a = '0 'AND b = '1 'THEN

　y < = "1101";

ELSIF b = '1 'THEN

　y < = c;

ELSE

　y < = "1001";

END IF;

END PROCESS;

10. 说明信号和变量的异同点。

11. 设计一个带有同步预置功能的 16 位加减计数器，并在计算机上仿真验证。

第8章 项 目 设 计

8.1 数字电子钟的设计与制作

8.1.1 项目任务书

1. 项目背景

数字电子钟是一种常用的电子产品，本项目将设计和制作一个包括计时电路、显示电路、自动报时电路、校时电路、脉冲信号产生电路等部分的可以实际应用的电子钟。

2. 主要技术指标

1）能够显示秒（个位、十位）、分（个位、十位）、时（个位、十位），24 小时循环一次。

2）能以音响自动正点报时，24 小时循环一次。要求第一响为正点，以后每隔一秒响一下，几点钟就响几声。

3）能够对时、分进行手动校时。

3. 能力目标

1）能够正确识别、检测和选用各种元器件。

2）能看懂计时/显示电路、自动报时电路、脉冲信号产生电路等电路图。

3）能够按照原理图在面包板上搭接单元电路，并在印制电路板上焊接数字钟电路。

4）熟练使用万用表进行电路的测试。

5）能够对制作完成的电路进行电路调试以满足设计要求。

4. 内容要点

1）设计计时/显示电路、自动报时电路，选择合适的脉冲信号产生电路，画出电路逻辑图。

2）在面包板上插接各单元电路，并达到设计要求。

3）画整机电路图。

4）按照电路图在印刷电路板上焊接并调试电路，达到技术指标要求。

5）答辩，正确回答问题，针对自己搭接的电路提出改进意见。

6）写出完整的项目设计报告。

5. 考核要求

1）正确识别和检测各元器件，说明其功能。

2）能够根据要求设计电路，画出电路逻辑图。

3）能够正确选择元器件，在给定的时间内，按照电路原理图搭接、焊接和调试电路。

4）完成项目报告。

5）正确回答问题。

6. 考核标准

（1）良好

a. 正确识别各种需要的元器件，能检测其好坏。

b. 能正确分析电路的工作原理。

c. 具备较强的实操能力，基本能独立搭接、焊接、调试电路，要求焊点牢固、美观，布线清晰、合理。

d. 按时完成项目设计报告，并且报告结构完整、条理清晰，具有较好的表达能力。

e. 答辩中回答问题正确，表述清楚。

（2）优秀

在达到良好的基础上，同时又具备以下条件：

a. 理论分析透彻、概念准确。

b. 能独立完成项目设计全部内容。

c. 能客观地进行自我评价、分析判断并论证各种信息。

（3）合格

a. 对电路工作原理分析基本正确，但条理不够清楚。

b. 能自主制作电路，但出现问题不能独立解决。

c. 按时完成项目设计报告，报告结构和内容基本完整。

（4）不合格

有下列情况之一者为不合格：

a. 无故不参加项目设计。

b. 未能按时递交操作结果或项目设计报告。

c. 抄袭他人项目设计报告。

d. 未达到合格条件。

不合格的同学需重做本项目。

8.1.2 项目指导书

知识准备：

1）各种常用集成电路的功能及使用方法。

2）N 进制计数器的构成方法。

3）各种脉冲信号产生电路的工作原理和特点。

4）分频器的工作原理。

技能要求：

1）电子元器件的识别和检测方法。

2）电路焊接方法。

3）电路测试和调试方法。

使用设备：

各种电子元器件，面包板，PCB，焊接工具，万用表，电源等。

1. 数字钟电路框图

数字电子钟电路框图如图 8-1 所示，包括计时/显示电路、自动报时电路、校时电路和秒脉冲信号产生电路等几部分。

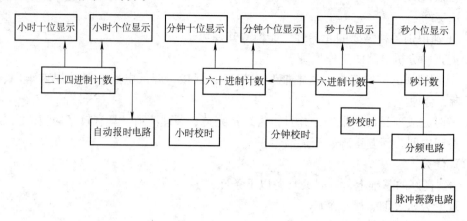

图 8-1　数字电子钟电路框图

2. 计时/显示电路的设计与制作

（1）电路设计

计时/显示电路包括秒计时、分计时和小时计时，由计数器、译码器和显示器构成。这里计数器用 74160，译码器用 74248，显示器用数码管为例实现。其中秒计时器和分计时器为 60 进制计数器，小时计时器为 24 进制计数器。参考电路如图 8-2 所示。图中包括了分校时和小时校时电路。

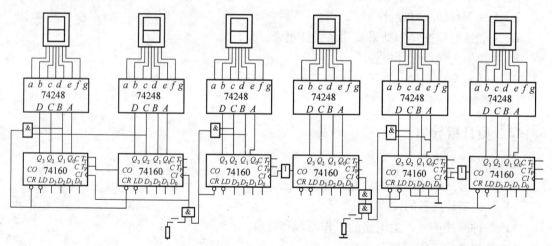

图 8-2　计时/显示电路原理图

（2）电路制作

在面包板上完成本部分电路的制作。插接电路时，要注意：

a. 插接电路前要先考虑好如何布线。

b. 在电路图上标出芯片的引脚号，注意引脚不要插错。

c. 注意面包板各插孔的连接方式。

d. 电源和地不要接错，不要短路。

（3）电路调试

秒计时、分计时和时计时分别调试，完成后再连接在一起。调试时容易出现的问题及解决方法如下所述。

a. 数码管均不亮：电源是否接好，数码管公共端是否接地。

b. 不进位、不清零：进位的与非门是否接错。

c. 数码管某一段始终不亮：数码管损坏，更换数码管。

d. 数码管显示规律不对：接线错误，检查引脚是否接错，是否虚接，若没有，更换芯片。

3. 自动报时电路的设计与制作

（1）电路设计

自动报时电路框图如图 8-3 所示。其工作波形如图 8-4 所示。图中 u_k 为响声信号（频率 0.5Hz）。当有一个分进位信号（为 0）时（整点），触发器置 1，当 $u_k=1$ 时，扬声器发出声音，$u_k=0$ 时，无声音。当时计数器和响声计数器计数相等时，比较器给出一信号（为 0），此时触发器置 0，扬声器不再发出声音。

图 8-3 中，小时计数器和响声计数器均为 24 进制计数器。

图 8-5 是自动报时电路中比较电路的逻辑图。

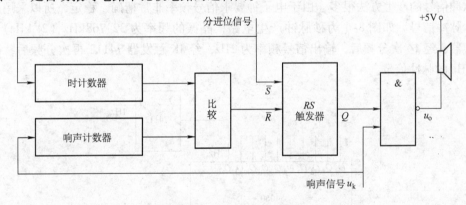

图 8-3　自动报时原理框图

（2）电路制作

在面包板上完成本部分电路的插接。插接电路时要注意：

a. 插接电路前要先考虑好如何布线。

b. 在电路图上标出芯片的引脚号，注意引脚不要插错。

c. 时计数器要接好译码显示电路。

d. 注意面包板各插孔的连接方式。

e. 电源和地不要接错，不要短路。

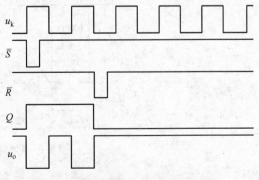

图 8-4　自动报时工作波形举例

（3）电路调试

a. 时计数器、响声计数器、比较电路要分别调试，成功后再连接在一起。

b. 整机调试前响声计数器清零，时计数器预置一数值，调试时手动给出一脉冲进位信号。

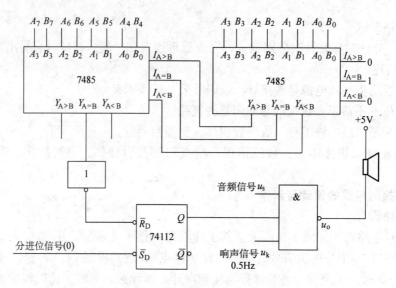

图 8-5   比较电路的逻辑图

4. 脉冲信号产生电路的设计与制作

脉冲信号的产生方法很多，由于电子钟要求信号频率非常精确、稳定，所以采用晶振来产生秒脉冲信号。如图 8-6 为秒脉冲产生电路，晶振的频率为 32.768kHz（2^{15}kHz），4060 为分频器，经 14 次分频后，输出信号频率为 2Hz，经 JK 触发器 74112 再次分频后，得到频率为 1Hz 的脉冲信号。

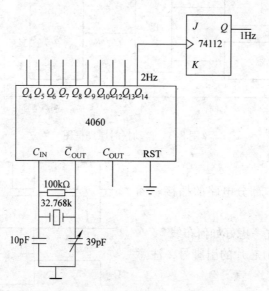

图 8-6   秒脉冲信号产生电路

5. 数字电子钟的安装与调试

数字电子钟的参考 PCB 图如图 8-7 所示。

焊接电路时要注意：

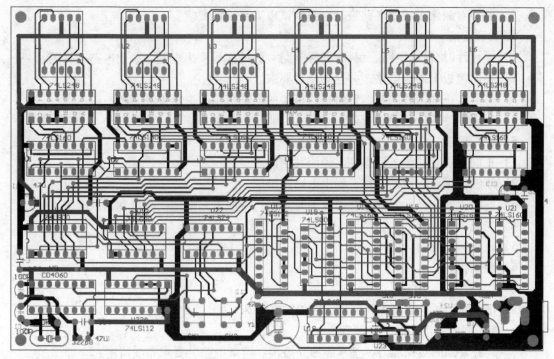

图 8-7　数字电子钟 PCB 板图

a. 不要将集成电路直接焊在 PCB 上，要先焊管座，在将电路插在管座上。

b. 不要将芯片插错位置，不要插倒。

c. 焊接时注意焊点要焊实，防止虚焊。

d. 焊接完成后，外接 5V 直流电源，不要将 220V 交流电直接接在电路板上。

8.2　智力竞赛抢答器的设计与制作

8.2.1　项目任务书

1. 项目背景

设计一个能够容纳 4 个选手或 4 个代表队比赛的智力竞赛抢答器。

2. 主要技术指标

1）可容纳 4 名选手或 4 个代表队参赛。

2）能够显示抢答选手的编号和抢答等待时间（包括分、十位秒和个位秒），并有蜂鸣报警电路（断续声）。

3）具有抢答等待时间预置功能。

3. 能力目标

1）能够正确识别、检测和选用各种元器件。

2）能看懂计时/显示电路、编码/译码电路的电路图。

3）能够按照原理图在面包板上搭接电路。

4）熟练使用万用表进行电路的测试。

5）能够对制作完成的电路进行电路调试以满足设计要求。

4. 内容要点

1）设计计时/显示电路、编码/译码电路、脉冲信号产生电路，画出电路逻辑图。

2）在面包板上插接电路，并达到设计要求。

3）答辩，正确回答问题，针对自己搭接的电路提出改进意见。

4）写出完整的项目设计报告。

5. 考核要求

1）正确识别和检测各元器件，说明其功能。

2）能够根据要求设计电路，画出电路逻辑图。

3）能够正确选择元器件，在给定的时间内，按照电路原理图搭接和调试电路。

4）完成项目报告。

5）正确回答问题。

6. 考核标准

（1）良好

a. 正确识别各种需要的元器件，能检测其好坏。

b. 能正确分析电路的工作原理。

c. 具备较强的实操能力，基本能独立搭接、调试电路，要求布线清晰、合理。

d. 按时完成项目设计报告，并且报告结构完整、条理清晰，具有较好的表达能力。

e. 答辩中回答问题正确，表述清楚。

（2）优秀

在达到良好的基础上，同时又具备以下条件：

a. 理论分析透彻、概念准确。

b. 能独立完成项目设计全部内容。

c. 能客观地进行自我评价、分析判断并论证各种信息。

（3）合格

a. 对电路工作原理分析基本正确，但条理不够清楚。

b. 能自主制作电路，但出现问题不能独立解决。

c. 按时完成项目设计报告，报告结构和内容基本完整。

（4）不合格

有下列情况之一者为不合格：

a. 无故不参加项目设计。

b. 未能按时递交操作结果或项目设计报告。

c. 抄袭他人项目设计报告。

d. 未达到合格条件。

不合格的同学需重做本项目。

8.2.2 项目指导书

知识准备：

1）各种常用集成电路的功能及使用方法。

2）N 进制计数器的构成方法。

3）编码/译码及显示方法。

技能要求：

1）电子元器件的识别和检测方法。

2）电路插接方法。

3）电路测试和调试方法。

使用设备：

各种电子元器件，面包板，万用表，电源等。

1. 抢答器电路框图

抢答器电路框图如图 8-8 所示。主要包括抢答部分、计时部分、脉冲信号产生电路和控制电路等。

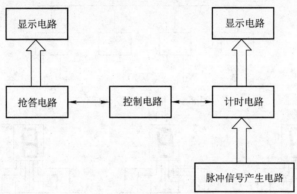

图 8-8　抢答器电路框图

2. 抢答、显示电路

抢答部分可用编码器、译码器、显示器实现。

如图 8-9 为用编码器 74147、译码器 74248、数码管和与非门构成的抢答、显示电路参考图。图中，当某代表队抢答时，讲本组开关置 1，由于 74147 输入低电平有效，因此需加非门。74147 输出为反码，而译码器 74248 输入原码，因此需在 74147 和 74248 之间加非门。

3. 计时、显示电路

计时显示电路可用计数器、译码器、显示器实现。

图 8-10 是用 74160、74248、数码管、与非门构成的计时、显示电路。可显示秒（个位、十位）、分（个位）。

4. 控制电路

控制电路的作用主要是：

1）当有选手抢答后，控制电路将封锁各选手开关处的与非门，使其他选手抢答无效。

2）当在预设的时间内（如 2 分钟）无人抢答时，将封锁各选手开关处的与非门，此时抢答无效。

控制电路可用触发器、与非门、与或非门构成。

5. 脉冲信号产生电路

脉冲信号产生电路用来产生秒脉冲。可参考 8.1 节内容。

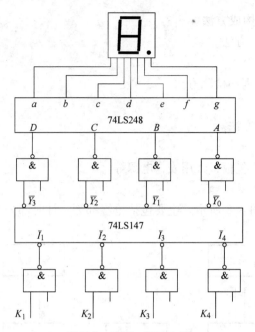

图 8-9　抢答、显示电路

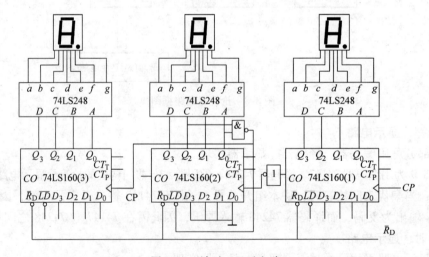

图 8-10　计时、显示电路

6. 抢答器的制作与调试

图 8-11 为一个抢答器的参考电路（不包括脉冲信号产生电路和蜂鸣器）。本项目在面包板上完成。插接电路时要注意：

a. 插接电路前要先考虑好如何布线。

b. 在电路图上标出芯片的引脚号，注意引脚不要插错。

c. 电源和地不要接错，不要短路。

d. 与或非门 7454 不使用的与门一定要接地。

电路调试时，注意：

各部分电路要分别调试，调试好后再接在一起。

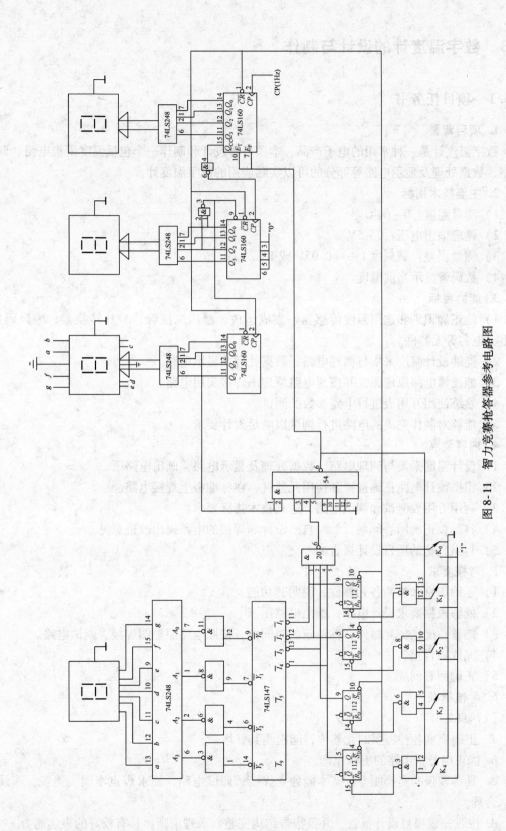

图 8-11 智力竞赛抢答器参考电路图

8.3 数字温度计的设计与制作

8.3.1 项目任务书

1. 项目背景

数字温度计是一种常用的电子产品，本项目将设计和制作一个包括温度采集电路、调理电路、数据处理及显示电路等部分的可以实际应用的数字温度计。

2. 主要技术指标

1）测量温度：$0 \sim 64 ℃$。

2）调理输出电压：$0 \sim 5V$。

3）测量误差：满刻度1%（0.05V或1℃）。

4）数码管显示当前温度。

3. 能力目标

1）能正确识别和选用温度传感器、集成运放、稳压二极管、A/D转换器、编译码器、电阻、电容等元器件。

2）能够设计温度采集与调理电路、数据处理及显示电路。

3）能读懂电路原理图，并按照电路原理图焊接实用电路。

4）熟练使用万用表进行电路参数的测试。

5）能够对制作完成的电路进行调试以满足设计要求。

4. 内容要点

1）设计温度采集与调理电路、数据处理及显示电路，画出电路图。

2）根据设计电路正确选择和使用元器件，在标准板上焊接电路。

3）利用万用表测试和调试电路，达到技术指标要求。

4）答辩，正确回答问题，针对自己设计和焊接的电路提出改进意见。

5）写出完整的项目设计报告。

5. 考核要求

1）正确识别和检测各元器件，说明其功能。

2）能够根据要求设计电路，画出电路图。

3）能够正确选择元器件，在给定的时间内，按照电路原理图焊接、调试电路。

4）完成项目报告。

5）正确回答问题。

6. 考核标准

（1）良好

a. 正确识别各种需要的元器件，能检测其好坏。

b. 能正确分析电路的工作原理。

c. 具备较强的实操能力，基本能独立焊接、调试电路，要求焊点牢固、美观，布线清晰、合理。

d. 按时完成项目设计报告，并且报告结构完整、条理清晰，具有较好的表达能力。

e. 答辩中回答问题正确，表述清楚。

（2）优秀

在达到良好的基础上，同时又具备以下条件：

a. 理论分析透彻、概念准确。

b. 能独立完成项目设计全部内容。

c. 能客观地进行自我评价、分析判断并论证各种信息。

（3）合格

a. 对电路工作原理分析基本正确，但条理不够清楚。

b. 能自主制作电路，但出现问题不能独立解决。

c. 按时完成项目设计报告，报告结构和内容基本完整。

（4）不合格

有下列情况之一者为不合格：

a. 无故不参加项目设计。

b. 未能按时递交操作结果或项目设计报告。

c. 抄袭他人项目设计报告。

d. 未达到合格条件。

不合格的同学需重做本项目。

8.3.2　项目指导书

知识准备：

1）常用集成运算放大器、A/D 转换器、编译码器的功能及使用方法。

2）恒流源、恒压源、电流电压转换电路的分析与设计。

技能要求：

1）电子元器件的识别和检测方法。

2）电路焊接方法。

3）电路测试和调试方法。

使用设备：

各种电子元器件，标准焊接板，焊接工具，万用表，电源等。

1. 数字温度计电路框图

数字温度计电路框图如图 8-12 所示，包括温度采集电路、调理电路、A/D 转换电路、数据处理电路和显示电路等几部分。

图 8-12　数字温度计原理框图

2. 温度采集电路与调理电路的设计与制作

（1）电路设计

包括 AD590 温度传感器电路、恒流补偿电路、电流/电压转换电路。参考电路如图 8-13 所示。

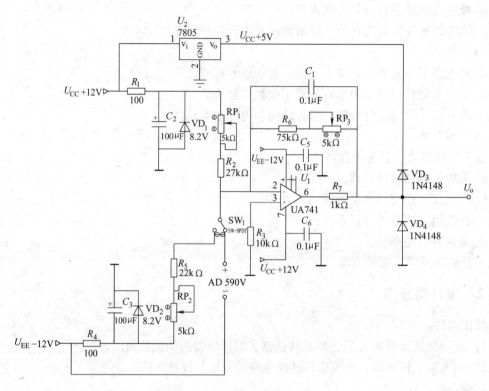

图 8-13　温度采集与调理电路

（2）电路制作

在标准板上焊接完成本部分电路的制作。焊接电路时，要注意：

a. 焊接电路前要先考虑好如何布线。

b. 在电路图上标出芯片的引脚号，注意引脚不要插错。

c. 电源和地不要接错，不要短路。

（3）电路调试

为了使温度计比较准确，如图 8-13 所示，按如下步骤调试电路：

a. 把开关 SW_1 转换到接通左边 RP_2 侧电路，调节电位器 RP_2 使 R_5 上的电压为 7.42V（电流 337μA）。

b. 调节电位器 RP_1 使 R_2 上的电压为 7.37V（电流 273μA）。

c. 调节电位器 RP_3 使输出电压 U_o 为 5V。

d. 正常使用时，把开关 SW_1 转换到接通温度传感器 AD590 侧，同时禁止再调节各电位器。

3. A/D 转换及数据处理电路设计与制作

（1）电路设计

A/D 转换及数据处理电路原理图如图 8-14 所示，图中 P 点为该数码管的小数点位的接法，其余两个数码管不接。

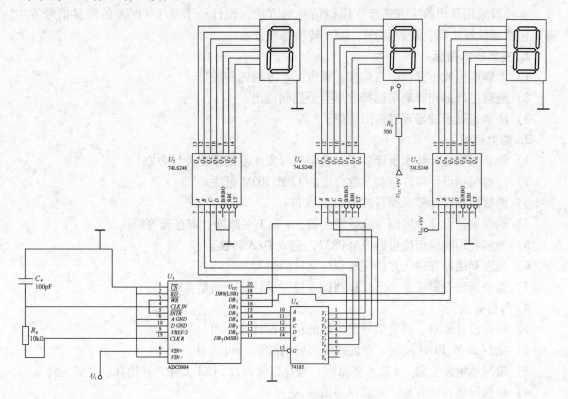

图 8-14　A/D 转换及数据处理电路

（2）电路制作

在标准板上焊接完成本部分电路的制作。焊接电路时，要注意：

a. 插接电路前要先考虑好如何布线。

b. 在电路图上标出芯片的引脚号，注意引脚不要插错。

c. 图中未标明的各芯片的电源和地均应正确连接。

d. 本电路和图 8-13 电路焊接在同一块标准板上，注意电源的连接。

e. 本电路中的 U_i 与图 8-13 电路中的 U_o 连接在一起构成完整的温度计电路。

（3）电路调试

a. 正确连接 ±12V 电源及地线。

b. 根据当前显示的温度来判断温度计是否工作正常。

c. 使 AD590 周围的环境温度改变（比如用手捏 AD590 等），观察温度显示是否正常。

8.4　基于 FPGA 的简易信号发生器的设计与实现

8.4.1　项目任务书

1. 项目背景

在各行各业的测试应用中，信号源扮演着极为重要的作用，是各种电子电路实验设计应用中必不可少的仪器设备之一。函数信号发生器是其中常见的一种信号源。

本项目采用常用数字方式产生模拟信号的方法，设计一个基于 FPGA 的简易信号发生器，包括地址发生器、波形 ROM、D/A 转换等部分。

2. 主要技术指标

1）能够能生成正弦波、三角波、锯齿波、方波四种波形。

2）能通过外部控制端来选择波形类型控制输出。

3）能够通过示波器观察输出波形。

3. 能力目标

1）能够根据设计技术指标要求，确定信号发生器的顶层设计方案。

2）能够根据设计需要定制参数合适的 LPM_ROM 模块。

3）能够按照设计要求编写波形 . mif 文件。

4）能够根据设计方案编写地址发生器、4 选 1 多路器、寄存器等模块。

5）能够利用实验箱提供的 DAC0832，完成 D/A 转换。

6）能够利用原理输入方法完成顶层文件的编写。

7）能够通过引脚配置、下载和测试来检验设计是否满足要求。

4. 内容要点

1）根据设计要求，确定信号发生器的顶层设计原理图。

2）定制 LPM_ROM 模块，并加载编写好的波形 . mif 文件。

3）编写地址发生器、4 选 1 多路器、寄存器等设计 . vhd 文件，并仿真、生成元件。

4）根据顶层设计方案，完成原理图输入。

5）进行引脚配置，应用 DAC0832 电路，完成 D/A 转换。

6）通过编程下载，进行硬件验证，检查设计结果。

7）答辩，正确回答问题，针对设计提出改进意见。

8）写出完整的项目设计报告。

5. 考核要求

1）能够根据要求设计电路，画出顶层设计原理图。

2）能够在给定的时间内，完成模块编写、顶层设计、引脚配置和下载验证等开发流程环节。

3）能够分析出现的问题并有效解决问题。

4）完成项目报告。

5）正确回答问题。

6. 考核标准

（1）良好

a. 能正确分析项目设计原理以及各功能模块间的关系。

b. 按时完成项目各模块功能设计，下载验证通过。

c. 具备较强的实操能力，基本能独立完成工程建立、设计输入、编译改错、仿真、封装元件、引脚配置、下载验证。

d. 按时完成项目设计报告，并且报告结构完整、条理清晰，具有较好的书面表达能力。

e. 答辩中回答问题正确，表述清楚。

（2）优秀

在达到良好的基础上，同时又具备以下条件：

a. 理论分析透彻、概念准确。

b. 能独立完成项目设计全部内容。

c. 能客观地进行自我评价、分析判断并论证各种信息。

（3）合格

a. 对设计方案的理解和分析基本正确，但条理不够清楚。

b. 能自主完成设计流程，但出现问题不能独立解决。

c. 按时完成项目设计报告，报告结构和内容基本完整。

（4）不合格

有下列情况之一者为不合格：

a. 无故不参加项目设计。

b. 未能按时递交操作结果或项目设计报告。

c. 复制他人项目设计文件。

d. 抄袭他人项目设计报告。

e. 未达到合格条件。

不合格的同学需重做本项目。

8.4.2 项目指导书

知识准备：

1）简易信号发生器的设计方法。

2）地址发生器、四选一多路器、寄存器的 VHDL 语言编程方法。

3）LPM_ROM 的定制方法。

4）DAC0832 器件的工作原理和使用方法。

技能要求：

1）Quartus 软件的使用方法。

2）VHDL 程序的检错和修改技能。

3）FPGA 器件编程下载和硬件验证的方法。

使用设备：

FPGA 开发实验箱系统，计算机（安装 Quartus 软件），示波器，电源等。

1. 简易信号发生器设计原理图

函数信号发生器通常由：有计数器构成的地址信号发生器、波形数据 ROM 和 D/A 构成。函数信号发生器设计原理图如图 8-15 所示。

在顶层文件中，计数器通过外来控制信号和高速时钟信号向波形数据 ROM 发出地址信号，输出波形的频率由发出的地址信号的速度决定。

波形数据 ROM 中存有发生器的波形数据，如正弦波、三角波、锯齿波、方波等。当接受来自 FPGA 的地址信号后，将从数据线输出相应的波形数据。

D/A 转换负责将 ROM 输出的数据转换成模拟信号，经滤波电路后输出。输出波形的频率上限与 D/A 器件的转换速度有关。本次设计采用 DAC0832（8 位 D/A 转换器）。

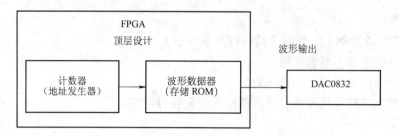

图 8-15　函数信号发生器设计原理图

2. 波形存储 ROM 的定制和波形数据文件的编写

（1）对 LPM_ROM 模块设置必要步骤和参数

从菜单 Tools→MegaWizard Plug- In Manager，进入向导界面。从左栏选择存储器 storage 中的 LPM_ROM，在右栏选择目标芯片系列（由实验箱芯片系列决定）Cyclone Ⅱ，并选择 VHDL，在路径部分键入当前设置元件的文件名（自定义），进入"下一步"窗口。

ROM 的主要参数为：输出数据位 8bit，存储的字数为 256，8 位地址线，单时钟，消去 输出口锁存时钟控制：'q 'output port，最后为 ROM 配置相应波形文件。

（2）波形数据文件的编写

新建 . mif 文件，word size 为 8，Number of words 为 256，address radix 为 HEX，data radix 为 HEX。数据各波形文件数据如下：

a. 正弦波形数据，如表 8-1 所示。

b. 方波波形数据，如表 8-2 所示。

表 8-1　正弦波形数据

Addr	+0	+1	+2	+3	+4	+5	+6	+7
00	80	83	86	89	8C	8F	92	95
08	98	9B	9E	A2	A5	A7	AA	AD
10	B0	B3	B6	B9	BC	BE	C1	C4
18	C6	C9	CB	CE	D0	D3	D5	D7
20	DA	DC	DE	E0	E2	E4	E6	E8
28	EA	EB	ED	EE	F0	F1	F3	F4
30	F5	F6	F8	F9	FA	FA	FB	FC
38	FD	FD	FE	FE	FE	FF	FF	FF
40	FF	FF	FF	FF	FE	FE	FE	FD
48	FD	FC	FB	FA	FA	F9	F8	F6
50	F5	F4	F3	F1	F0	EE	ED	EB
58	EA	E8	E6	E4	E2	E0	DE	DC
60	DA	D7	D5	D3	D0	CE	CB	C9
68	C6	C4	C1	BE	BC	B9	B6	B3
70	B0	AD	AA	A7	A5	A2	9E	9B
78	98	95	92	8F	8C	89	86	83
80	7F	7C	79	76	73	70	6D	6A
88	67	64	61	5D	5A	58	55	52
90	4F	4C	49	46	43	41	3E	3B
98	39	36	34	31	2F	2C	2A	28
a0	25	23	21	1F	1D	1B	19	17
a8	15	14	12	11	0F	0E	0C	0B
b0	0A	09	07	06	05	05	04	03
b8	02	02	01	01	01	00	00	00
c0	00	00	00	00	01	01	01	02
c8	02	03	04	05	05	06	07	09
d0	0A	0B	0C	0E	0F	11	12	14
d8	15	17	19	1B	1D	1F	21	23
e0	25	28	2A	2C	2F	31	34	36
e8	39	3B	3E	41	43	46	49	4C
f0	4F	52	55	58	5A	5D	61	64
f8	67	6A	6D	70	73	76	79	7C

表 8-2　方波波形数据

Addr	+0	+1	+2	+3	+4	+5	+6	+7
00	00	00	00	00	00	00	00	00
08	00	00	00	00	00	00	00	00
10	00	00	00	00	00	00	00	00
18	00	00	00	00	00	00	00	00
20	00	00	00	00	00	00	00	00
28	00	00	00	00	00	00	00	00
30	00	00	00	00	00	00	00	00
38	00	00	00	00	00	00	00	00
40	00	00	00	00	00	00	00	00
48	00	00	00	00	00	00	00	00
50	00	00	00	00	00	00	00	00
58	00	00	00	00	00	00	00	00
60	00	00	00	00	00	00	00	00
68	00	00	00	00	00	00	00	00
70	00	00	00	00	00	00	00	00
78	00	00	00	00	00	00	00	00
80	FF	FF	FF	FF	FF	FF	FF	FF
88	FF	FF	FF	FF	FF	FF	FF	FF
90	FF	FF	FF	FF	FF	FF	FF	FF
98	FF	FF	FF	FF	FF	FF	FF	FF
a0	FF	FF	FF	FF	FF	FF	FF	FF
a8	FF	FF	FF	FF	FF	FF	FF	FF
b0	FF	FF	FF	FF	FF	FF	FF	FF
b8	FF	FF	FF	FF	FF	FF	FF	FF
c0	FF	FF	FF	FF	FF	FF	FF	FF
c8	FF	FF	FF	FF	FF	FF	FF	FF
d0	FF	FF	FF	FF	FF	FF	FF	FF
d8	FF	FF	FF	FF	FF	FF	FF	FF
e0	FF	FF	FF	FF	FF	FF	FF	FF
e8	FF	FF	FF	FF	FF	FF	FF	FF
f0	FF	FF	FF	FF	FF	FF	FF	FF
f8	FF	FF	FF	FF	FF	FF	FF	FF

c. 三角波波形数据，如表 8-3 所示。

d. 锯齿波波形数据，如表8-4所示。

表8-3 三角波波形数据

Addr	+0	+1	+2	+3	+4	+5	+6	+7
00	00	02	04	06	08	0A	0C	0E
08	10	12	14	16	18	1A	1C	1E
10	20	22	24	26	28	2A	2C	2E
18	30	32	34	36	38	3A	3C	3E
20	40	42	44	46	48	4A	4C	4E
28	50	52	54	56	58	5A	5C	5E
30	60	62	64	66	68	6A	6C	6E
38	70	72	74	76	78	7A	7C	7E
40	80	81	83	85	87	89	8B	8D
48	8F	91	93	95	97	99	9B	9D
50	9F	A1	A3	A5	A7	A9	AB	AD
58	AF	B1	B3	B5	B7	B9	BB	BD
60	BF	C1	C3	C5	C7	C9	CB	CD
68	CF	D1	D3	D5	D7	D9	DB	DD
70	DF	E1	E3	E5	E7	E9	EB	ED
78	EF	F1	F3	F5	F7	F9	FB	FD
80	FF	FD	FB	F9	F7	F5	F3	F1
88	EF	ED	EB	E9	E7	E5	E3	E1
90	DF	DD	DB	D9	D7	D5	D3	D1
98	CF	CD	CB	C9	C7	C5	C3	C1
a0	BF	BD	BB	B9	B7	B5	B3	B1
a8	AF	AD	AB	A9	A7	A5	A3	A1
b0	9F	9D	9B	99	97	95	93	91
b8	8F	8D	8B	89	87	85	83	81
c0	80	7E	7C	7A	78	76	74	72
c8	70	6E	6C	6A	68	66	64	62
d0	60	5E	5C	5A	58	56	54	52
d8	50	4E	4C	4A	48	46	44	42
e0	40	3E	3C	3A	38	36	34	32
e8	30	2E	2C	2A	28	26	24	22
f0	20	1E	1C	1A	18	16	14	12
f8	10	0E	0C	0A	08	06	04	02

表8-4 锯齿波波形数据

Addr	+0	+1	+2	+3	+4	+5	+6	+7
00	00	01	02	03	04	05	06	07
08	08	09	0A	0B	0C	0D	0E	0F
10	10	11	12	13	14	15	16	17
18	18	19	1A	1B	1C	1D	1E	1F
20	20	21	22	23	24	25	26	27
28	28	29	2A	2B	2C	2D	2E	2F
30	30	31	32	33	34	35	36	37
38	38	39	3A	3B	3C	3D	3E	3F
40	40	41	42	43	44	45	46	47
48	48	49	4A	4B	4C	4D	4E	4F
50	50	51	52	53	54	55	56	57
58	58	59	5A	5B	5C	5D	5E	5F
60	60	61	62	63	64	65	66	67
68	68	69	6A	6B	6C	6D	6E	6F
70	70	71	72	73	74	75	76	77
78	78	79	7A	7B	7C	7D	7E	7F
80	80	80	81	82	83	84	85	86
88	87	88	89	8A	8B	8C	8D	8E
90	8F	90	91	92	93	94	95	96
98	97	98	99	9A	9B	9C	9D	9E
a0	9F	A0	A1	A2	A3	A4	A5	A6
a8	A7	A8	A9	AA	AB	AC	AD	AE
b0	AF	B0	B1	B2	B3	B4	B5	B6
b8	B7	B8	B9	BA	BB	BC	BD	BE
c0	BF	C0	C1	C2	C3	C4	C5	C6
c8	C7	C8	C9	CA	CB	CC	CD	CE
d0	CF	D0	D1	D2	D3	D4	D5	D6
d8	D7	D8	D9	DA	DB	DC	DD	DE
e0	DF	E0	E1	E2	E3	E4	E5	E6
e8	E7	E8	E9	EA	EB	EC	ED	EE
f0	EF	F0	F1	F2	F3	F4	F5	F6
f8	F7	F8	F9	FA	FB	FC	FD	FE

3. 地址发生器、四选一多路器、寄存器的设计

（1）8位地址发生器设计和仿真

功能要求：上升沿到来计数，当dout为"11111111"时清零重新开始计数。其实质为8位二进制计数器。端口定义如图8-16所示。

（2）四选一多路器设计和仿真

四选一多路器端口定义如图8-17所示，用以选择控制四种波形的输出。

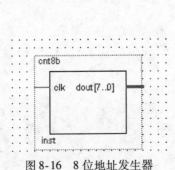

图8-16 8位地址发生器　　　图8-17 四选一多路器

（3）8位寄存器的设计和仿真

功能要求：load 端上升沿到来，把 din 端数据给 dout 端输出。

8 位寄存器端口定义如图 8-18 所示。

4. 顶层文件的设计

顶层设计文件如图 8-19 所示。

5. 引脚配置和下载验证

参看实验箱信号名与引脚对应图，进行配置引脚，clk 端接 12MHz 的时钟脉冲，波形输出结果经 DAC0832 进行 D/A 转换后，接示波器，通过 s_1、s_2 端的选择控制，观察输出波形。

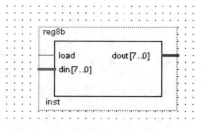

图 8-18　8 位寄存器

也可通过 Quartus 软件 signaltap Ⅱ logic analyzer 逻辑分析仪分析输出结果。

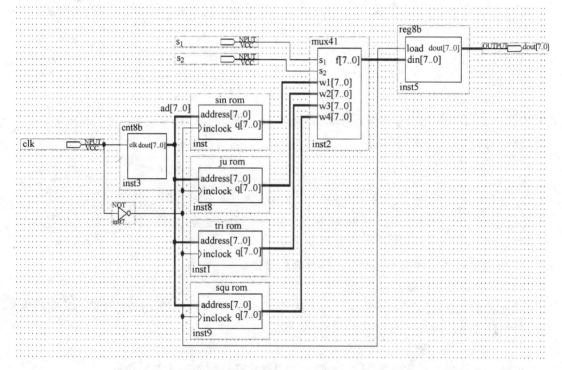

图 8-19　简易信号发生器顶层设计图

参 考 文 献

[1] 刘莲青，熊伟林. 现代电子技术基础.［M］. 北京：清华大学出版社，2006.

[2] 梁德厚. 数字电子技术及应用.［M］. 北京：机械工业出版社，2003.

[3] 李中发. 数字电子技术.［M］. 北京：中国水利水电出版社，2000.

[4] 阎石. 数字电子技术基础.［M］. 4 版. 北京：高等教育出版社，2002.

[5] 康华光. 电子技术基础.［M］. 5 版. 北京：高等教育出版社，2006.

[6] 秦臻. 电子技术基础（数字部分）重点难点·题解指导·考研指南.［M］. 北京：高等教育出版社，2007.

[7] 许小军. 电子技术实验与课程设计指导（数字电路分册）［M］. 南京：东南大学出版社，2004.

[8] 刘盾. 数字电子技术基础学习指导与提高［M］. 北京：北京航空航天大学出版社，2003.

[9] 潘松，黄继业. EDA 技术应用教程［M］. 2 版. 北京：科学出版社，2005.

[10] 吴继华，王诚. Altera FPGA/CPLD 设计（基础篇）［M］. 北京：人民邮电出版社，2005.

[11] 赵明富. EDA 技术与实践［M］. 北京：清华大学出版社，2005.

[12] 史小波，程梦璋. 集成电路设计 VHDL 教程［M］. 北京：清华大学出版社，2005.

参考文献